高职高专规划教材
职业技能鉴定培训教材

编审委员会

主　　任　　王立军

副 主 任　　关雅梅　王素艳

委　　员　　（按姓名笔画排序）

王立军　王艳凤　王素艳　王晓东

毛云秀　史立峰　朱　虹　闫　杰

刘兴芝　刘晓岩　关雅梅　李运杰

周兆元　栾　祥　姬彦巧

高职高专规划教材
职业技能鉴定培训教材

钳工实训

周兆元　主编
关雅梅　副主编
曹师今　主审

化学工业出版社

·北京·

全书共 10 章，分别介绍钳工的任务、基本操作技能和钳工常用的量具及设备、划线、锯削、錾削、锉削、刮削、研磨、钣金、钳工加工以及典型机构的装配与调整等内容。书中根据钳工生产实训的需要，通过生产实际的典型案例，并参照劳动和社会保障部制定的车工国家职业标准及相关的职业技能鉴定规范，由浅入深进行编写的，使钳工专业知识与生产实际相融合，使读者易于掌握本专业（工种）知识和技能。

本书可用于高职高专院校、中等职业学校各专业的钳工实训教材，也可用作初、中、高级钳工职业技能培训和职业技能鉴定的辅导教材，还可作为相关行业岗位培训教材或自学用书。

图书在版编目（CIP）数据

钳工实训/周兆元主编．—北京：化学工业出版社，2010.7
高职高专规划教材．职业技能鉴定培训教材
ISBN 978-7-122-08248-0

Ⅰ．钳…　Ⅱ．周…　Ⅲ．钳工-高等学校：技术学院-教材　Ⅳ．TG9

中国版本图书馆 CIP 数据核字（2010）第 068869 号

责任编辑：韩庆利　　　　　　　　　　文字编辑：闫　敏
责任校对：徐贞珍　　　　　　　　　　装帧设计：杨　北

出版发行：化学工业出版社（北京市东城区青年湖南街 13 号　邮政编码 100011）
印　　装：三河市延风印装厂
787mm×1092mm　1/16　印张 12¼　字数 294 千字　2010 年 7 月北京第 1 版第 1 次印刷

购书咨询：010-64518888（传真：010-64519686）　售后服务：010-64518899
网　　址：http://www.cip.com.cn
凡购买本书，如有缺损质量问题，本社销售中心负责调换。

定　　价：22.00 元

前　　言

　　本书根据钳工生产实训的需要，通过生产实际的典型案例，并参照劳动和社会保障部制订的钳工国家职业标准及相关的职业技能鉴定规范，由浅入深进行编写，使钳工专业知识与生产实际相融合，使读者易于掌握本专业（工种）知识和技能。

　　全书共 10 章，分别介绍钳工的任务、基本操作技能和钳工常用的量具及设备、划线、锯削、錾削、锉削、刮削、研磨、钣金、钳工加工以及典型机构的装配与调整等内容。各章后配备了思考与练习题。书后附有钳工国家职业标准和中级工模拟试题。

　　本书的编写突出了职业教育特色，可作为高职高专院校、中等职业学校各专业的钳工实训教材，也可用作初、中、高级钳工职业技能培训和职业技能鉴定的辅导教材，也可作为相关行业岗位培训教材或自学用书。

　　本书由沈阳大学周兆元任主编，辽宁装备制造职业技术学院关雅梅任副主编，沈阳大学曹师今任主审。参加本书编写的有沈阳大学周兆元（第 1、2 章和附录）、辽宁装备制造职业技术学院关雅梅（3、4 章）、沈阳大学厉承玉（第 5、6 章）、沈阳大学叶旭明（第 7、8 章）、沈阳广播电视大学崔虹雯（第 9 章）、沈阳大学曲贞江（第 10 章）。

　　由于编者水平有限，书中难免存在缺点和误漏，敬请广大读者批评指正。

编　者
2010 年 3 月

目　　录

第①章 概 述

1.1 钳工的任务和基本操作技能

1.1.1 钳工的任务

生产中钳工是利用各种手用工具以及一些简单设备来完成目前采用机械加工方法不太适宜或还不能完成的工作。

钳工的主要任务是进行零件加工、装配和机械设备的维护和修理。一台机器是由许多不同零件组成的，这些零件加工完成后，需由钳工进行装配。在装配过程中，一些零件往往还需经过钳工的钻孔、攻螺纹、配键等补充加工后才能装配，甚至有些精度并不高的零件，经过钳工的仔细修配，从而达到较高的装配精度。另外，使用时间较久的机器，其自然磨损或事故损坏，都会直接影响到机器的工作精度和使用性能，此时应根据磨损和损坏的程度由钳工进行修理。再如精密的量具、样板、夹具和模具等的制造都离不开钳工的加工。由此可见，钳工的任务是多方面的，而且具有很强的专业性。

随着机械加工的日益发展，生产效率的不断提高，钳工的技术也日益复杂，于是钳工产生了专业性的分工。现有钳工、工具钳工和机修钳工等，以适应不同工作的需要。

1.1.2 钳工必须具备的基本操作技能

钳工的工作范围很广，而且专业化的分工也比较明确，但是每个钳工都必须熟练地掌握下述各项基本操作技能，并能很好地应用。

① 划线 划线作为零件加工的头道工序，对零件的加工质量有着密切的关系。钳工在划线时，首先应熟悉图样，合理使用划线工具，按照划线步骤在待加工工件上划出零件的加工界限，作为零件安装（定位）、加工的依据。

② 錾削技术 錾削技术是钳工的最基本操作。其利用錾子和锤子等简单工具对工件进行切削或切断。此技术在零件加工要求不高或机械无法加工的场合采用。同时熟练的锤击技术在钳工装配、修理中得到较多的应用。

③ 锉削技术 锉削技术利用各种形状的锉刀，对工件进行锉削、整形，使工件达到较高的精度和较为准确的形状。锉削是钳工工作中的主要操作方法之一，它可以对工件的外平面、曲面、内外角、沟槽、孔和各种形状的表面进行锉削加工。

④ 锯削技术 锯削技术用来分割材料或在工件上锯出符合技术要求的沟槽。锯削时，必须根据工件的材料性质和工件的形状，正确选用锯条和锯削方法，从而使锯削操作能顺利地进行并达到规定的技术要求。

⑤ 钻孔、扩孔、锪孔和铰孔技术 钻孔、扩孔、锪孔和铰孔是钳工对孔进行粗加工、半精加工和精加工的3种方法。应用时根据孔的精度要求、加工的条件进行选用。钳工钻、

扩、锪是在钻床上进行的，铰孔可手工铰削，也可通过钻床进行机铰。所以掌握钻、扩、锪、铰操作技术，必须熟悉钻、扩、锪、铰等刀具的切削性能，以及钻床和一些工、夹具的结构性能，合理选用切削用量，熟练掌握手工操作的具体方法，以保证钻、扩、锪、铰的加工质量。

⑥ 攻螺纹和套螺纹技术　攻螺纹和套螺纹技术是用丝锥和圆板牙在工件内孔或外圆柱面上加工出内螺纹或外螺纹。这就是钳工平时应用较多的攻螺纹和套螺纹技术。钳工所加工的螺纹，通常都是直径较小或不适宜在机床上加工的螺纹。为了使加工后的螺纹符合技术要求，钳工应对螺纹的形成、各部分尺寸关系，以及切螺纹的刀具较熟悉，并掌握螺纹加工的操作要点和避免产生废品的方法。

⑦ 刮削和研磨技术　刮削是钳工对工件进行精加工的一种方法。刮削后的工件表面，不仅可获得形位精度、尺寸精度、接触精度和传动精度，而且还能通过刮刀在刮削过程中对工件表面产生挤压，使表面组织紧密，从而提高力学性能。

研磨是最精密的加工方法。研磨时通过磨料在研具和工件之间作滑动、滚动产生微量切削，即研磨中的物理作用。同时利用某些研磨剂的化学作用，使工件表面产生氧化膜，但氧化膜本身在研磨中又很容易被研磨掉。这样氧化膜不断地产生又不断地被磨去，从而使工件表面得到很高的精度。研磨，其实质是物理作用和化学作用的综合。

⑧ 矫正和弯形技术　矫正和弯形技术是利用金属材料的塑性变形，采用合适的方法对变形或存在某种缺陷的原材料和零件加以矫正，消除变形等缺陷。或者使用简单机械或专用工具将原材料弯形成图样所需要的形状，并对弯形前材料进行落料长度计算。

⑨ 装配和修理技术　按图样规定的技术要求，将零件通过适当的连接形式组合成部件或完整的机器。对使用日久或由于操作不当造成机器或零件精度和性能下降，甚至损坏，通过钳工的修复、调整，使机器或零件恢复到原来的精度和性能要求，这就是钳工的装配和修理技术。

⑩ 掌握必需的测量技能和简单的热处理技术　生产过程中，要保证零件的加工精度和要求，首先要对产品进行必要的测量和检验。钳工在零件加工和装配过程中，经常利用平板、游标卡尺、千分尺、百分表、水平仪等对零件或装配件进行测量检查，这些都是钳工必须掌握的测量技能。

钳工必须了解和掌握金属材料热处理的一般知识，熟悉和掌握一些钳工工具的制造和热处理，并能针对如样冲、錾子、刮刀等工具由于使用要求的不同而分别采取合适的热处理方法，从而得到各自所需要的硬度和性能。

1.1.3　钳工的技术安全知识

安全为了生产，生产必须安全。在现代工业生产中，安全问题是一个很重要的问题。工厂根据各自的特点，规定有若干条款的安全操作规程。为避免疏忽大意而造成人身事故和国家财产的重大损失，必须自觉地学习安全操作规程，掌握安全生产的规程，养成遵守安全操作规程的良好习惯。

钳工安全技术操作的一般知识如下。

① 工作场地要经常保持整齐清洁，搞好环境卫生；使用的工具和加工的零件、毛坯和原材料等的放置要有顺序，并整齐、稳固，以保证操作中的安全和方便。

② 使用的机床、工具（如砂轮机、钻床、手电钻和各种工具等）要经常检查，发现损

坏，要停止使用，修好再用。不能擅自使用损坏和不熟悉的机床和工具。

③ 钳工工作中，如錾削、锯割、钻孔及在砂轮上修磨工具等，都会产生很多切屑，清除切屑时要用刷子，不要用手，更不可用嘴吹，以免切屑飞进眼里伤害眼睛。

④ 使用电器设备时，必须严格遵守操作规程，防止触电，造成人身事故。如果发现有人触电，不要慌乱，及时切断电源，进行抢救。

⑤ 在进行某些操作时，必须使用防护用具（如防护眼镜、胶皮手套和胶鞋等），如发现防护用具失效，应立即修补或更换。

⑥ 在某些特殊工艺中（如锡焊等），需要跟有毒的化学药品接触，因此，必须严格遵守操作规程，否则，可能烧坏皮肤，甚至会引起爆炸事故。

1.2 钳工常用的量具及设备

1.2.1 钳工常用的量具

1.2.1.1 钢尺及其使用

（1）钢尺

钢尺是度量零件长、宽、高、深及厚度等的量具。钢尺一般有钢板尺（图1-1）和钢卷尺（图1-2）两种，尺面有米（公）制或英制的刻度。钢板尺是用不锈钢制成的一种直尺，尺边平直，测量范围有150mm、300mm、500mm和1000mm等多种规格。尺面上米制尺寸刻线间距一般为1mm，但在1～50mm一段内刻线间距为0.5mm，为钢直尺的最小刻度。钢卷尺常用的有1000mm和2000mm两种规格，尺面的最小刻度为0.5mm或1mm。由于钢尺刻度线本身宽度就有0.1～0.2mm，再加上尺本身的刻度误差，所以用钢尺测量出的数值误差比较大，而且1mm以下的小数值只能靠估计得出，因此不能用作精确的测定。

图1-1 钢板尺

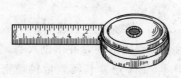

图1-2 钢卷尺

图1-3 钢尺的使用

（2）钢尺的使用

钢尺的使用如图1-3所示。用钢尺测量工件时要注意尺的零线是否与工件边缘相重合。为了使尺放得稳妥，应用拇指贴靠在工件上。在读数时，视线必须跟钢尺的尺面相垂直，否则，将因视线歪斜而引起读数误差。

1.2.1.2 游标量具及其使用

（1）游标量具

1）游标卡尺 游标卡尺可用来测量小型工件的长度、厚度、外径、内径、孔深和中心距等尺寸。游标卡尺的读数值有 0.1mm、0.05mm 和 0.02mm 3 种。常用的有两用游标卡尺和双面游标卡尺。

① 两用游标卡尺　两用游标卡尺的结构如图 1-4 所示。它由尺身 3、游标 5、紧固螺钉 4 和深度尺 6 组成。

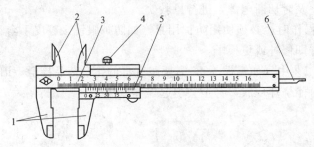

图 1-4　两用游标卡尺结构

1—下量爪；2—上量爪；3—尺身；4—紧固螺钉；5—游标；6—深度尺

② 双面游标卡尺　双面游标卡尺的结构如图 1-5 所示。为精确调整尺寸，在游标 3 上增加了微调装置 5。测量时，当量爪将要与被测量的工件相接触时，应拧紧紧固螺钉 4，转动微调螺母 7，通过螺杆 8 带动游标作微量移动。应当注意，当用下量爪测量孔径或槽宽时，其实际尺寸为读数加上下量爪 9 的厚度 b（b 一般为 10mm）。

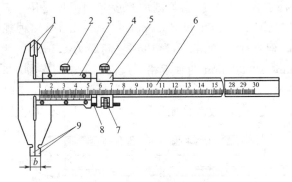

图 1-5　双面游标卡尺结构

1—上量爪；2,4—紧固螺钉；3—游标；5—微调装置；

6—尺身；7—微调螺母；8—螺杆；9—下量爪

2）游标带百分表卡尺　如图 1-6 所示，为了读数方便，游标卡尺上装有测微表头，它是通过机械传动装置，将两测量爪相对移动转变为指示表的回转运动，并借助尺身刻度和指示表，对两测量爪相对移动所分隔的距离进行读数。游标带百分表卡尺测量较精密工件的内、外尺寸，精度有 0.1mm、0.05mm、0.02mm 3 种，测量范围分别为 0～150mm、0～250mm、0～500mm。

3）游标电子数显卡尺　图 1-7 所示为游标电子数显卡尺，它具有非接触性电容式测量系统，由液晶显示器显示。电子数显卡尺测量方便可靠。

4）游标深度卡尺　如图 1-8 所示，测量凹槽深度、台阶高度等，精度有 0.1mm、0.05mm、0.02mm，测量范围分别为 0～150mm、0～250mm、0～500mm。

5）游标高度卡尺　如图 1-9 所示，测量高度尺寸和用于精确画线。精度有 0.05mm、0.02mm、0.1mm，测量范围分别为 0～300mm、0～500mm、0～1000mm。

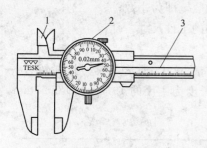

图1-6 游标带百分表卡尺

1—量爪；2—百分表；3—mm标尺

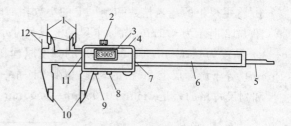

图1-7 游标电子数显卡尺

1—内测量爪；2—紧固螺钉；3—液晶显示器；4—数据输出
端口；5—深度尺；6—尺身；7,11—防尘板；
8—置零按钮；9—米制、英制转换按钮；10—外
测量爪；12—台阶测量面

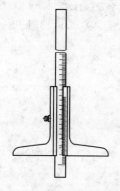

图1-8 游标深度卡尺

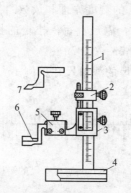

图1-9 游标高度卡尺

1—主尺；2—微调部分；3—副尺；4—底座；
5—固定架；6—测量爪；7—划线爪

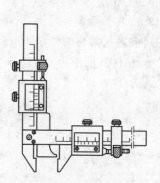

图1-10 齿厚游标卡尺

6）齿厚游标卡尺 如图1-10所示，测量齿轮的齿厚尺寸。

（2）游标卡尺的读数原理

游标量具的主体是一根刻有刻度的直尺，叫做主尺。沿主尺滑动的尺框上装有游标（副尺），游标卡尺按其测量精度有0.1mm、0.05mm和0.02mm 3种，也就是卡尺所能测得的最小读数精确值。游标卡尺的读数原理如下。

1）精度为0.1mm（1/10mm）的刻度原理和读数 如图1-11所示，主尺上9小格（9mm）等于游标尺上10格的长度，副尺上每一小格的长度为主尺的9/10，即0.9mm。主尺和副尺每格的差是1mm−0.9mm=0.1mm。

游标卡尺的读数方法分为以下3步：

① 查出副尺零线前主尺上的毫米整数；

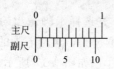

图1-11 0.1mm游标卡尺的刻度原理

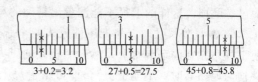

3+0.2=3.2　27+0.5=27.5　45+0.8=45.8

图1-12 0.1mm游标卡尺的读数示例

② 在副尺上，查出与主尺刻线对齐的那一条刻线的读数，即为小数；

③ 将主尺上的毫米整数和副尺上的小数相加即得所测的工件尺寸。

图 1-12 所示为 0.1mm 游标卡尺的测量尺寸示例。

2）精度为 0.05mm（1/20mm）的刻度原理和读数　如图 1-13 所示，主尺上的 19 小格（19mm）等于游标尺上 20 格的长度，副尺上每一小格的长度为主尺的 19/20，即 0.95mm。主尺和副尺每格的差是 1mm－0.95mm＝0.05mm。

60+0.05=60.05

图 1-13　0.05mm 游标卡尺的刻度原理　　　　图 1-14　0.05mm 游标卡尺的读数示例

图 1-14 所示为 0.05mm 游标卡尺的测量尺寸示例。

3）精度为 0.02mm（1/50mm）的刻度原理和读数　如图 1-15 所示，主尺上的 49 小格（49mm）等于游标尺上 50 格的长度，副尺上每一小格的长度为主尺的 49/50，即 0.98mm。主尺和副尺每格的差是 1mm－0.98mm＝0.02mm。

图 1-16 所示为 0.02mm 游标卡尺的测量尺寸示例。

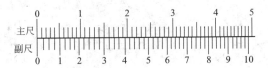

图 1-15　0.02mm 游标卡尺的刻度原理

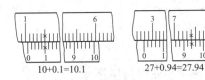

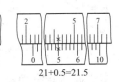

图 1-16　0.02mm 游标卡尺的读数示例

（3）游标量具的使用

1）游标卡尺的使用

① 按工件的尺寸大小和尺寸精度要求，选用合适的游标卡尺。游标卡尺只适用于中等公差等级（IT10～IT16）尺寸的测量和检验，不能用游标卡尺去测量铸、锻件等毛坯尺寸，否则量具很快磨损而失去精度；也不能用游标卡尺去测量精度要求过高的工件，因为读数值为 0.02mm 的游标卡尺可产生±0.02mm 的示值误差。

② 使用前对游标卡尺要进行检查，擦净卡脚，检查卡脚测量面和测量刃口是否平直无损和游标的零线要对齐，并用透光法检查内外脚量面是否贴合，如有透光不均，说明卡脚量面已有磨损。这样的卡尺不能测量出精确的尺寸。

③ 测量外尺寸时，先把工件放入两个张开的卡脚内，首先选择卡脚适当的位置，必须使工件贴靠在固定卡脚上，然后用轻微的压力，把活动卡脚推过去，当两卡脚的量面已和工件均匀地贴靠时（不能歪斜），即可由卡尺上读出工件的尺寸，如图 1-17 所示。图 1-18 所示为不正确的测量。

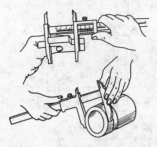

图1-17 外尺寸的测量方法

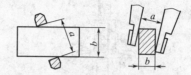

图1-18 外尺寸的错误测量

④ 测量内尺寸时，应使卡脚开度略小于被测尺寸，卡脚插入内径后，再轻轻拉开活动卡脚，使两脚贴住零件的内表面，两测量爪贴合时应无漏光现象，尺身的直径不能偏歪，如图1-19所示。图1-20所示为正确与错误的测量比较。

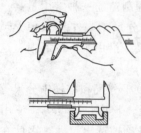

图1-19 内尺寸的测量方法

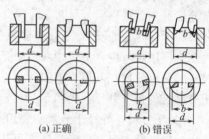

(a) 正确　　　　　　(b) 错误

图1-20 内尺寸正确与错误测量的比较

⑤ 测量深度尺寸的方法，如图1-21所示。

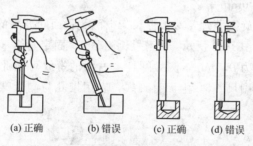

(a) 正确　　(b) 错误　　(c) 正确　　(d) 错误

图1-21 深度尺寸的测量方法

⑥ 读数时，游标卡尺置于水平位置，使人的视线尽可能与游标卡尺的刻线表面垂直，以免视线歪斜造成读数误差。

2) 游标深度卡尺的使用　使用时，将底座贴住工件表面，再将主尺推下，使测尺碰到被测量深度的底，旋紧固定螺钉，根据主尺、副尺的指示，就可读出尺寸，读数方法与游标卡尺相同，如图1-22所示。

3) 游标齿厚卡尺的使用　游标齿厚卡尺是利用游标原理，以齿高尺定位，对齿厚尺两个测量爪相对移动分隔的距离进行读数的测量工具，如图1-23所示。用来测量齿轮的弦齿高度 h_c 和弦齿厚 s_c。这种游标卡尺由两根互相垂直的主尺和副尺（游标）组成。h_c 的尺寸由齿高尺调整，s_c 的尺寸由齿厚尺调整。读数方法与游标卡尺相同。

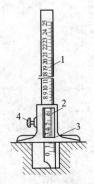

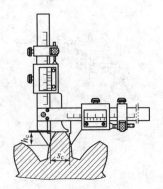

图 1-22 游标深度卡尺的使用   图 1-23 游标齿厚卡尺的使用

1—主尺；2—副尺；3—活动底座；4—螺钉

1.2.1.3 微分量具及其使用

（1）微分量具（千分尺）

微分量具主要是指千分尺，千分尺是利用螺旋读数原理制造的一种常用量具。通常可分为百分尺和千分尺。百分尺的最小读数值是 0.01mm，千分尺的最小读数值是 0.001mm。千分尺在工厂用得较少，工厂中习惯上把百分尺称为千分尺。沿用工厂的习惯，这里介绍的千分尺实际是百分尺，其最小读数为 0.01mm。

千分尺有外径千分尺、内径千分尺、深度千分尺、螺纹千分尺和杠杆千分尺等。

1）外径千分尺 外径千分尺主要用来测量工件的外径、长度、厚度等。使用比较灵敏且精度比一般游标卡尺高，测量精度可达 0.01mm，并能准确地读出尺寸，因此在加工精度要求较高的工件测量时多应用千分尺。当测量范围在 500mm 之内，每 25mm 分为一种规格，如 0～25mm、25～50mm 等。测量范围在 500～1000mm，则每 50mm 分为一种规格，如 500～600mm、600～700mm 等。

外径千分尺是利用螺旋副原理，对弧形尺架上两测量面间分隔的距离进行读数的长度测量工具，其外形和结构如图 1-24 所示。尺架 1、测砧 2、固定套筒（主尺）3 的表面有刻度，衬套 4 内有内螺纹，螺距为 0.5mm，测微螺杆 7 右面的螺纹可沿此内螺纹回转。在固定套筒 3 的外面有一微分筒（副尺）6，上面有刻线，它用锥孔与测微螺杆 7 右端锥体相连。测

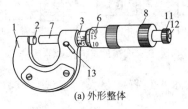

(a) 外形整体

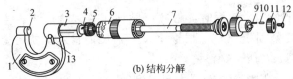

(b) 结构分解

图 1-24 外径千分尺外形和结构

1—尺架；2—测砧；3—固定套筒（主尺）；4—衬套；5—螺母；

6—微分筒（副尺）7—测微螺杆；8—罩壳；9—弹簧；10—棘

爪；11—棘轮；12—螺钉；13—手柄（锁紧装置）

微螺杆 7 在转动时的松紧程度可用螺母 5 调节。当要测微螺杆 7 固定不动时，可转动手柄 13 通过偏心机构锁紧。松开罩壳 8 时，可使测微螺杆 7 与微分筒 6 分离，以便调整零线位置。转动棘轮 11，测微螺杆 7 就会前进。当测微螺杆 7 左端面接触工件时，棘轮 11 在棘爪 10 的斜面上打滑，由于弹簧 9 的作用，使棘轮 11 在棘爪 10 上滑过而发出"咔咔"声。如果棘轮 11 以相反方向转动，则拨动棘爪 10 和微分筒 6 以及测微螺杆 7 转动，使测微螺杆向右移动。棘轮 11 用螺钉 12 与罩壳 8 连接。

2）内径千分尺 内径千分尺是用来测量内孔直径、槽宽等尺寸的。它有普通形式（图 1-25）和杆式（图 1-26）两种。

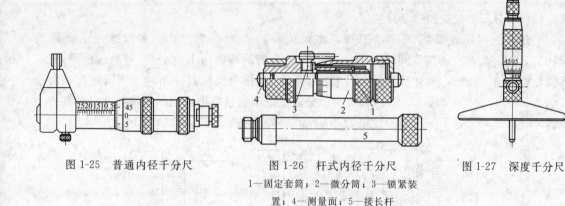

图 1-25 普通内径千分尺　　　图 1-26 杆式内径千分尺　　　图 1-27 深度千分尺

1—固定套筒；2—微分筒；3—锁紧装置；4—测量面；5—接长杆

测量孔径不大时（如小于 40mm），可用普通内径千分尺。这种千分尺的刻线方向与外径千分尺相反，当微分筒顺时针转动时，测微螺杆带动卡脚移动，测距越来越大。

测量大孔时，可用杆式内径千分尺。它由两部分组成，一是尺头部分，二是接长杆，它有多种长度规格，可根据被测工件孔的尺寸大小选用不同规格的接长杆，并装在尺头（千分尺）上。

3）深度千分尺 用于测量阶梯孔、凹槽、盲孔的深度。结构与千分尺相同，但它的测微螺杆可根据工件尺寸不同进行调换，如图 1-27 所示。

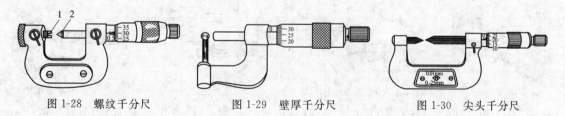

图 1-28 螺纹千分尺　　　图 1-29 壁厚千分尺　　　图 1-30 尖头千分尺

4）螺纹千分尺 用来测量普通螺纹的螺纹中径，测量中径范围有 0～25mm、25～50mm、50～75mm，可测量螺纹的螺距为 0.4～6mm，它有两个特殊的可调换的量头 1 和 2，量头的角度与螺纹牙形角相同，如图 1-28 所示。

5）壁厚千分尺 用来测量精密管形零件的壁厚，如图 1-29 所示。

6）尖头千分尺 用于测量小沟槽，如钻头和偶数槽丝锥的沟槽处的直径等，测量范围为 0～25mm，如图 1-30 所示。

7）公法线千分尺 用来测量齿轮的公法线长度。测量面是两个精确平面的量钳，以便伸进齿槽中进行测量，如图 1-31 所示。

8）杠杆千分尺　它由螺旋测微机构及杠杆齿轮测微机构组成，用于精密测量外径、长度和厚度尺寸等，如图 1-32 所示。

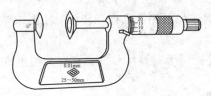 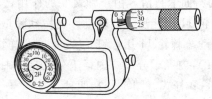

图 1-31　公法线千分尺　　　　　　　　图 1-32　杠杆千分尺

（2）千分尺的刻线原理及读法

千分尺是应用螺旋副的传动原理，将角位移转变为直线位移。测微螺杆的螺距为 0.5mm，固定套筒上的刻度间隔也是 0.5mm，微分筒的圆锥面上刻有 50 等分的圆周刻线。将微分筒旋转一圈时，测微螺杆轴向位移 0.5mm，当微分筒转过一格时，测微螺杆轴向位移 $0.5mm \times 1/50 = 0.01mm$。这样，可由微分筒上的刻度精确地读出测微螺杆轴向位移的小数部分。由此可见，千分尺的分度值为 0.01mm。外径千分尺的读数如图 1-33 所示。

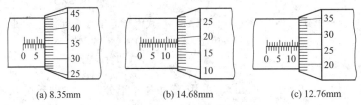

（a）8.35mm　　　　　　（b）14.68mm　　　　　　（c）12.76mm

图 1-33　外径千分尺读数举例

（3）千分尺的使用

用千分尺测量工件时，可单手使用也可双手测量，使用方法如图 1-34 所示。

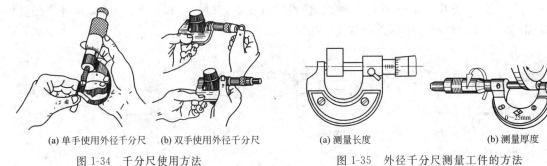

（a）单手使用外径千分尺　（b）双手使用外径千分尺　　　　（a）测量长度　　　　　（b）测量厚度

图 1-34　千分尺使用方法　　　　　　图 1-35　外径千分尺测量工件的方法

使用外径千分尺应注意以下几点。

① 千分尺的测量面应保持干净，使用前应校准尺寸，对 0～25mm 千分尺应将两测量面接触，此时微分筒上零线应与固定套筒上基准线对齐，否则应先进行调正。对 25mm 以上千分尺则用标准样棒来校准。

② 测量时，先转动微分筒，当测量面接近工件时，改用棘轮，直到棘轮发出"吱吱"声为止。

③ 测量时，千分尺要放正，并要注意温度影响。

④ 不能用千分尺测量毛坯，更不能在工件转动时测量。

⑤ 测量完毕，千分尺应保持干净，放置时 0～25mm 千分尺两测量面之间须保持一定间隙。

用外径千分尺测量工件的方法如图 1-35 所示。

用内径千分尺测量工件的方法如图 1-36 所示。

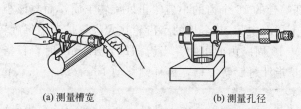

(a) 测量槽宽　　　　　　　(b) 测量孔径

图 1-36　内径千分尺测量工件的方法

用杆式内径千分尺测量工件的方法如图 1-37 所示。

用深度千分尺测量深度的方法如图 1-38 所示。

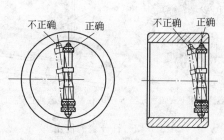

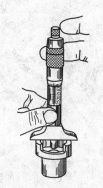

图 1-37　杆式内径千分尺测量工件的方法　　　图 1-38　深度千分尺测量深度的方法

用螺纹千分尺测量三角螺纹的方法如图 1-39 所示。

用公法线千分尺测量梯形螺纹（或蜗杆）的方法如图 1-40 所示。

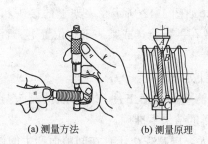

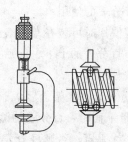

(a) 测量方法　　　(b) 测量原理　　　　　(a) 公法线千分尺　(b) 测量方法

图 1-39　螺纹千分尺测量三角螺纹的方法　　　图 1-40　公法线千分尺测量梯形螺纹的方法

1.2.1.4　百分表及其使用

（1）百分表

百分表是一种指示式量仪，分度值为 0.01mm。当分度值为 0.005mm 或 0.001mm 时，称为千分表。

百分表的内部结构如图 1-41 所示。其传动过程：当齿杆 2 移动时，将带动齿数为 16 的小齿轮 3 转动，同时与小齿轮 3 同轴的具有 100 个齿的大齿轮 4 也跟着转动；大齿轮 4 又带动处于中间位置的具有 10 个齿的中间小齿轮 10 转动，与中间小齿轮 10 同轴的长指针 7 和中间小齿轮 10 保持同步转动。

（2）百分表的刻线原理及读法

百分表齿杆的齿距是 0.625mm。齿杆每上升 16 个齿，其上升的距离为 $0.625 \times 16 = 10$（mm）；此时，和齿杆啮合的 16 个齿的小齿轮正好旋转 1 周，而与该小齿轮同轴的 100 个齿的大齿轮也必然旋转 1 周。中间 10 个齿的小齿轮在大齿轮带动下每旋转 10 周，与中间小齿轮同轴的长指针也旋转 10 周。由此可知，当齿杆每上升 1mm 时，长指针则旋转 1 周。表盘等分为 100 格，所以长指针每旋转 1 格，齿杆则移动 1mm/100＝0.01mm。故百分表的分度值为 0.01mm。

例如，当长指针转动 2 周（短指针一定移动 2 格）零 8 格时，读数为 2.08mm。当长指针转动 3 周（短指针一定移动 3 格）零 33 格时，读数为 3.33mm。

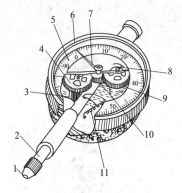

图 1-41　百分表的内部结构

1—测量头；2—齿杆（量杆）；3—小齿轮；4,9—大齿轮；5—表盘；6—表圈；7—长指针；8—短指针；10—中间小齿轮；11—拉簧

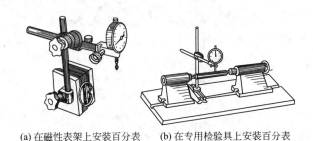

(a) 在磁性表架上安装百分表　　(b) 在专用检验具上安装百分表

图 1-42　百分表的使用

（3）百分表的使用

百分表使用时可装在专用表架上或磁性表架上，如图 1-42 所示。表架上的接头和伸缩杆可以调节百分表的上下、前后及左右位置，表架放在平板上，或某一平整位置上。百分表的使用方法如下。

① 百分表装在表架上后，一般转动表盘，使指针处于零位。

② 测量平面时，百分表的测头应与平面垂直；测量圆柱形工件，百分表的测头与圆柱形工件中心线垂直；否则百分表齿杆移动不灵活，测量结果不准确。

③ 使用百分表测量时，齿杆的升降范围不宜太大，以减少由于存在间隙而产生的误差。

（4）内径百分表

内径百分表可用来测量孔径和孔的形状误差，对于测量深孔极为方便。内径百分表的结构如图 1-43 所示。在测量头端部有可换测头 1 和活动测头 2。测量内孔时，孔壁使活动测头 2 向左移动而推动摆块 3，摆块 3 使杆件 4 向上，推动百分表量杆 6，使百分表指针转动而指出读数。测量完毕时，在弹簧 5 的作用下，量杆回到原位。

通过更换可换触头 1，可改变内径百分表的测量范围。内径百分表的测量范围有 6～

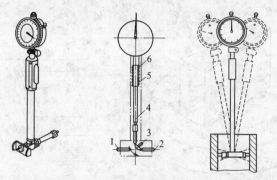

(a) 内径百分表外形　(b) 内径百分表结构　(c) 内径百分表的使用方法

图 1-43　内径百分表

1—可换测头；2—活动测头；3—摆块；4—杆件；5—弹簧；6—量杆（百分表触头）

10mm、10～18mm、18～35mm、35～50mm、50～100mm、100～160mm、160～200mm 等。

内径百分表的示值误差较大，因此在每次测量前都必须用千分尺校对尺寸。

内径百分表的使用方法如图 1-43(c) 所示，测量时应放正。

1.2.1.5　塞尺及其使用

（1）塞尺

塞尺是用来检验两个接合面之间的间隙大小；钳工也常将工件放在标准平板上，然后通过用塞尺检测工件与平板之间的间隙来确定工件表面平面度情况。

塞尺具有两个平行的测量平面，如图 1-44 所示。塞尺长度有 50mm、100mm 和 200mm 等多种规格，其厚度在 0.03～0.1mm 范围，中间每片相隔 0.01mm；厚度在 0.1～1mm 范围，则中间每片相隔 0.05mm。

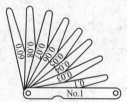

（2）塞尺的使用

图 1-44　塞尺

使用塞尺时，根据尺寸需要，可用一片或数片重叠在一起使用，但是应尽量减少重叠片数，以减少积累误差。测量时如用 0.03mm 一片能插入，而用 0.04mm 一片不能插入，这说明间隙在 0.03～0.04mm 之间，所以塞尺也是一种界限量规。塞尺的使用方法如下。

① 使用前清除工件和塞尺上的灰尘和油污。

② 测量时不能用力太大，以免塞尺弯曲和折断。

1.2.1.6　量块及其使用

（1）量块

量块是没有刻度的、截面为矩形的、平面平行的端面量具。量块用特殊合金钢制成，具有线胀系数小、不易变形、硬度高、耐磨性好、工作面粗糙度值小及研合性好等特点。

如图 1-45(a) 所示，量块上有两个平行的测量面，其表面光滑平整。两个测量面间具有精确的尺寸。另外还有 4 个非测量面。从量块一个测量面上任意一点（距边缘 0.5mm 区域除外）到与此量块另一个测量面相研合的面的垂直距离称为量块长度 L_i，从量块一个测量面上中心点到与此量块另一个测量面相研合的面的垂直距离称为量块的中心长度 L。量块上标出的尺寸称为量块的标称长度。

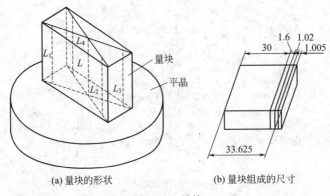

(a) 量块的形状　　　　　　(b) 量块组成的尺寸

图 1-45　量块

为能用较少的块数组合成所需要的尺寸，量块按一定的尺寸系列成套生产供应。国家标准共规定了 17 种系列的成套量块，表 1-1 列出了其中两套量块的尺寸系列。成套量块如图 1-46 所示。

表 1-1　成套量块的尺寸（摘自 GB/T 6093—2001）

序	总块数	级别	尺寸系列/mm	间隔/mm	块数
1	83	00,0,1,2,(3)	0.5	—	1
			1	—	1
			1.005	—	1
			1.01,1.02,…,1.49	0.01	49
			1.5,1.6,…,1.9	0.1	5
			2.0,2.5,…,9.5	0.5	16
			10,20,…,100	10	10
2	46	0.1,2	1	—	1
			1.001,1002,…,1.009	0.001	9
			1.01,1.02,…,1.09	0.01	9
			1.1,1.2,…,1.9	0.1	9
			2,3,…,9	1	8
			10,20,100	10	10

注：带（　）的等级，根据定货供应。

（2）量块的使用

根据不同的使用要求，量块做成不同的精度等级。划分量块精度有两种规定：按"级"划分和按"等"划分。

国标 GB/T 6093—2001 按制造精度将量块分为 00、0、1、2、3 和 K 级共 6 级，精度依次降低。其中 00 级精度最高，3 级精度最低，K 级为校准级。量块按"级"使用时，是以量块的标称长度为工作尺寸的，该尺寸包含了量块的制造误差，它们将被引入到测量结果中。但因不需要加修正值，故使用较方便。

国家计量局标准 JJG 146—2003《量块检定规程》按检定精度将量块分为 1～6 等，精度依次降低。量块按"等"使用时，不再以标称长度作为工作尺寸，而是用量块经检定后所给出的实测中心长度作为工作尺寸，该尺寸排除了量块的制造误差，仅包含检定时较小的测量误差。

量块在使用时，常常用几个量块组合成所需要的尺寸，如图 1-45（b）所示。组合量块时，为减少量块组合的累积误差，应力求使用最少的块数获得所需要的尺寸，一般不超过 4 块。可以从消去尺寸的最末位数开始，逐一选取。例如，使用 83 块一套的量块组；从中选取量块组成 33.625mm。查表 1-1，可按以下步骤选择量块尺寸。

$$
\begin{array}{rl}
33.625 & \cdots\cdots\cdots 量块组合尺寸 \\
- \quad 1.005 & \cdots\cdots\cdots 第一块量块尺寸 \\
\hline
32.62 \\
- \quad 1.02 & \cdots\cdots\cdots 第二块量块尺寸 \\
\hline
31.6 \\
- \quad 1.6 & \cdots\cdots\cdots 第三块量块尺寸 \\
\hline
30 & \cdots\cdots\cdots 第四块量块尺寸
\end{array}
$$

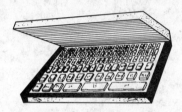

图 1-46 成套量块

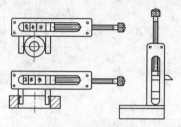

图 1-47 量块附件使用方法

量块除了作为长度基准的传递媒介以外，也可以用来检定、校对和调整计量器具，还可以用于测量工件、精密划线和精密调整机床。

可以利用量块附件和量块组测量外径、内径和高度，其使用方法如图 1-47 所示。

1.2.1.7 直角尺及其使用

（1）直角尺（弯尺）

直角尺一般分整体和组合的两种，如图 1-48 所示。整体直角尺是用整块金属制成。组合直角尺是由尺座和尺苗两部分组成。直角尺的两边长短不同，长而薄的一边叫尺苗，短而厚的一边叫尺座。有的直角尺在尺苗上带有尺寸刻度。

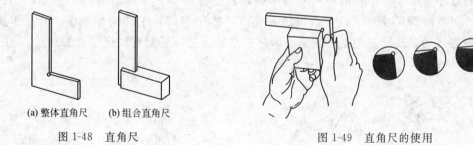

(a) 整体直角尺　(b) 组合直角尺

图 1-48 直角尺

图 1-49 直角尺的使用

直角尺用来检查或测量工件内、外直角、平面度，它也是划线、装配时常用的量具。

（2）直角尺的使用

直角尺的使用方法，是将尺座一面靠紧工件基准面，尺苗向工件的另一面靠拢，观察尺苗与工件贴合处，用透过光线是否均匀来判断工件两相邻面是否垂直，或用塞尺插入其缝隙处测量垂直度误差，如图 1-49 所示。

1.2.1.8 卡钳及其使用

（1）卡钳

卡钳分为内卡钳和外卡钳两种，如图 1-50 所示。内卡钳是测量工件内径、凹槽等用，外卡钳是测量外径和平行面等用。

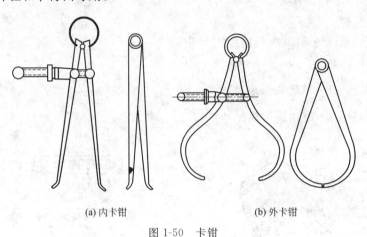

(a) 内卡钳　　　　　　(b) 外卡钳

图 1-50　卡钳

（2）卡钳的使用

用卡钳测量，是靠手指的灵敏感觉来取得准确尺寸的。测量时，先将卡钳掰到与工件尺寸近似，然后轻敲卡钳的内外侧，来调整卡脚的开度。调整时，不可在工件表面上敲击，也不可敲击卡钳的卡脚，避免损伤工件的表面和卡脚，如图 1-51 所示。

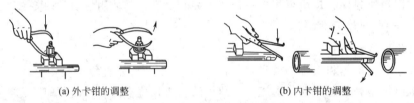

(a) 外卡钳的调整　　　　　　　　(b) 内卡钳的调整

图 1-51　卡钳卡脚开度的调整

测量外部尺寸时，将调好尺寸的卡钳通过工件表面，手指有摩擦的感觉，如图 1-52 所示。测量内部尺寸时，将内卡钳插入孔内，将一卡脚和工件表面贴住，另一卡脚作前后、左右摆动，经反复调整，达到卡脚贴合松紧合适，手指有轻微摩擦的感觉，如图1-53所示。

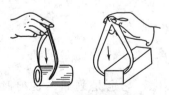

图 1-52　外卡钳的使用

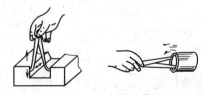

图 1-53　内卡钳的使用

用卡钳测量工件不能直接读数，必须借助其他量具。借助时，应使一卡脚靠紧基准面，另一卡脚稍微移动，调到使卡脚轻轻接触表面或与刻度线重合为止，如图 1-54、图 1-55 所示。

图 1-54 在铜板尺上测量尺寸

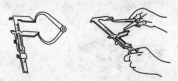

图 1-55 在游标卡尺上测量尺寸

1.2.2 钳工常用的设备

1.2.2.1 钳工工作台及其使用

（1）钳工工作台

钳工工作台（简称钳台或钳桌），它是钳工操作的专用案子，是用来安装台虎钳、放置工具、量具和工件的。钳工工作台有多种式样，有木制的、钢结构的或在木制的台面覆盖铁皮，有单人和多人用的。台面高度为 800～900mm，厚度约为 60mm，长度和宽度可随工作需要而定，如图 1-56 所示。

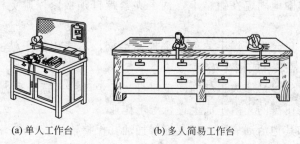

(a) 单人工作台　　　　　　　(b) 多人简易工作台

图 1-56　钳工工作台

（2）钳工工作台的使用

钳工工作台要保持清洁，各种工具、量具和工件的放置要有次序，便于工作和保证安全。

1.2.2.2 台虎钳及其使用

（1）台虎钳

台虎钳是一种装在工作台上供夹持工件用的夹具。钳工常用台虎钳分固定式和回转式两种，如图 1-57 所示。台虎钳的大小是以钳口的长度来表示的，常用的有 100mm、125mm 和 150mm 3 种规格。

回转式台虎钳最常见，它的基本构造如图 1-57（b）所示。主体是铸铁制成的，分固定部分和活动部分。固定部分 1 用螺钉固定在工作台上，活动部分 2 经导轨 5 滑动配合于固定部分。在固定部分和滑动部分上端咬口处镶有淬硬的钳口 3。固定部分有一砧座 4，6 是丝杆与内部一个螺母配合，它正反转动时带动活动部分 2 前后移动，7 是丝杆转动加力手柄，8 是固定部分的转座，9 是固定部分的底座，10 是转座的松紧螺钉，11 是松紧小手柄。

（2）台虎钳的使用

① 台虎钳安装在钳桌上，必须使固定钳身的钳口工作面处于钳桌边缘之外。以便在夹持长工件时不受钳桌边缘的阻碍。台虎钳安置在钳工工作台的台面上，其高度恰好齐人的手肘，如图 1-58 所示。

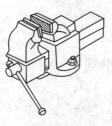
(a) 固定式台虎钳

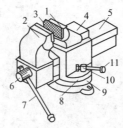
(b) 回转式台虎钳

图 1-57 台虎钳构造
1—固定部分；2—活动部分；3—钳口；4—砧座；
5—导轨；6—丝杆；7—手柄；8—转座；9—底
座；10—螺钉；11—小手柄

图 1-58 台虎钳高度确定法

② 台虎钳必须牢固地固定在钳桌上，两个夹紧螺钉须扳紧，避免松动现象，以保证加工质量。

③ 夹紧工件时，只允许依靠手的力量来扳动手柄，不能用锤子敲击手柄或套上长管子来扳手柄，以免丝杆、螺母或钳床损坏。

④ 强力作业时，应尽量使力量朝向固定钳身，避免丝杠、螺母受力过大而造成损坏。

⑤ 不允许在活动钳身的光滑平面上进行敲击作业。

⑥ 丝杠、螺母和其他活动表面上都要经常加油并保持清洁。

1.2.2.3 砂轮机及其使用

（1）砂轮机

砂轮机主要用来刃磨钳工用的各种刀具或磨制其他工具，它由砂轮、电动机、砂轮机座、托架和防护罩等组成，如图 1-59 所示。

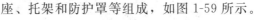
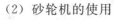

（2）砂轮机的使用

由于砂轮的质地较脆，转速较高，如使用不当，容易发生砂轮碎裂造成人身事故，因此使用砂轮机时，要严格遵守安全操作规程。一般应注意以下几点。

① 砂轮的旋转方向要正确，使磨屑向下方飞离砂轮。

② 砂轮启动后先观察运转情况，转速正常后再进行磨削。

③ 经常调整托架与砂轮间的距离，一般应保持在 3mm 以内，防止磨削件轧入造成事故。

图 1-59 砂轮机

④ 磨削时工作者应站在砂轮的侧面或斜侧面，不要站在砂轮的对面。

⑤ 磨削过程中，不要对砂轮施加过大的压力，防止刀具或工件对砂轮发生激烈的撞击，砂轮应经常用修整器修整，以保持砂轮表面的平整。

思考与练习

1. 试述钳工在机械制造企业中的任务和必须具备的基本操作技能。

2. 试述读数值为 0.02mm 的游标卡尺的刻线原理。

3. 根据图 1-60，说出该游标卡尺的读数值及其所示的尺寸值。

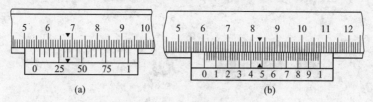

(a)　　　　　　　　　　(b)

图 1-60　游标卡尺读法示意图

4. 试述外径千分尺的刻线原理。

5. 读出图 1-61 所示外径千分尺的实际读数。

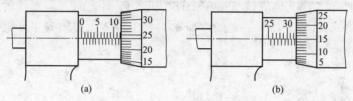

(a)　　　　　　　　　　(b)

图 1-61　外径千分尺读数示意图

6. 量块的用途是什么？试用量块组配下列尺寸：36.43mm；62.135mm；89.545mm。

7. 怎样正确使用台虎钳？

8. 使用砂轮机时要注意哪些事项？

第②章 划　　线

根据图纸或实物，在待加工的毛坯件上划出零件加工的界限，叫做划线。

划线分平面划线和立体划线两种。平面划线是指在工件的一个表面（即工件的二坐标体系内）上划线就能表示出加工界线的划线，如在板料上划线、在盘状工件端面上划线等，如图 2-1 所示。而立体划线是指在工件的几个不同表面（即工件的三坐标体系内）上划线才能明确表示出加工界线的划线，如在支架、箱体、曲轴等工件上划线，如图 2-2 所示。

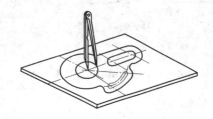

图 2-1　平面划线

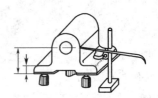

图 2-2　立体划线

划线的目的：一是明确地表示出加工位置、加工余量或划出加工位置的找正线，使加工有所依据；二是检查毛坯外形尺寸是否合乎要求，避免不合乎要求的毛坯投入加工后所造成的浪费；三是通过对加工余量的合理分配，挽救即将报废的毛坯件。

2.1　划线程序

2.1.1　划线前的准备工作

① 毛坯工件的清理。毛坯工件在划线前要经过清理，若是铸件毛坯，应先将残余型砂、毛刺、浇口及冒口进行清理、錾平，并且锉平划线部位的表面。对锻件毛坯，应将氧化皮除去。对于"半成品"的已加工表面，若有锈蚀，应用钢丝刷将浮锈刷去，修钝锐边、油污擦净，以增强涂料的附着力，使划出的线条明显、清晰。

② 毛坯工件的检查。清理后，要仔细检查，视毛坯上是否存在锻打和铸造的缺陷，如缩孔、气泡、裂纹、歪斜等，并与工件图纸上的技术要求相对照，对某些确实不合格的毛坯工件应及早予以剔除。然后再按照图纸要求的尺寸，检查毛坯各加工部位的实际尺寸，确定划线基准及放置支承位置，确定借料的方案，要求留有足够的加工余量，对一些无加工余量的毛坯工件，亦应剔除。

③ 毛坯工件划线表面的涂色。为使工件表面划出的线条清晰，划线前需在划线部位涂上一层薄而均匀的涂料，待涂料干燥后即可进行划线。涂料的种类较多，可以根据划线工件的情况来选择，常用涂料及调制见表 2-1。

表 2-1　常用涂料及调制

名　称	配　方	应　用
白灰浆	石灰水、3%的乳胶	铸件或锻件毛坯
甲紫（品紫）溶液	2%～3%的甲紫，3%～4%的漆片，93%～95%的酒精	铝、铜等有色金属
硫酸铜（蓝矾）溶液	5%～6%的硫酸铜，94%～95%的稀酒精；或 8%的硫酸铜，92%的水	磨削过的工件
孔雀绿（品绿）溶液	3%～4%的孔雀绿，2%～3%的漆片，93%～95%的酒精	精加工工件

④ 为了画出孔的中心，在孔中要装入中心塞块。一般小孔多用木塞块，如图 2-3（a）所示，或铅塞块，如图 2-3（b）所示，大孔用中心架，如图 2-3（c）所示。

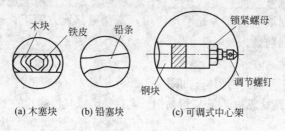

(a) 木塞块　　(b) 铅塞块　　(c) 可调式中心架

图 2-3　中心塞块

2.1.2　划线

① 把工件夹持稳当，调整支承、找正，结合借料方案进行划线。

② 先划基准线和位置线，再划加工线，即先划水平线，再划垂直线，最后划圆、圆弧和曲线。

③ 立体工件按上述方法，进行翻转放置依次划线。

2.1.3　检查、打样冲眼

① 对照图样和工艺要求，对工件依划线顺序从基准开始逐项检查，或漏划应及时改正，保证划线的准确。

② 检查无误后在加工界线上打样冲眼。样冲眼必须打正，毛坯面要适当深些，已加工面或薄板件要浅些、稀些。精加工表面和软材料上可不打样冲眼。

2.2　划线工具

2.2.1　常用工具

2.2.1.1　支承工具

（1）划线平台（平板）

划线平台是划线的基本工具。它的上平面经过精刨或刮削制成，如图 2-4 所示。中、小型平板一般放置在木制的支承架上，高度为 600～900mm。大型平板由若干块拼成，一般用千斤顶支承，高度宜低些。

由于平板表面是划线的基本平面，其平整性直接影响划线的质量，因此安装时必须使工作平面保持水平位置。在使用过程中要保持清洁，防止切屑、灰砂等在划线工具或工件移动

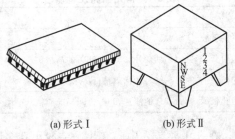

(a) 形式 I　　　　　(b) 形式 II

图 2-4　划线平台（平板）

时划伤平板表面。划线时工件和工具在平板上要轻放，防止台面受撞击，更不允许在平板上进行任何敲击工作，划线平板要各处平均使用，避免局部地方凹下，影响平板的平整性，平板使用后应揩净，涂油防锈。

（2）划线方箱

划线方箱的形状多呈空心矩形体，如图 2-5 所示。图 2-5(b) 和图 2-5(c) 所示的划线方箱，上面配有立柱和螺杆，结合纵横两条 V 形槽用于夹持轴类或其他形状的工件，如图 2-6 所示。

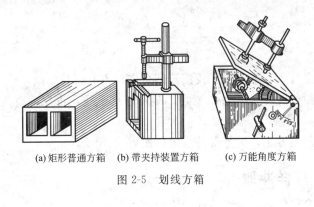

(a) 矩形普通方箱　　(b) 带夹持装置方箱　　(c) 万能角度方箱

图 2-5　划线方箱

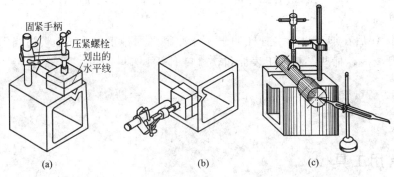

(a)　　　　　　(b)　　　　　　(c)

图 2-6　划线方箱的使用

方箱的相邻平面相互垂直，相对平面又互相平行，利用这个结构特点，可方便地将垂直线、平行线、水平线在工件上划出来。

图 2-5(c) 所示万能角度方箱是划角度线和倾斜面时使用的工具，它的特点是：在划任何一种倾斜面和角度线工件时，都不需要校正，只要将工件放在方箱的上盖上，再用螺钉压板夹紧，然后根据工件的角度来对好刻度盘的指针，使工件转动到所需要的角度，就可以进行划线工作。

（3）V形块（铁）

V形块（铁）如图2-7所示。它在划线中用以支承轴件、筒形件或圆盘类工件，其使用情况如图2-8所示，将轴件放在V形铁上划中心线和键槽轮廓线等都非常方便。

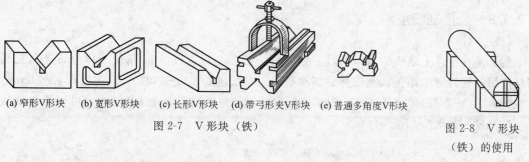

(a) 窄形V形块　(b) 宽形V形块　(c) 长形V形块　(d) 带弓形夹V形块　(e) 普通多角度V形块

图2-7　V形块（铁）

图2-8　V形块（铁）的使用

在V形铁上还可以做出多种角度，以适应不同直径工件的需要。带弓形夹的多角度V形铁，它把工件夹持在V形铁上，并可方便地将工件翻转至某一位置。

（4）90°角铁

90°角铁一般用铸铁制造，它的直立面与底平面互相垂直，如图2-9所示。角铁的使用如图2-10所示。图2-10（a）是使用两个弓形夹将工件夹紧在90°角铁的直立面上；图2-10(b)是使用螺栓和压板将工件夹持起来，准备使用90°角尺划孔中心线的情况。

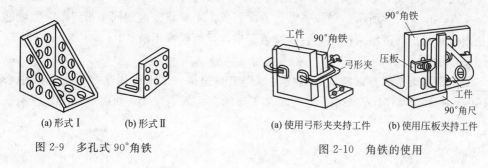

(a) 形式Ⅰ　(b) 形式Ⅱ

图2-9　多孔式90°角铁

(a) 使用弓形夹夹持工件　(b) 使用压板夹持工件

图2-10　角铁的使用

（5）千斤顶

千斤顶是用来支持毛坯或形状不规则的工件而进行立体划线的工具。它可调整工件的高度，以便安装不同形状的工件，如图2-11所示。

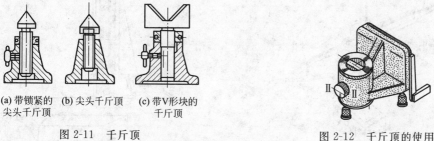

(a) 带锁紧的尖头千斤顶　(b) 尖头千斤顶　(c) 带V形块的千斤顶

图2-11　千斤顶

图2-12　千斤顶的使用

用千斤顶支持工件时，一般要同时用3个千斤顶支承在工件的下部，3个支承点离工件重心应尽量远一些，3个支承点所组成的三角形面积应尽量大，在工件较重的一端放两个千斤顶，较轻的一端放一个千斤顶，这样比较稳定，如图2-12所示。

带 V 形块的千斤顶，是用于支持工件圆柱面的。

（6）斜垫铁（斜铁或楔铁）

斜垫铁用来支承毛坯或不平的工件，使用时比千斤顶方便，但只能作少量的调节，如图 2-13 所示。

2.2.1.2　直接划线工具

（1）划针

划针是在工件上划线的基本工具，划线时一般要与钢直尺、90°角尺或样板等导向工具配合使用。划针通常用工具钢或弹簧钢丝制成，其长度为 200～300mm，直径为 $\phi 3 \sim 6$ mm，尖端磨成 10°～20°角，并经淬火。为了使针尖更锐利耐磨，划出线条更清晰，可以焊接硬质合金后磨锐，如图 2-14 所示。

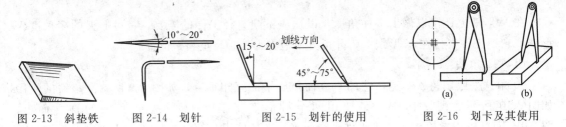

图 2-13　斜垫铁　　图 2-14　划针　　图 2-15　划针的使用　　图 2-16　划卡及其使用

划线时，针尖要靠紧导向工具的边缘，上部向外侧倾斜 15°～20°，向划线方向倾斜 45°～75°，如图 2-15 所示。划线要做到一次划成，不要重复地划同一根线条。力度适当，才能使划出的线条既清晰又准确，否则线条变粗，反而模糊不清。

（2）划卡

划卡是用碳素工具钢制成，划线尖端焊上高速钢。划卡可用来求圆形工件中心，如图 2-16(a) 所示，操作比较方便。也可沿加工好的直面划平行线，如图 2-16(b) 所示。

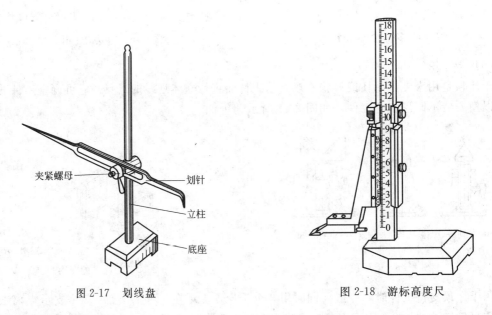

图 2-17　划线盘　　　　　　　图 2-18　游标高度尺

（3）划线盘

划线盘用来立体划线或在平板上找正工件的位置，如图 2-17 所示。它由底座、立柱、划针和夹紧螺母等组成。划针的直头端用来划线，而弯头端常用来找正工件的位置，如找正工件表面与划线平板是否平行等。

用划线盘划线时，应使划针基本上处于水平位置，不要倾斜太多；划针伸出的部分应尽量短些，这样划针的刚度较大，不易产生抖动；划针的夹紧也要可靠，避免在划线过程中尺寸变动；用手拖动底座划线时，应使它与平板表面紧贴，而无摇晃或跳动现象；划针与工件划线表面之间沿划线方向要倾斜一定角度，这也可减小划针在划线时的阻力和防止扎入粗糙表面；为了使拖动方便，还要求底座与平板的接触面都保持十分干净，以减少阻力。

毛坯划线和半成品划线所用的划针、划线盘和划规不应混用。划线盘用完后，必须将针尖朝下，以防伤人。

（4）游标高度尺

游标高度尺是比较精密的量具及划线工具，如图 2-18 所示。它可以用来测量高度，又可以用划线量爪直接划线。

（5）划规

划规在划线工作中可以划圆和圆弧、等分线段、等分角度及量取尺寸等。它用中碳钢或工具钢制成，两脚尖端部位经过淬硬并刃磨，有的在两脚端部焊上一段硬质合金，以减小在毛坯表面划圆时尖端磨钝。

钳工用的划规有普通划规、扇形划规、弹簧划规和长划规等几种，如图 2-19 所示。最常用的是普通划规，它结构简单，制造方便，适用性较广，但其两脚铆合处的松紧要恰当；太紧则调节尺寸费劲，太松则尺寸容易变动。扇形划规上带有锁紧装置，当调节好尺寸后拧紧螺钉，尺寸就不易变动，最适用在粗糙的毛坯表面上划线。弹簧划规的优点是调节尺寸很方便，但划线时作圆弧的一只脚容易弹动而影响尺寸的准确性，因此仅适用在较光滑的表面上划线，而不适宜在粗糙表面上划线。长划规是专门用来划大尺寸圆或圆弧的，在滑杆上移动两个划规脚，就可得到一定的尺寸。

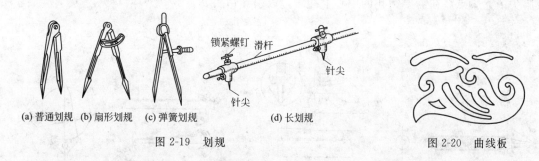

(a) 普通划规　(b) 扇形划规　(c) 弹簧划规　　　　(d) 长划规

图 2-19　划规　　　　　　　　　　　图 2-20　曲线板

锁紧螺钉　滑杆　针尖　针尖

除长划规外，其他几种划规的两脚都要磨成长短一样，两脚合拢时脚尖才能靠紧。用划规划圆弧时，应施以较大的压力到作为旋转中心的一脚，以防旋转中心滑移。

（6）曲线板（云线板）

曲线板是用薄钢板制成，表面平整光洁，常用来划各种光滑的曲线，如图 2-20 所示。

2.2.1.3　度量工具

（1）角度规和角度尺（多角尺）

角度规是比较精密的测量角度和划角度的量具，如图 2-21 所示。除角度规外，钳工经常用的还有一种角度尺，如图 2-22 所示。它适用于角度的划线或检验。

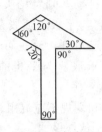

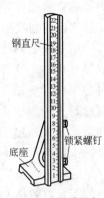

图 2-21　角度规　　　　图 2-22　角度尺　　　　图 2-23　多用角度尺　　　图 2-24　划线尺架

（2）多用角度尺

多用角度尺如图 2-23 所示。在立体划线中，主要用来直接或间接校正工件某一基准面、边和线与平台的角度。在平面划线中，主要用它按某一基准边或线划出与该边或线成一定角度的直线。上端附件与直尺组合起来，可划轴端中心线；下端附件和直尺组合起来，可作弯尺用。

（3）划线尺架

用以夹持钢直尺的划线工具称为划线尺架，如图 2-24 所示。在划线时，它配合划线盘一起使用，以确定划针在平板上的高度尺寸。

2.2.1.4　辅助工具

（1）样冲

样冲也叫尖冲子，如图 2-25 所示，是在已划好的线上冲眼用的，冲眼的目的是便于寻找线痕。一般在十字线中心、线条交叉点和折角处都要冲眼。较长的直线冲眼距离可稀疏些，圆弧线段处冲眼可稍密些。在使用划规划圆弧前，也要用样冲先在圆心上冲眼，作为划规脚尖的立脚点。在需要钻孔的中心上冲眼，以引导钻头。

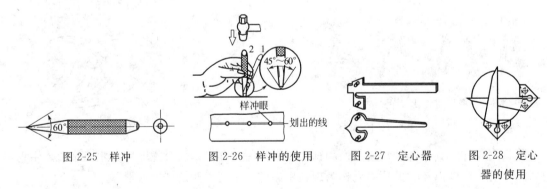

图 2-25　样冲　　　　图 2-26　样冲的使用　　　　图 2-27　定心器　　　图 2-28　定心器的使用

样冲用工具钢制成，经淬火硬化，还可用报废的刀具改制，尖角一般磨成 45°～60°。

冲眼时，开始样冲尾部向外倾斜约 30°，如图 2-26 所示的 1 位置，便于观察冲尖是否对准线条，对准后再立直到 2 位置，即垂直于工件锤击冲眼。除毛坯线外，冲眼不可过深，已精加工并有特殊要求的零件表面可不冲眼。冲眼应打在线宽的正中，不偏离所划的线条。中心线、找正线、检查线、装配对位标记线等辅助线，一般应打双样冲眼。

（2）定心器（定心尺）

定心器是利用已经加工后的孔或外径，划出该处的中心线，如图 2-27 所示，宜在直径较大的情况下采用。可做成多种规格，以适应不同尺寸零件的划线需要。使用时，注意将两个小圆柱靠紧在工件的孔或外径的圆上，如图 2-28 所示。经常使用时，要注意检查和修复定心器的定心精度。

（3）中心架

中心架结构如图 2-29 所示，调整尖头螺杆，即可将中心架固定在空心孔中。它的用途是，填补空心圆孔，以便划中心线

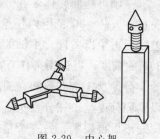

图 2-29　中心架

时在其上定出孔的中心，为继续使用划规划圆线时提供落脚点。用木板钉薄铁皮填补空心大孔，或用铅块填补小空心孔的方法也用在划线工作中，但不大方便。

2.2.2　分度工具

分度工具常用的是分度头。分度头是铣床附件，是用来对工件进行分度的工具。钳工划线时，可以使用分度头对较小的规则的圆形工件进行等分圆周和不等分圆周划线或划倾斜角度线等。其使用方便，精确度较好。

（1）分度头型号及规格

常用的型号有：F11100 型（FW100），其中心高为 100mm；F11125 型（FW125），其中心高为 125mm；F11160 型（FW160），其中心高为 160mm 等（其中括号内的型号为旧型号）。这 3 种分度头的传动原理都相同，外形结构也基本相似。

（2）分度头结构及传动系统

如图 2-30 所示。分度头主轴 9 是空心的，两端均为莫氏 4 号锥孔，前锥孔用来装带有拨盘的顶尖，后锥孔可装入心轴，作为差动分度或作直线移距分度和加工小导程螺旋面时安装托轮用。主轴的前端外部有一段定位锥体，用于与三爪自定心卡盘的连接盘（法兰盘）配合。

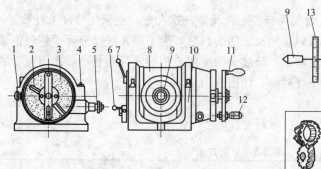

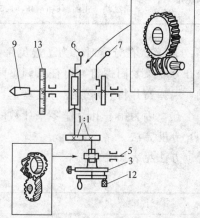

图 2-30　分度头结构及传动系统

1—分度盘紧固螺钉；2—分度叉；3—分度盘；4—螺母；5—交换齿轮轴；
6—蜗杆脱落手柄；7—主轴锁紧手柄；8—回转体；9—分度头主轴；
10—分度头基座；11—分度手柄；12—分度定位销；13—刻度盘

主轴可随回转体 8 在分度头基座 10 的环形导轨内转动。因此主轴除安装成水平位置外，还可在 $-6°\sim90°$ 范围内任意倾斜，调整角度前应松开基座上部靠主轴后端的两个螺母 4，调整之后再予以紧固。主轴的前端还固定一刻度盘 13，可与主轴一起转动。刻度盘上有 $0°\sim360°$ 的刻度，可以用来作直接分度。

分度盘 3 上有数圈在圆周上均布的定位孔，在分度盘的左侧有一分度盘紧固螺钉 1，用以紧固分度盘。在分度头后面有两个手柄，一个是主轴锁紧手柄 7，在分度时应先松开，分度完毕后再锁紧。另一个是蜗杆脱落手柄 6，它可使蜗杆和蜗轮脱开或啮合。蜗杆和蜗轮的啮合间隙可用偏心套调整。

在分度头的前面有一个分度手柄 11，转动分度手柄时，通过一对传动比为 1:1 的直齿圆柱齿轮及一对传动比为 1:40 的蜗杆蜗轮使主轴旋转。此外，分度盘右侧还有一根安装交换齿轮用的交换齿轮轴 5，它通过一对速比为 1:1 的螺旋齿轮和空套在分度手柄轴上的分度盘相联系。

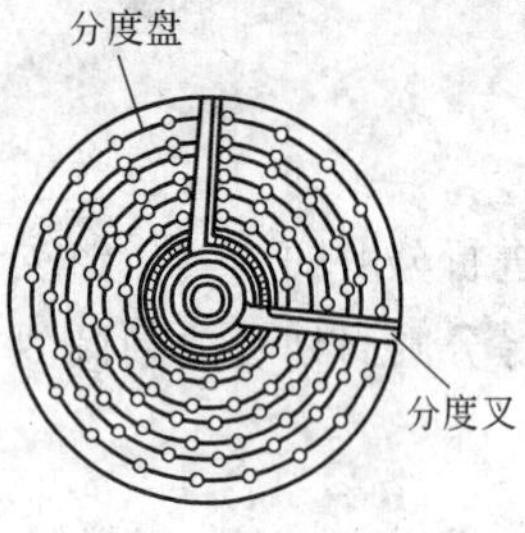

图 2-31 分度盘和分度叉

分度头基座 10 下面的槽里，可装上两块定位键，可与铣床工作台面的 T 形槽相配合，以便在安装分度头时，使分度头主轴轴线准确地平行于工作台的纵向进给方向。

（3）分度头的主要附件

① 分度盘。如图 2-31 所示，分度头有配一块分度盘的，也有配两块分度盘的。常用的 F11125 分度头备有两块分度盘，正、反面都有数圈均布的孔圈。分度盘的孔圈孔数见表 2-2。

表 2-2 分度盘的孔圈孔数

分度头类型	分度盘的孔数	
带一块分度盘	正面:24、25、28、30、34、37、38、39、41、42、43	
	反面:46、47、49、51、53、54、57、58、59、62、66	
带两块分度盘	第一块	正面:24、25、28、30、34、37; 反面:38、39、41、42、43
	第二块	正面:46、47、49、51、53、54; 反面:57、58、59、62、66

② 分度叉。在分度时，为了避免每分度一次要数一次孔数，就采用分度叉计数。

松开分度叉紧固螺钉，可任意调整两叉之间的孔数，为了防止摇动分度手柄时带动分度叉转动，用弹簧片将它压紧在分度盘上。分度叉两叉间夹角的实际孔数，应比所需要的孔距数多一个孔，因为第一孔是作零来计数的，如图 2-31 所示。

（4）分度方法

分度方法见表 2-3。

表 2-3 分度方法

名称	计 算 公 式	说　明
直接分度法	$\theta=\dfrac{360°}{Z}$ 式中 Z—工件等分数; 　　　θ—分度头主轴的转动角度	用于分度数目很少时 用脱落手柄使蜗杆与蜗轮脱开，转动卡盘到所需角度;紧定手柄，固定主轴,进行划线 第一次分度前应校零

续表

名称	计算公式	说　明
简单分度法	$N=\dfrac{40}{Z}$ 式中　40—蜗轮齿数(分度头传动定数); 　　　Z—工件等分数; 　　　N—手柄转数	用于工件等分数能分解成符合分度盘上所具有的孔数 　N 是整数,则是手柄转数;若 N 是分数,整数部分是手柄转数,分数部分由分度盘上的孔数控制 　例如,圆周分 32 等分,每一等分手柄应插的转数为 $N=\dfrac{40}{32}=1\dfrac{1}{4}$(圈),即手柄除摇一整圈外,1/4 圈则需通过分度盘来控制 　此时分度盘固定不动,将分度手柄上的定位销调整到孔数为 4 的倍数的孔圈上(如孔圈数是 24),在 24 孔的分度盘上 1/4 圈转动 6 个孔距,将定位销插入第 6 个孔内
角度分度法	$N=\dfrac{\chi°}{9°}$(r) 式中　$\chi°$—工件角度,以"°"为单位; 　　　N—手柄的转数,如果以"′"或"″"为单位,则上式相应为 　　　$N=\dfrac{\chi'}{540'}$(r)或 　　　$N=\dfrac{\chi''}{32400''}n$(r)	用于工件按转过的角度进行分度 　例 1:一工件,两条槽的夹角为 37°,求分度手柄的转数 n 解:$N=\dfrac{\chi°}{9°}=\dfrac{37°}{9°}=4\dfrac{1}{9}=4\dfrac{6}{54}$ 即分度手柄在每圈 54 孔的分度板上转过 4 整圈又 6 个孔距 　例 2:一工件,两条槽的夹角为 26°13′2″,求分度手柄的转数 n 解:$N=\dfrac{\chi°}{9°}=\dfrac{26°13'2''}{9°}$,即为 2 转又 8°13′2″ 　其中的 8°13′2″从角度分度表中查得与之接近的角度值,即 8°13′3″,所使用的分度板每圈孔数为 23 孔,手柄应转过的孔数是 21,误差为 1″
复式分度法	$N=\dfrac{40}{Z}=\dfrac{a}{b}+\dfrac{c}{d}$ 或 $\dfrac{a}{b}-\dfrac{c}{d}$ 式中　40—蜗轮齿数(分度头传动定数); 　　　Z—工件等分数; 　　　N—手柄转数 　　　$\dfrac{a}{b}$、$\dfrac{c}{d}$ 两个分数中 b、d 是分度盘孔圈数;a、c 是手柄应转的孔距数	用于简单分度法不能完成而工件的等分数又能分解成符合分度盘上某两个孔圈(复式)所具有的孔数。如圆周 77 等分,则每一等分手柄应摇的转数为 $N=\dfrac{40}{Z}=\dfrac{40}{77}=\dfrac{a}{b}+\dfrac{c}{d}=\dfrac{33}{7\times11}+\dfrac{7}{7\times11}$ $=\dfrac{3}{7}+\dfrac{1}{11}=\dfrac{3\times4}{7\times4}+\dfrac{1\times6}{11\times6}=\dfrac{12}{28}+\dfrac{6}{66}$ 手柄在 28 孔的孔圈上转过 12 孔距后,将手柄定位销插入分度盘中;同时将固定销拔出,使分度盘连同手柄一起,在 66 孔的孔圈上同向转 6 个孔距 　如两分数中间是"一",则后一分数的孔距反向转

2.3　划线基准

划线时,要选择工件上某个点、线或面作为依据,用它来确定工件其他的点、线、面尺寸和位置,这个依据称为划线基准。划线基准应包括以下 3 个。

尺寸基准——在选择划线尺寸基准时,应先分析图纸,找正设计基准,使划线的尺寸基准与设计基准一致,从而能够直接量取划线尺寸,简化换算过程。

放置基准——划线尺寸基准选好后,就要考虑工件在划线平板或方箱、V 形铁上的放置位置,即找出工件最合理的放置基准。

校正基准——选择校正基准,主要是指毛坯工件放置在平台上后,校正哪个面(或点和线)的问题。通过校正基准,能使工件上有关的表面处于合适的位置。

平面划线时一般要划两个互相垂直方向的线条，立体划线时一般要划3个互相垂直方向的线条。因为每划一个方向的线条，就必须确定一个基准。所以平面划线时要确定两个基准，而立体划线时则要确定3个基准。

无论是平面划线还是立体划线，它们的基准选择原则是一致的。所不同的是把平面划线的基准线变为立体划线的基准平面或基准中心平面。

2.3.1 划线基准选择原则

① 划线基准应尽量与设计基准重合。

② 对称形状的工件，应以对称中心线为基准。

③ 有孔或搭子的工件，应以主要的孔或搭子中心线为基准。

④ 在未加工的毛坯上划线，应以主要不加工面作基准。

⑤ 在加工过的工件上划线，应以加工过的表面作基准。

2.3.2 常用划线基准形式

常用划线基准形式见表2-4。

表 2-4　常用划线基准形式

基准形式	简图	基准形式	简图
以中心点为基准	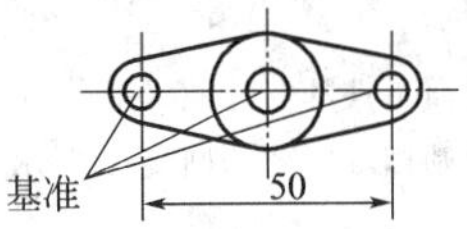	以两条相互垂直的中心线为基准	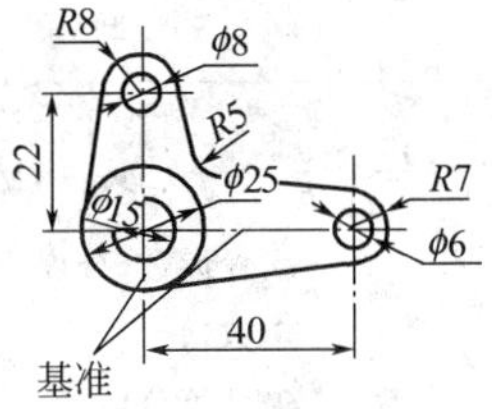
以一个平面和一条中心线为基准	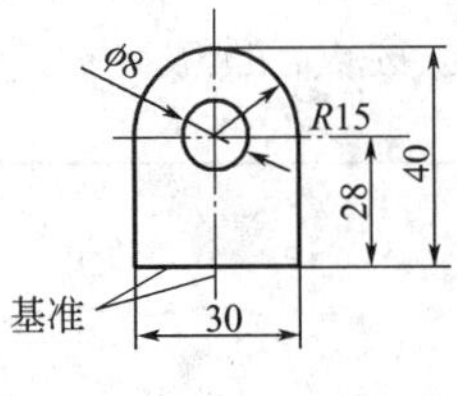	以两个相互垂直的平面为基准	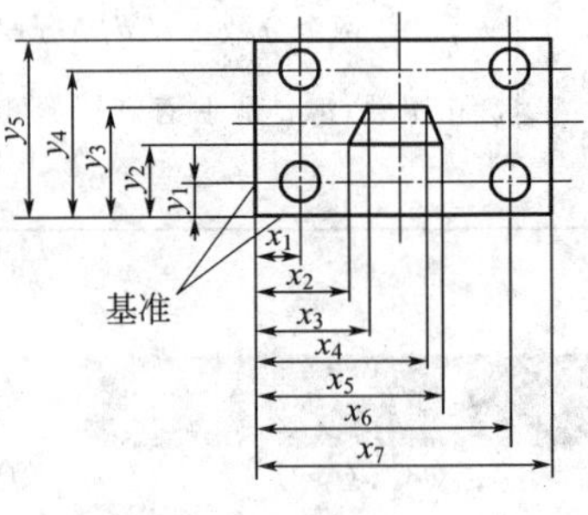

2.4 划线方法

2.4.1 平面划线

（1）基本线条的划法

基本线条的划法见表2-5。

表 2-5 基本线条的划法

名称	简 图	步 骤
平行线Ⅰ	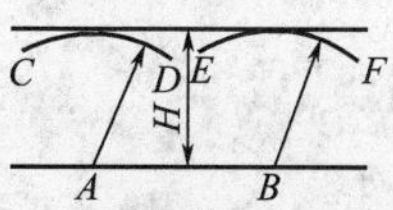	(1)在划好的直线上,取 A、B 两点 (2)以 A、B 为圆心,用相同半径 R 划出两圆弧 (3)用钢直尺作两圆弧的切线
平行线Ⅱ	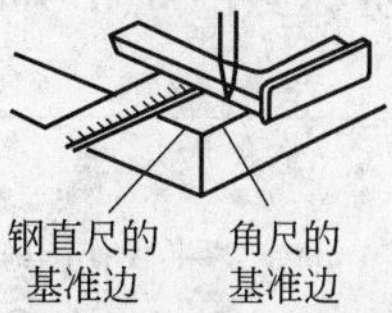 钢直尺的基准边　角尺的基准边	(1)用钢直尺和划针划出需要的距离 (2)用 90°角尺紧靠垂直面,另一边对正划出的距离,用划针划出平行线
垂直线Ⅰ	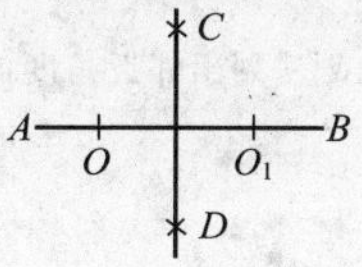	(1)在划好的直线上,取任意两点 O、O_1 为圆心,作圆弧交于上、下两点 C 和 D (2)通过 C、D 连线,就是 AB 的垂直线
垂直线Ⅱ	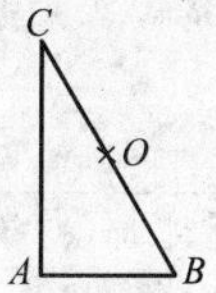	(1)划直线 AB (2)分别以 A、B 为圆心,AB 为半径作弧,交于 O 点 (3)再以 O 点为圆心,AB 为半径,在 BO 延长线上作弧,交于 C 点 (4)C 点与 A 点的连线,就是 AB 的垂直线
垂直线Ⅲ	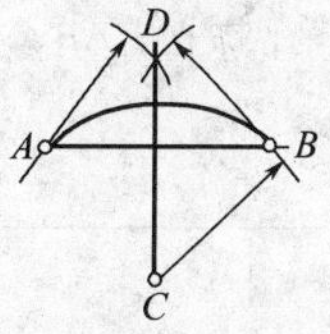	(1)以直线外 C 点为圆心,适当长度为半径,划弧同已知线交于 A 和 B 点 (2)以适当长度为半径,分别以 A 和 B 点为圆心,划弧交于 D 点 (3)连接 C、D 的直线就是 AB 的垂线
二等分一弧线	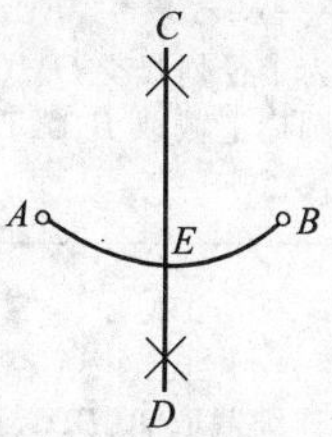	(1)分别以弧线两端点 A、B 为圆心,用大于 $\frac{1}{2}\overline{AB}$ 为半径,划弧交于 C、D 点 (2)连接 CD 和弧 AB 相交于 E 点
二等分已知角	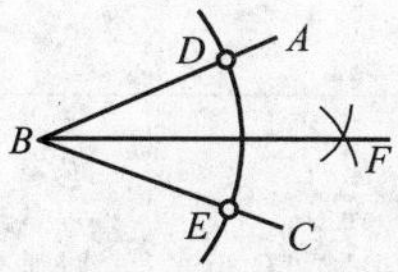	(1)以∠ABC 的顶点为圆心,任意长度为半径,划弧与两边交于 D、E 两点 (2)分别以 D、E 为圆心,大于 $\frac{1}{2}\overline{DE}$ 为半径,划弧交于 F 点 (3)连接 BF
30°和 60°斜线	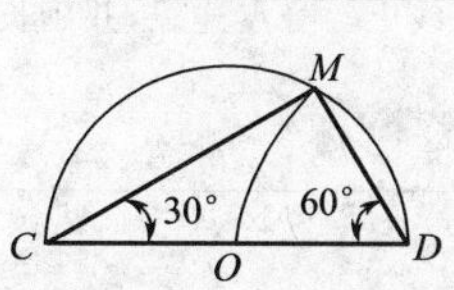	(1)以 CD 的中点 O 为圆心,CD/2 为半径划半圆 (2)以 D 为圆心,用同一半径划弧交于 M 点 (3)连接 CM 和 DM,∠DCM 为 30°,∠CDM 为 60°
45°斜线	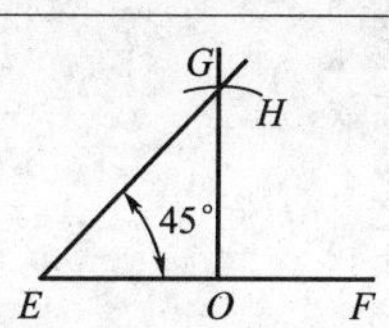	(1)划线段 EF 的垂线 OG (2)以 O 为圆心,OE 为半径划弧,交 OG 于 H 点 (3)连接 EH,∠FEH 为 45°

名称	简图	步骤
求弧的圆心	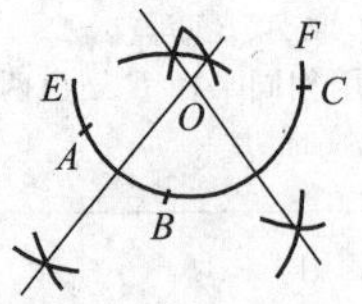	(1)在$\overset{\frown}{EF}$上任取 A、B、C 三点 (2)作 AB 的垂直平分线 (3)作 BC 的垂直平分线,交于 O 点,O 为 $\overset{\frown}{EF}$ 的圆心
任意角度斜线	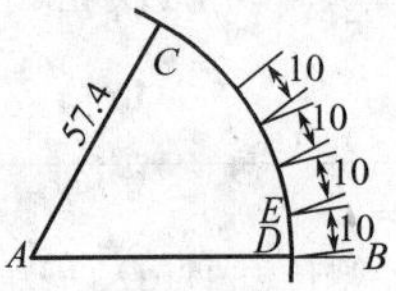	(1)作 $\overline{AB}$ (2)A 为圆心,以 57.4mm 长为半径作圆弧 $\overset{\frown}{CD}$ (3)在弧 $\overset{\frown}{CD}$ 上截取 10mm,交于 E 点,$\angle EAD$ 为 10°,每 1mm 弦长的对应角为 1°(近似) 使用中应先用常用角划法划出邻近角度,再用此法划剩余角
圆的三等分	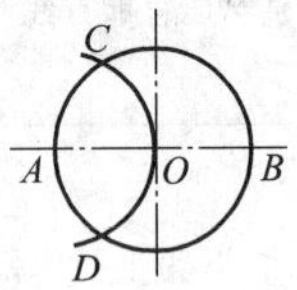	以 A 为圆心,OA 为半径划弧,交圆于 C、D 两点,C、D、B 即三等分点
圆的四等分	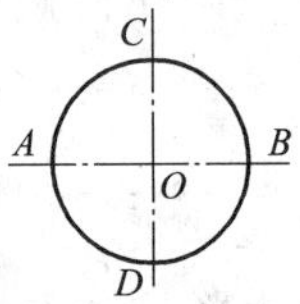	过圆心 O 作相互垂直的两条直线 AB、CD,交点 A、B、C、D
圆的五等分	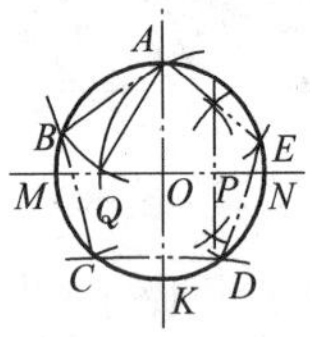	(1)过圆心 O 作垂直线 AK、MN (2)平分 ON 得交点 P (3)以 P 为圆心,PA 为半径划弧交 OM 于 Q 点 (4)以 AQ 为半径,在圆周上截取 B、C、D、E 及 A
圆的六等分	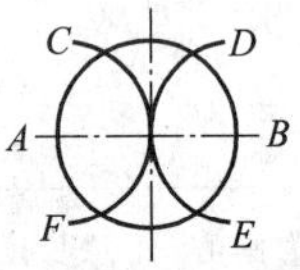	以圆的半径在圆周上连续截取 A、B、C、D、E、下六等分点
半圆的任意等分	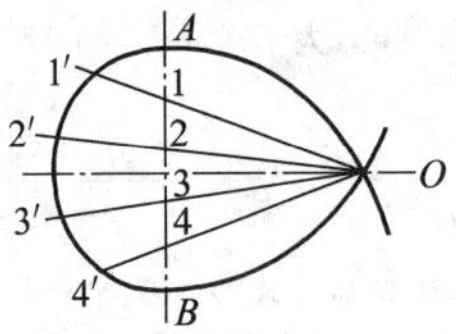	(1)把直径 AB 分 N 等分 (2)分别以 A、B 为圆心,AB 为半径,划弧交于 O 点 (3)从 O 点与 AB 线上等分点连线,并延长交半圆于 $1'$、$2'$、$3'$、$4'$ 各点
圆的任意等分	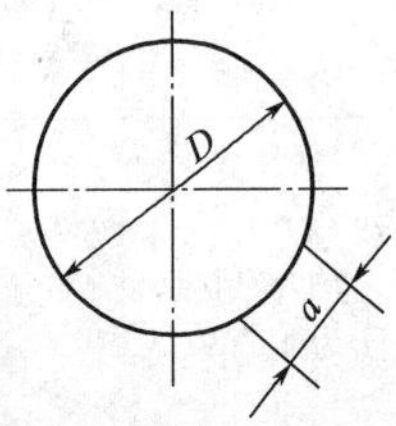	弦长 $a=KD$ 式中 K—N 等分的系数; D—圆周直径

名称	简　图	步　骤
椭圆	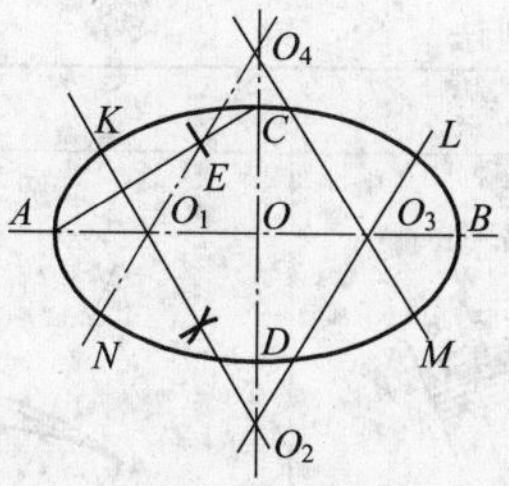	(1)划相互垂直的线 AB（长轴）和 CD（短轴） (2)连 AC，在 AC 上截取 $CE=OA-OC$ (3)划 AE 的垂直平分线，与长轴、短轴各交于 O_1、O_2 点 (4)找出 O_1、O_2 的对称点 O_3 及 O_4 (5)以 O_1、O_2、O_3、O_4 为圆心，分别以 O_1A、O_2C、O_3B 及 O_4D 为半径，划出 4 段圆弧
只有短轴的椭圆	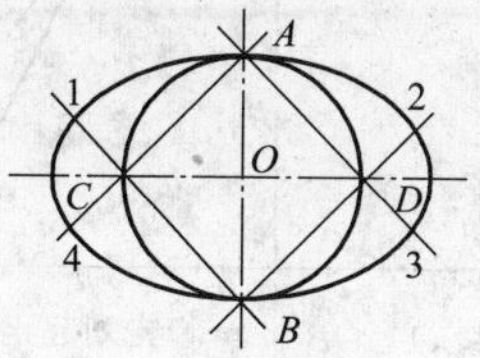	(1)以短轴 AB 的中点 O 为圆心，AO 为半径划圆 (2)过 O 划 AB 的垂线交圆于 C、D 点 (3)连接 AC、AD、BC、BD 并延长 (4)分别以 A、B 为圆心，AB 为半径划弧$\overset{\frown}{12}$和$\overset{\frown}{34}$ (5)分别以 C、D 为圆心，$\overline{C1}$、$\overline{C2}$为半径，划弧连接 1、4 和 2、3 点
只有长轴的椭圆	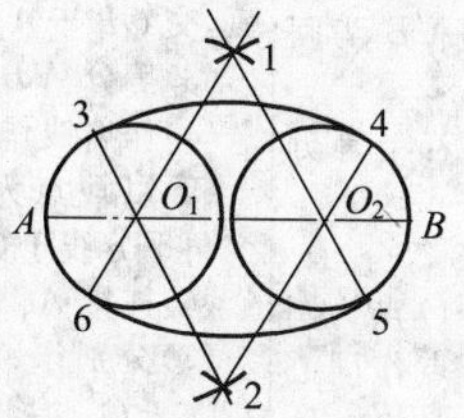	(1)将长轴 AB 四等分，得等分点 O_1、O_2 (2)以一等分长度为半径，分别以 O_1、O_2 为圆心划圆 (3)以 O_1 到 O_2 的距离为半径，分别以 O_1、O_2 为圆心划弧交于 1、2 点 (4)划 1 点与 O_1 点的延长线，交圆于 6，同法得 3、4、5 点 (5)分别以 1、2 为圆心，以$\overline{16}$或$\overline{23}$为半径，划弧连接 5、6 及 3、4
同心法划椭圆	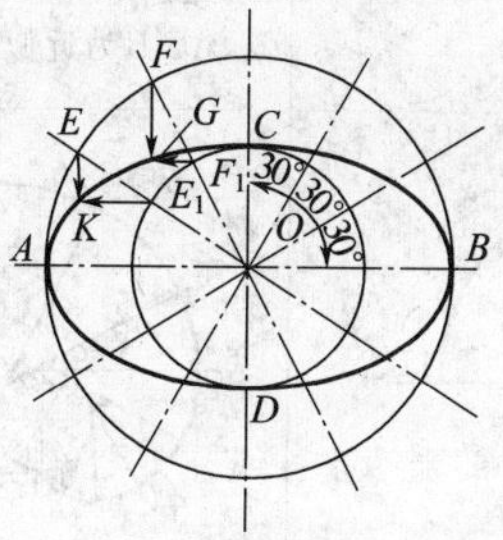	(1)以 O 为圆心，以长轴、短轴的一半为半径分别划同心圆 (2)过 O 点划一系列射线，使其与同心圆分别相交（圆中每隔30°划一射线），得 E、E_1 及 F、F_1 各点 (3)分别过 E、E_1 划短、长轴的平行线，各平行线上的交点（图中的 K、G）就是椭圆上的点 (4)用曲线板将 A、K、G、C 各点圆滑连接
蛋形圆(1)	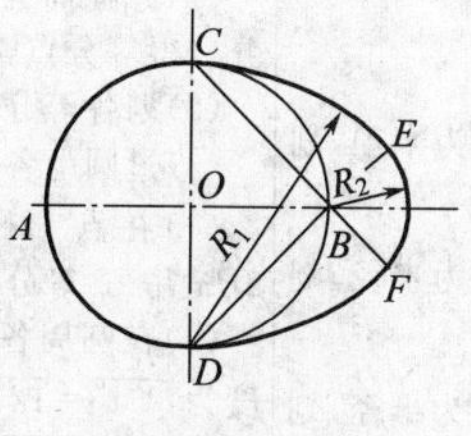	(1)以垂直线 AB 和 CD 的交点 O 为圆心划圆 (2)分别以 C、D 为圆心，CD 为半径划弧 (3)连接 CB 和 DB，并延长交于 E、F 点 (4)以 B 点为圆心，BE 或 BF 为半径划圆弧，连接 E、F 点
蛋形圆(2)	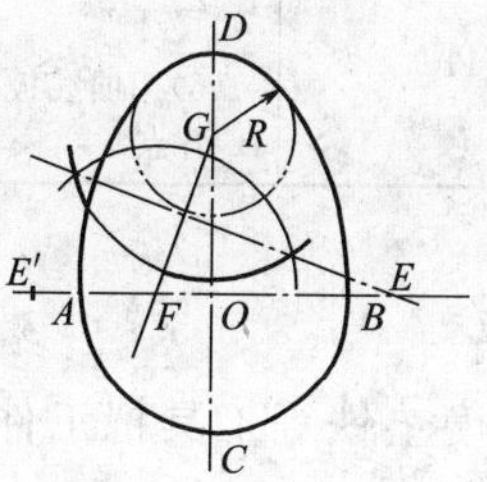	(1)以 O 点为中心，短轴 AB 的一半为半径划弧$\overset{\frown}{ACB}$ (2)过长轴的顶端点 D，以 R 为半径，G 点为中心划弧 (3)截取 AF 等于 R，连接 FG (4)划 FG 的垂直平分线，交 AB 延长线上的 E 点 (5)以 E 为中心，EA 为半径，划弧相切于大小两圆弧 (6)在 AB 延长线上，截取 OE' 等于 OE，以 E' 点为中心，$E'B$ 为半径，划另一侧圆弧相切于大、小两圆弧

（2）典型曲线的划法

典型曲线的划法见表 2-6。

表 2-6　典型曲线的划法

名称	阿基米德螺旋线		
	同心圆法	逐点法	圆弧法
简图	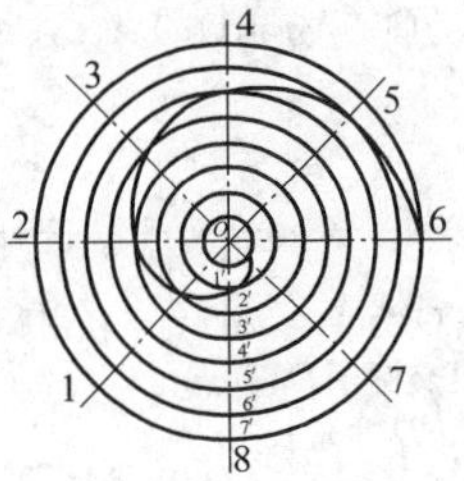	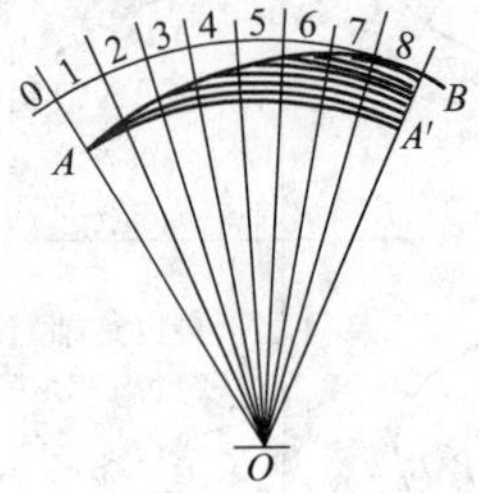	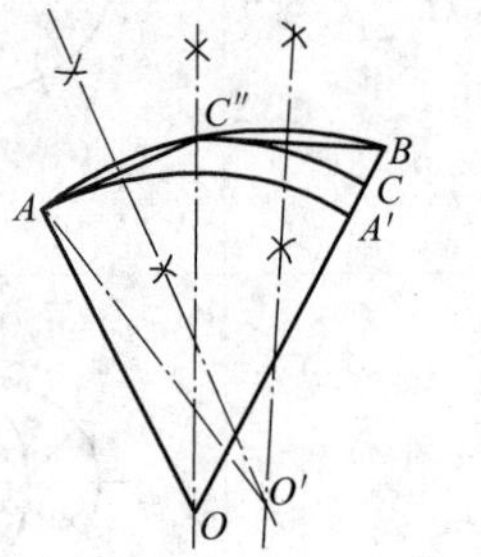
步骤	（1）分基圆若干等分（图中 8 等分），分点为 1、2、3、… （2）将各分点与中心点 O 连成直线 （3）将 $\overline{O8}$ 作 8 等分 （4）分别以 $O—1'$、$O—2'$、… 为半径，以 O 为圆心作出 8 个同心圆（同心圆数量与基圆等分数相等），相交于基圆的 8 条等分线上 （5）以 O 点为起点，用曲线板圆滑连接各交点	（1）先划起止角度射线 OA、OB （2）以 O 点为圆心，OA 和 OB 为半径，分别交射线 OA'、$A'B$ 为阿基米德螺线的升程 （3）将射线作用角分若干等分（图中 8 等分） （4）将直线 $A'B$ 也分 8 等分 （5）在射线 OB 上，以 O 点为圆心，自 A' 点起在各等分点作同心弧，分别与对应射线 0、1、2、…相交，得一系列交点，用曲线板圆滑连接各点	（1）先划起止角度射线 OA、OB （2）以 O 点为圆心，OA 为半径划弧，交 OB 于 A' 点得升程 $A'B$ （3）等分 $A'B$ 得中点 C （4）作射线作用角的角平分线 （5）以 O 点为圆心，OC 为半径划弧交角平分线于 C' 点 （6）连接 AC'、$C'B$ 线段 （7）分别作 AC'、$C'B$ 的垂直平分线相交于 O' 点 （8）以 O' 点为圆心，$O'A$ 为半径划弧，$\overset{\frown}{AC'B}$ 为近似阿基米德螺旋线
简图	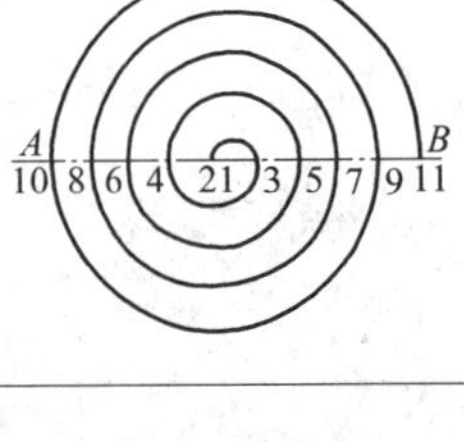	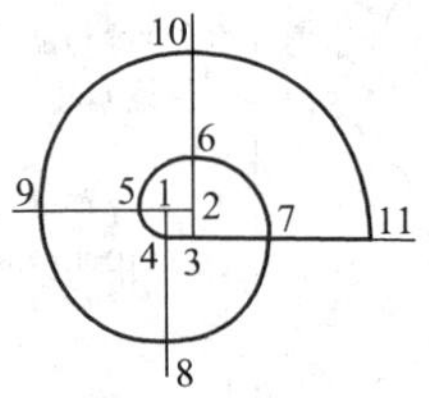	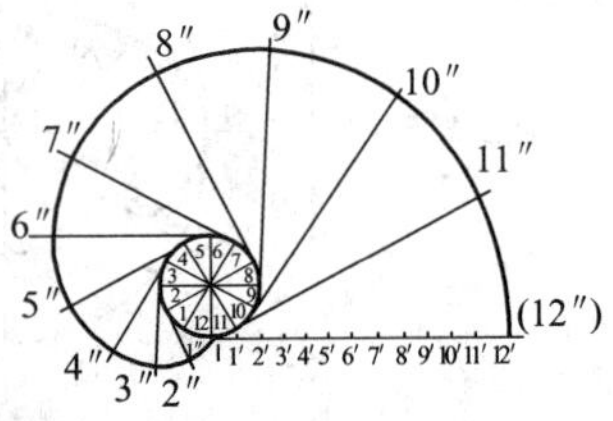
步骤	（1）将 AB 分成若干等分，1、2、3、… （2）以 1 点为圆心，$\overline{12}$ 为半径，划弧 $\overset{\frown}{33}$ （3）以 2 点为圆心，$\overline{23}$ 为半径，划弧 $\overset{\frown}{34}$ （4）以 1 点为圆心，$\overline{14}$ 为半径，划弧 $\overset{\frown}{45}$ （5）依次划 $\overset{\frown}{56}$、$\overset{\frown}{78}$、…、$\overset{\frown}{10\,11}$	已知正方形，1234。 （1）以 1 点为圆心，$\overline{14}$ 为半径，划弧 $\overset{\frown}{45}$ （2）以 2 点为圆心，$\overline{25}$ 为半径，划弧 $\overset{\frown}{56}$ （3）以 3 点为圆心，$\overline{36}$ 为半径，划弧 $\overset{\frown}{67}$ （4）依次划 $\overset{\frown}{78}$、…、$\overset{\frown}{10\,11}$	（1）分圆周为若干等分（图中 12 等分），得等分点 1、2、3… （2）划各等分点与圆心的连接 （3）过圆上各点作切线 （4）在点 12 的切线上，取 $\overline{12\,12'}=2R\pi$ 并 12 等分，得点 $1'$、$2'$、$3'$、…、$12'$ （5）在圆周各点切线上截取线段，长度为：$\overline{1\,1''}=\overline{12\,1'}$，$\overline{2\,2''}=\overline{12\,2'}$，$\overline{3\,3''}=\overline{12\,3'}$，$\overline{4\,4''}=\overline{12\,4'}$，依次 $\overline{5\,5''}$、$\overline{6\,6''}$、…、$\overline{12\,12''}$ （6）用曲线板圆滑连接 $1''$、$2''$、$3''$、…、$12''$ 各点

2.4.2　立体划线

立体划线时通常要利用方箱、角铁、千斤顶、角度垫铁等工具把工件放置在划线平台上。工件支承方式见表 2-7。一般比较复杂工件的划线都要经过 3 次放置（即 x、y、z 空间

3轴线位置），才能完全划出所要求的线条。若有角度尺寸要求的工件，甚至要放置4次或5次才能全部完成立体划线工作。其中第一次划线位置的选择特别重要，而且在每次放置中都要在前后和左右两个方向上把工件找正，使其所找正的基准与平台平行或垂直。

表2-7 工件支承方式

名称	简图	说明
划线方箱	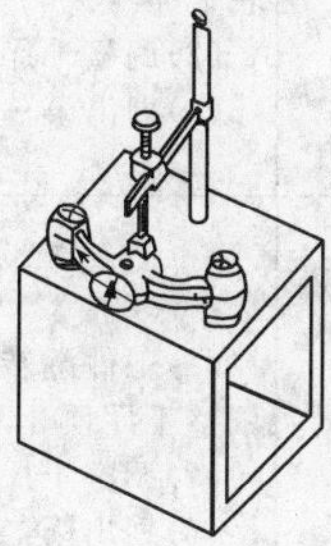	工件放置在方箱上，校正两端圆柱连接体，可加垫块调整，使其中心轴线平行于水平面，划出第一个方向的水平线
	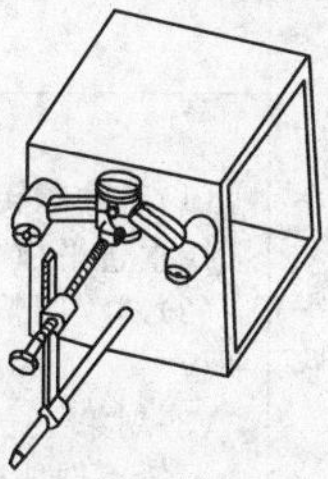	方箱翻转90°，校正工件两端圆柱体在同一高度，划出第二方向的水平线
	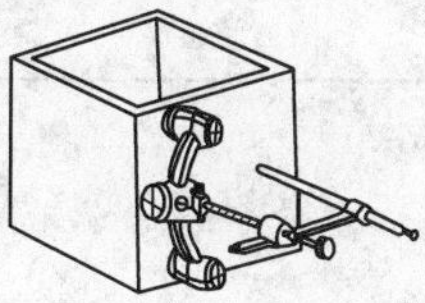	再翻转90°，根据中间及上、下两端面中心轴线之间的关系及毛坯实际尺寸，确定中间部分的中心线，划第三方向的水平线
V形铁		较大的圆柱形工件放置在单个V形铁上
		较长的圆柱形工件放置在两个V形铁上
V形铁与千斤顶组合		较大、较长的不等径圆柱（圆筒）形工件，一端用V形铁，另一端用具有V形块的千斤顶支承

名称	简　图	说　明
千斤顶	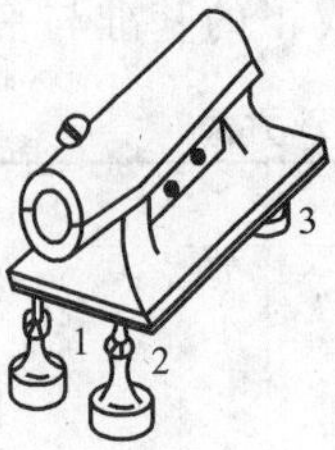	大型或较大型铸、锻件毛坯，一般用 3 个千斤顶支承。图标工件为车床尾座毛坯，主要加工部位是水平方向大孔、垂直方向小孔及底平面。 (1)调整千斤顶 3，使大孔轴线平行于平板，并兼顾底平面 (2)调整千斤顶 1 或 2，使底平面与平板平行 (3)划出第一方向的水平线
	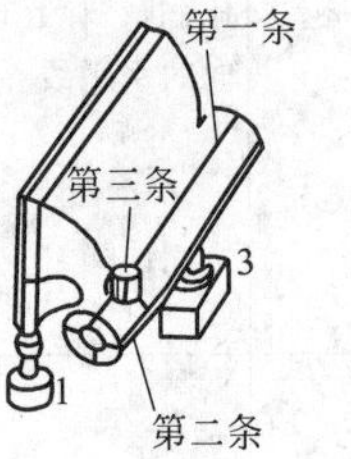	(1)工件翻转 90°，用 90°角尺校正底平面加工线，调整千斤顶 3，使加工线与 90°角尺的边平行 (2)调整千斤顶 1 或 2，使大孔轴线平行于平板 (3)划出第二方向水平线
	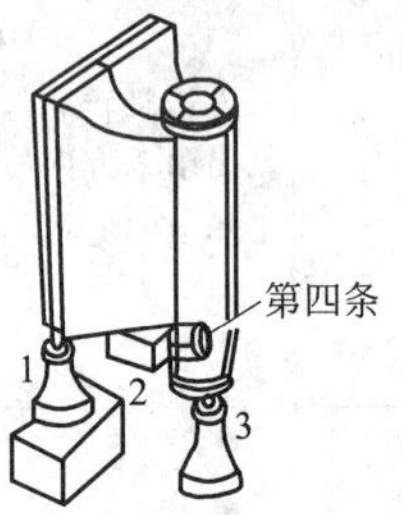	(1)工件翻转 90°，使大孔垂直于平板，第一方向水平线垂直平板 (2)继续调整千斤顶，使第二方向水平线也垂直于平板 (3)划第三方向水平线 一般工件所要确定的加工界限线，通过以上 3 个互相垂直方向分别划水平线，均可确定

立体划线位置及校正基准的选择如下。

（1）第一划线位置

划线位置选择原则如下。

① 应使工件上主要孔、搭子中心线或重要的加工基准线在第一划线位置中划出。

② 应使相互关系最复杂及所划线条最多的一组尺寸线在第一划线位置中划出。

③ 应尽量选择工件所占面积最大的一个位置作第一划线位置。

校正基准选择原则如下。

① 以主要的孔或搭子的两端中心作校正基准。

② 以不加工的最大毛坯面作校正基准。

③ 在加工过的工件上划线，应以最大加工面为校正基准。

（2）第二划线位置

划线位置选择原则如下。

应使主要的孔或搭子的另一条中心线在第二划线位置中划出。

校正基准选择原则如下。

① 一个方向应以第一划线位置中划出的最长线条作校正基准。

② 另一方向仍选择主要孔、搭子中心或不加工的最大毛坯面，若加工过的工件应以加工过的最大面为校正基准。

（3）第三划线位置

划线位置选择原则如下。

① 通常用与第一和第二划线位置相垂直的一个位置作第三划线位置。

② 该位置一般是次要的或工件所占面积最小的一个位置，所划的是相互关系较简单、线条较少的一组尺寸线。

校正基准选择原则如下。

① 一个方向以第一划线位置中所划的最长线条作校正基准。

② 另一方向以第二划线位置中所划的最长线条作校正基准。

2.5　划线时的校正和借料

2.5.1　校正的目的和原则

① 若毛坯工件上有不加工表面时，应按不加工面校正后再划线，这样可使待加工表面与不加工表面之间的尺寸均匀。

② 若工件上有两个以上的不加工表面时，应选择其中面积较大的、较重要的或外观质量要求较高的面作为校正基准，并兼顾其他较次要的不加工表面。这样可使划线后各不加工面之间厚度均匀，并使其形状误差反映到次要部位或不显著的部位上。

③ 当毛坯工件上没有不加工表面时，通过对各待加工表面自身位置的校正后再划线。这样能使各加工表面的加工余量得到合理、均匀的分布。

④ 对于有装配关系的非加工部位，应优先作为校正基准，以保证工件经划线和加工后能顺利地进行装配。

2.5.2　借料

对有些铸件或锻件毛坯，按划线基准进行划线时，会出现零件毛坯某些部位的加工余量不够。如果通过调整和试划，将各部位的加工余量重新分配，以保证各部位的加工表面均有足够的加工余量，使有误差的毛坯得以补救，这种用划线来补救的方法称为借料。

对毛坯零件借料划线的步骤如下。

① 测量毛坯件的各部尺寸，找出偏移部位及偏移量。

② 根据毛坯偏移量对照各表面加工余量，分析此毛坯划线是否划得出。确定划得出，则应确定借料的方向及尺寸，划出基准线。

③ 按图纸要求，以基准线为依据，划出其余所有的线。

④ 复查各表面的加工余量是否合理，如发现还有的表面加工余量不够，则应继续借料重新划线，直至各表面都有合适的加工余量为止。

思考与练习

1. 什么是划线？划线分哪两种？划线的目的是什么？

2. 什么叫划线基准？划线基准的选择有哪 3 种基本类型？选择划线基准的基本原则是什么？

3. 什么叫平面划线？平面划线是否只是指在板料上划线？

4. 什么叫立体划线？

5. 使用划线平板要注意哪些维护保养措施？

6. 用划针划线时的要点是什么？

7. 对普通划规的要求有哪些？划圆时的要点是什么？

8. 打样冲眼要注意哪些要点？

9. 用划线盘划线时要掌握哪些要点？

10. 用千斤顶支承工件时应注意哪些问题？

11. 用样冲冲眼要注意哪些要点？

12. 划线时"找正"、"借料"起什么作用？

13. 划线工作的全过程包括哪些步骤？

14. 作已知圆周的五等分和六等分，圆的半径 r 为 50mm。

15. 作圆弧和已知两相交直线相切，已知相切圆弧半径 r 为 30mm，两相交直线分别为 $90°$ 和 $60°$。

16. 已知两圆心 O_1、O_2 的距离为 65mm，两圆弧半径分别为 $R_1 = 45$mm，$R_2 = 60$mm，$r = 85$mm，求作以 r 为半径外切于 O_1 和 O_2 的圆弧。

第 3 章 锯 削

用锯对材料或工件进行切断或切槽等加工方法称锯削。钳工的锯削是利用手锯对较小的材料和工件进行分割或切槽，如图 3-1 所示。

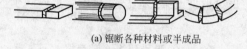

(a) 锯断各种材料或半成品

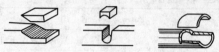 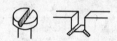

(b) 锯掉工件上多余部分　　　　　　　(c) 在工件上锯沟槽

图 3-1　锯削的应用

3.1　锯削工具

手工锯削所使用的工具是手锯，是由锯架（弓）和锯条组成。

3.1.1　锯架

① 钢板制锯架见表 3-1。

表 3-1　钢板制锯架形式和规格尺寸（QB 1108—1991）　　　　mm

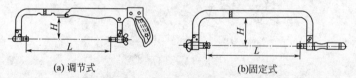

(a) 调节式　　　　　　　　　　　(b)固定式

形式	规格 L	最大锯切深度 H
调节式	200、250、300	64
固定式	300	64

② 钢管制锯架见表 3-2。

表 3-2　钢管制锯架形式和规格尺寸（QB 1108—1991）　　　　mm

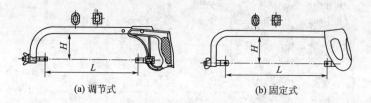

(a) 调节式　　　　　　　　　　　(b) 固定式

续表

形　　　式	规格 L	最大锯切深度 H
调节式	250、300	74
固定式	300	74

3.1.2　锯条

　　手用钢锯条一般用渗碳软钢冷轧而成，经淬火后硬度可达 55～59HRC，其长度是以两端安装孔的中心距来表示的，规格有 200mm、250mm 和 300mm3 种。后角 $\alpha_0=40°$，楔角 $\beta_0=50°$，前角 $\gamma_0=40°$。锯条根据齿距不同，分粗齿、中齿和细齿 3 种。不同齿距适用于不同材料，锯条的选用见表 3-3。

表 3-3　锯条的选用

锯 齿 规 格	适 用 材 料
粗齿（齿距为 1.4～1.8mm）	软钢、铝、紫铜和较厚工件
中齿（齿距为 1.2mm）	普通钢材、铸铁、黄铜、厚壁管子和较厚的型钢等
细齿（齿距为 0.8～1.0mm）	硬性金属、小而薄的型钢、板料和薄壁管子等

　　锯条的许多锯齿在制造时按一定的规则左右错开，排列成一定的形状，称为锯路，锯路分为 J 型（交叉型）和 B 型（波浪型）两种，如图 3-2 所示。

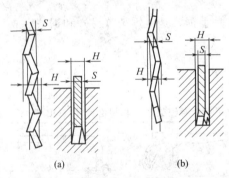

(a)　　　　　　　　　(b)

图 3-2　锯路形式

　　手用钢锯条及窄面手用钢锯条规格尺寸见表 3-4 和表 3-5。

表 3-4　手用钢锯条规格尺寸　　　　　　　　　　　　　　　mm

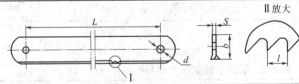

规格	两孔中心距 L/mm	销孔直径 d/mm	宽度 b/mm	厚度 S/mm	齿距 l/mm	材料	硬度 HRA
300×12×1.8	300	4	12	0.65	1.8		
300×12×1.4	300	4	12	0.65	1.4	T10	
300×12×1.2	300	4	12	0.65	1.2	T10A	76
300×12×1.0	300	4	12	0.65	1.0	65Mn	
300×12×0.8	300	4	12	0.65	0.8		

表 3-5　窄面手用钢锯条规格尺寸　　　　　　　　　　　　　mm

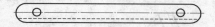

两孔中心距	宽度	厚度	齿距	性　　能	材料
300	10.7	0.65	1.5 1.2 1.0	硬度和锯切性能均与手用锯条相同,但窄面锯条锯切时阻力更小,所以耐磨性能好	T10 T10A 65Mn

3.2　锯削方法

3.2.1　锯条的安装

　　手锯是在向前推进时进行切削的,所以安装锯条时要保证齿尖向前,如图 3-3(a) 所示的方向。同时安装好的锯条其松紧也要适当,过紧锯条受力大,锯削时稍有阻滞而产生弯折时,锯条很容易崩断,锯条安装得过松,锯条不但容易弯曲造成折断,而且锯缝易歪斜。

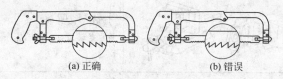

(a) 正确　　　　　　　　(b) 错误

图 3-3　锯条的安装

3.2.2　起锯

　　起锯是锯削的开始,有远起锯 [图 3-4(a)] 和近起锯 [图 3-4(b)] 两种方法。远起锯手锯俯倾 15°为宜,实际工作中多采用这种方法。近起锯手锯仰倾 15°为宜,实际工作中采用这种方法的较少。无论是用哪种起锯方法,开始压力要小,速度要慢,为了防止锯条在工件表面上打滑,可用拇指引锯,如图 3-4(c) 所示。

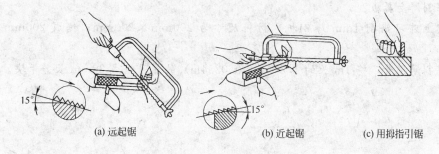

(a) 远起锯　　　　　　　(b) 近起锯　　　　　　(c) 用拇指引锯

图 3-4　起锯的方法

3.2.3　锯削工艺实例

　　锯削工艺实例见表 3-6。

表 3-6　锯削工艺实例

锯割内容	简　图	工　艺
扁钢	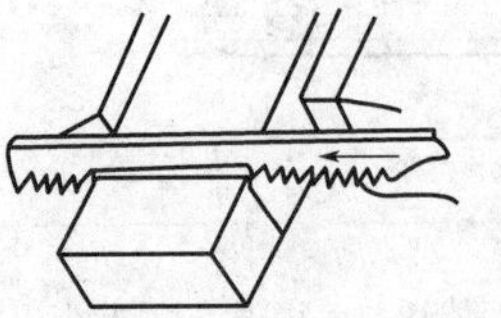	从扁钢宽面下锯,以减少锯缝深度,锯口整剂,锯条不易卡住
管子	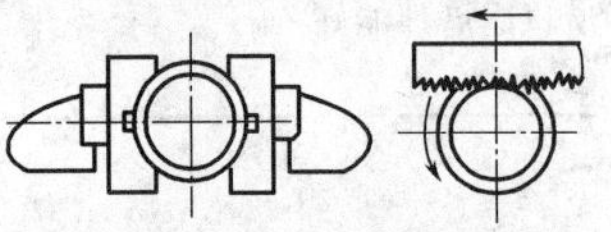	夹在有 V 形槽的两衬垫间锯削时,当锯到管内壁处时,应转动管子,再钮到内壁处,再转动,直至锯断
型钢	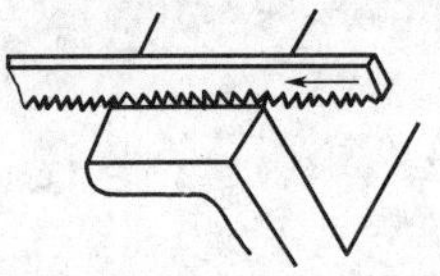	宽面下锯,并不断改变工件夹持方位
薄板	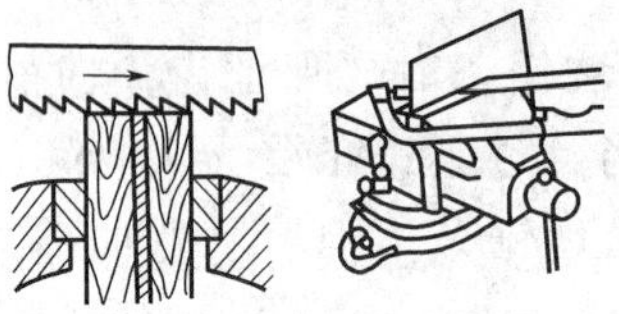	用木板夹持进行,避免崩齿和减少振动;或把薄板夹在虎钳上,作横向斜拉锯
深缝	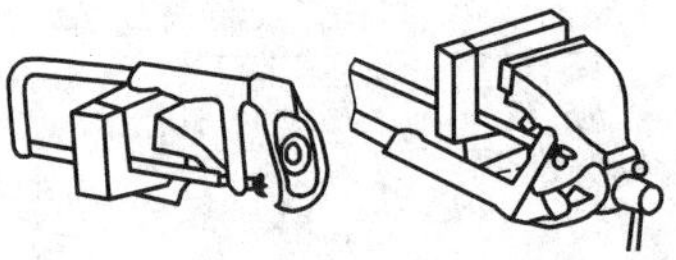	将正常安装的锯条一直锯到锯弓碰到工件为止,再将锯条转过 90°安装,锯余下的深缝

思考与练习

1. 什么叫锯削? 什么叫锯路?

2. 锯条锯齿的粗细如何表示? 什么情况下用细齿锯条? 什么情况下用粗齿锯条?

3. 锯条如何安装?

4. 起锯方法有几种? 起锯角一般多大?

5. 怎样锯割薄壁管子?

6. 怎样锯割薄金属板?

7. 在虎钳上练习锯割 1mm 厚钢板,材料尺寸为 200mm×200mm;锯成 200mm×40mm 板材。

8. 练习锯割薄壁管,将 1m 长的 1/2 ($1'' = 0.0254$m) 的管子锯成 30mm 长若干块。

第 4 章 錾 削

錾削是用手锤敲击錾子对工件进行切削加工的一种方法。錾削主要用于不便于机械加工的场合。它的工作范围包括去除凸缘、毛刺，分割材料，錾油槽等。

4.1 錾子

4.1.1 錾子的种类、特点及用途

錾子的种类、特点及用途见表 4-1。

表 4-1 錾子的种类、特点及用途

名　称	简　图	特点与用途
扁錾（扁铲）	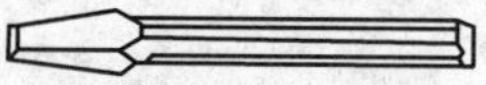	切削部分为平面，切削刃略带圆弧，常用来切削平面，去除凸缘、毛边和分割材料
狭錾（尖錾）		切削刃较强，切削部分的两侧面，从切削刃起向柄部逐渐变狭，主要用于錾槽和分割曲线形板料
油槽錾		切削刃强，呈圆弧形和菱形，主要用于錾削润滑油槽
扁冲錾	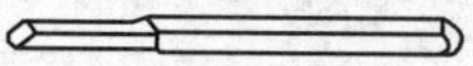	用于打通两个预钻孔之间的间隔

4.1.2 錾子的切削部分及几何角度

（1）錾子的切削部分

它包括前刀面、后刀面和一条刀刃。

① 前刀面　与切屑接触的表面称为前刀面。

② 后刀面　与切削表面（正在由切削刃切削形成的表面）相对的面称为后刀面。

③ 切削刃　前刀面与后刀面的交线称为切削刃。

（2）錾子的几何角度

几何角度如图 4-1 所示。

为了确定在切削时的几何角度，需要选定两个坐标平面。

切削平面：通过切削刃且与切削表面相切的平面称为切削平面，錾子的切削平面与切削表面重合。

基面：通过切削刃上任一点与切削速度 v 的方向垂直的平面称为基面（錾削时的切削速度与切削平面方向一致）。

切削平面与基面互相垂直，构成确定錾子几何角度的坐标平面。

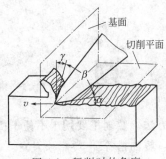

图 4-1　錾削时的角度

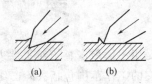

图 4-2　后角对錾削的影响

① 楔角 β　前刀面与后刀面之间的夹角称为楔角。楔角越大，切削部分的强度越高，但錾削阻力也越大，切入越困难。所以楔角的大小应根据工件材料软、硬来选择。

② 后角 α　后刀面与切削平面之间的夹角称为后角。后角的作用是减少后刀面与切削平面之间的摩擦，使刀具容易切入材料。后角的大小，由錾削时錾子被手握的位置而决定的。若后角太大会使錾子切入太深而使錾削困难，如图 4-2(a) 所示，若后角太小錾子不易切入，容易滑出工件表面，如图 4-2(b) 所示。

③ 前角 γ　前刀面与基面之间的夹角称为前角。它的作用是减少錾削时切屑的变形和使切削轻快。前角越大切削越省力。由于基面垂直于切削平面，所以当后角 α 一定时，前角 γ 的数值由楔角 β 决定，即 $\gamma = 90° - (\beta + \alpha)$。

錾削不同材料时，錾子几何角度的选择见表 4-2。

表 4-2　錾子几何角度的选择

工件材料	β(楔角)	α(后角)	γ(前角)
工具钢、铸铁	70°～60°	5°～8°	
结构钢	60°～50°	5°～8°	$\gamma = 90° - (\beta + \alpha)$
铜、铝、锡	45°～30°	5°～8°	

(3) 錾子的刃磨与热处理

錾子的刃磨与热处理见表 4-3。

表 4-3　錾子的刃磨与热处理

内　容		要　点
刃　磨		(1)切削刃高于砂轮水平中心线
		(2)左右平稳，均匀移动
		(3)蘸水冷却，防止退火
热处理	加热	切削部分约 20mm 长的一端加热至 750～780℃，錾子颜色为樱红色
	淬火	(1)垂直将錾子放入冷水中，深度为 5～6mm
		(2)錾子露出水面部分呈黑色时取出
	回火	空冷，阔錾刃口呈紫红色至暗蓝色；狭錾刃口部分呈黄褐色至红色时，再放入冷水中冷却

4.1.3　錾子的握法

① 正握法　手心向下，用虎口夹住錾身，拇指与食指自然伸开，其余 3 指自然弯曲靠拢握住錾身，如图 4-3 所示。露出虎口上面的錾子顶部不宜过长，一般在 10～15mm 之间。露出越长，錾子抖动越大，锤击准确度也就越差。这种握錾方法适于在平面上进行錾削。

② 反握法　手心向上，手指自然捏住錾身，手心悬空，如图 4-4 所示。这种握法适用于小量的平面或侧面錾削。

③ 立握法　虎口向上，拇指放在錾子一侧，其余四指放在另一侧捏住錾子，如图 4-5 所示。这种握法用于垂直錾切工件，如在铁砧上錾断材料。

图 4-3　正握法

图 4-4　反握法

图 4-5　立握法

4.2　錾削方法

4.2.1　手锤及其使用

（1）手锤

在錾削时是借手锤的锤击力而使錾子切入金属的，手锤是錾削工作中不可缺少的工具，而且还是钳工装、拆零件时的重要工具。

手锤一般分为硬手锤和软手锤两种。软手锤有铜锤、铝锤、木锤、硬橡皮锤等。软手锤一般用在装配、拆卸过程中。硬手锤由碳钢淬硬制成。钳工所用的硬手锤有圆头和方头两种，如图 4-6 所示。圆头手锤一般在錾削、装、拆零件时使用。方头手锤一般在打样冲眼时使用。

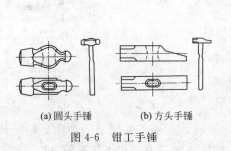

(a) 圆头手锤　　(b) 方头手锤

图 4-6　钳工手锤

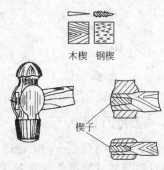

木楔　钢楔

楔子

图 4-7　锤头的安装

各种手锤均由锤头和锤柄两部分组成。手锤的规格是根据锤头的重量来确定的。钳工所用硬手锤有 0.25kg、0.5kg、0.75kg、1kg 等（在英制中有 0.5lb、1lb、1.5lb、2lb 等）几种。锤柄的材料选用坚硬的木材，如胡桃木、檀木等。其长度应根据不同规格的锤头选用，如 0.5kg 的手锤，柄长一般为 350mm。

无论哪一种形式的手锤，锤头上装锤柄的孔都要做成椭圆形的，而且孔的两端比中间大，呈凹鼓形，这样便于装紧。当手柄装入锤头时柄中心线与锤头中心线要垂直，且柄的最大椭圆直径方向要与锤头中心线一致。为了紧固不松动，避免锤头脱落，必须用金属楔子（上面刻有反向棱槽），如图 4-7 所示，或用木楔打入锤柄内加以紧固。金属楔子上的反向棱槽能防止楔子脱落。

（2）手锤的使用

① 握锤方法　握锤方法有紧握锤和松握锤两种，如图 4-8 和图 4-9 所示。紧握锤是从挥锤到击锤的全过程中，全部手指一直紧握锤柄。松握锤是在锤击开始时，全部手指紧握锤柄，随着向上举手的过程，逐渐依次地将小指、无名指、食指放松，而在锤击的瞬间迅速地将放松了的手指全部握紧并加快手臂运动，这样，可以加强锤击的力量，而且操作时不易疲劳。

图 4-8　紧握锤法

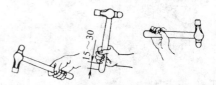

图 4-9　松握锤法

② 挥锤方法　挥锤方法有腕挥、肘挥和臂挥 3 种。

腕挥：腕部的动作挥锤敲击，如图 4-10 所示。腕挥的锤击力小，适用于錾削的开始与收尾以及需要轻微锤击的錾削工作。

肘挥：如图 4-11 所示。靠手腕和肘的活动，也就是小臂挥动。肘挥的锤击力较大，应用广泛。

臂挥：是腕、肘和臂的联合动作。挥锤时，手腕和肘向后上方伸，并将臂伸开，如图 4-12 所示。臂挥的锤击力大，适用于大锤击力的錾削工作。

图 4-10　腕挥

图 4-11　肘挥

图 4-12　臂挥

4.2.2　錾削方法

（1）起錾和錾削到尽头的方法

錾削时的起錾对錾削质量有很大影响。开始起錾时，应从工件侧面的夹角处轻轻地起錾，如图 4-13(a) 所示，同时慢慢地把錾子移向中间，使錾子刃口与工件平行为止。如錾削要求不允许从边缘尖角处起錾（如錾油槽），此时錾子刃口要贴住工件，錾子头部向下约 30°，

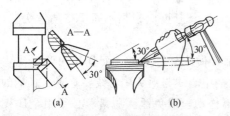

图 4-13　起錾方法

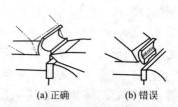

图 4-14　錾削尽头的方法

如图 4-13(b) 所示。轻轻敲打錾子，待錾出一个小斜面，然后开始錾削。当錾削大约距尽头 10mm 的地方时，必须停止錾削，然后调头錾去余下的部分，如图 4-14 所示。在錾削铸铁和青铜等脆性材料时，更应如此，否则尽头处材料就会崩裂。

（2）錾削平面

錾削平面采用扁錾，每次錾削金属厚度为 0.5～2mm。錾削较窄平面时，錾子的刀口与錾削方向应保持一定角度，如图 4-15 所示，这样錾削时容易使錾子掌握平稳。錾削较大平面时，可先用尖錾间隔开槽，槽的深度应保持一致，然后再用扁錾錾去剩余部分，这样比较省力，如图 4-16 所示。

（3）錾削油槽

如图 4-17 所示，錾削油槽时，首先应该根据油槽的位置划线，可以按照油槽宽度划两条线，也可以只划一条中心线；其次，还要根据图样上油槽的断面形状，把油槽錾的切削部分刃磨成形。

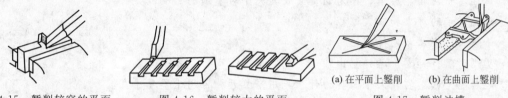

图 4-15　錾削较窄的平面　　　图 4-16　錾削较大的平面　　(a) 在平面上錾削　(b) 在曲面上錾削

图 4-17　錾削油槽

在平面上錾油槽时，起錾要慢慢地加深至尺寸要求，錾到尽头时錾刃要慢慢翘起，以保证槽底圆弧过渡。在曲面上錾油槽时，錾子的倾斜情况应随曲面变动，以保证錾削时的后角不变。油槽錾削完毕后，还应该修去槽边缘上的毛刺。

（4）錾削板料

在没有剪切设备的情况下，可用錾削的方法分割薄板料或薄板工件，常见的有以下几种情况。

① 錾削尺寸较小的板料　对于錾削尺寸较小的板料，应该在台虎钳的夹持下进行錾削，如图 4-18 所示。錾削线与钳口平齐，夹持要牢固可靠，以防在錾削时板料松动而使錾削线歪斜，用扁錾沿着钳口自右向左并斜对着板面约成 45°方向进行錾削。薄板料的錾削时，錾子的刀口不能平对着板料錾切，否则錾切时不仅费力，而且由于板料的弹动和变形，造成切断处产生不平整或撕裂，形成废品，如图 4-19 所示。

② 錾切较大薄板料　錾切较大薄板料时，当薄板料不能在台虎钳上进行錾切时，可用软钳铁垫在铁砧或平板上，然后从一面沿錾切线（必要时距錾切线 2mm 左右作加工余量）进行錾切，如图 4-20 所示。

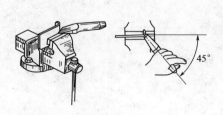

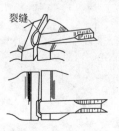

图 4-18　在台虎钳上錾削　　　　　　图 4-19　错误錾切薄板的方法

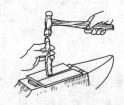

图 4-20 在铁砧錾切板料

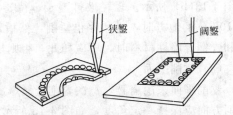

图 4-21 用密集钻孔配合錾削

③ 錾切形状较为复杂的薄板 当工件轮廓线较复杂时，为了减少工件变形，一般先按轮廓线钻出密集的排孔，然后利用扁錾、尖錾逐步錾切，如图 4-21 所示。

思考与练习

1. 什么叫錾削？

2. 试述錾子前角、后角、楔角的定义及其大小对錾削的影响。

3. 试述錾子的淬火和回火过程。

4. 手锤如何握法？怎样挥锤？

5. 錾削时怎样起錾？怎样錾出？

6. 怎样錾平面？錾较大平面时为什么先用窄錾开槽再用平錾錾平？

7. 在台虎钳上用肘挥法切断直径为 ϕ10mm 的软铁棍，10 次以内锤击完成。

8. 有一块尺寸为 90mm×90mm×30mm 的铸铁件，进行錾削，成品尺寸为 85mm×85mm×27mm。

第 **5** 章 锉 削

用锉刀对工件表面进行切削加工的方法称为锉削。锉削加工的精度可达 0.01mm，表面粗糙度值可达 $Ra=0.8\mu m$。锉削范围较广，可以锉削工件的内、外表面和各种沟槽，钳工在装配过程中也经常用锉刀对零件进行修整。

5.1 锉刀

锉刀是用高碳工具钢 T13A、T12A 或 T13、T12 制成，并经热处理，其硬度在 62～67HRC 之间。

5.1.1 锉刀的各部分名称

锉刀的各部分名称如图 5-1 所示。

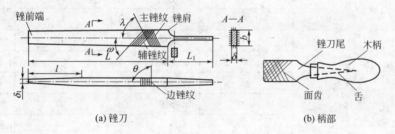

图 5-1 锉刀的各部分名称

① 锉身。锉梢端至锉肩之间所包含的部分（L）就是锉身。无锉肩的整形锉和异形锉以锉纹长度部分为锉身。

② 锉柄。锉身以外的部分为锉柄（L_1），使用时配有木柄。

③ 梢部。梢部是锉身截面尺寸开始逐渐缩小的始点到梢端之间的部分（l）。

④ 主锉纹。主锉纹就是在锉刀工作面上起主要锉削作用的锉纹。

⑤ 辅锉纹。主锉纹覆盖的锉纹是辅锉纹。

⑥ 边锉纹。锉刀窄边或窄面上的锉纹是边锉纹。

⑦ 主锉纹斜角。主锉纹与锉身轴线的最小夹角（λ）。

⑧ 辅锉纹斜角。辅锉纹与锉身轴线的最小夹角（ω）。

⑨ 边锉纹斜角。边锉纹与锉身轴线的最小夹角（θ）。

5.1.2 锉刀的分类及基本参数

（1）锉刀编号规则

锉刀编号由类别代号、形式代号、规格、锉纹号组成，如图 5-2 所示。

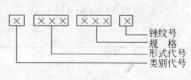

图 5-2 锉刀的编号

（2）锉刀的类别和形式代号

锉刀的类别和形式代号见表5-1。

表5-1　锉刀的类别和形式代号

类别代号	类　别	形式代号	形　式	形式代号	形　式
Q	钳工锉	01	齐头扁锉	04	三角锉
		02	尖头扁锉	05	方锉
		03	半圆锉	06	圆锉
J	锯锉	01	齐头三角锯锉	05	菱形锯锉
		02	尖头三角锯锉	06	弧面菱形锯锉
		03	齐头扁锯锉	07	弧面三角锯锉
		04	尖头扁锯锉		
Z	整形锉	01	齐头扁锉	07	单面三角锉
		02	尖头扁锉	08	刀形锉
		03	半圆锉	09	双半圆锉
		04	三角锉	10	椭圆锉
		05	方锉	11	圆边扁锉
		06	圆锉	12	菱形锉
Y	异形锉	01	齐头扁锉	06	圆锉
		02	尖头扁锉	07	单面三角锉
		03	半圆锉	08	刀形锉
		04	三角锉	09	双半圆锉
		05	方锉	10	椭圆锉
B	钟表整形锉	01	齐头扁锉	06	圆锉
		02	尖头扁锉	07	单面三角锉
		03	半圆锉	08	刀形锉
		04	三角锉	09	双半圆锉
		05	方锉	10	棱边锉
T	特种钟表锉	01	齐头扁锉	04	圆锉
		02	三角锉	05	单面三角锉
		03	方锉	06	刀形锉
M	木锉	01	扁木锉	03	圆木锉
		02	半圆木锉	04	家具半圆木锉

（3）锉刀类型的其他代号

锉刀类型的其他代号见表5-2。

表5-2　锉刀类型的其他代号

代　号	p	b	h	z	t	s
型别	普通型	薄型	厚型	窄型	特窄型	螺旋型

5.1.3 锉刀的选用

每种锉刀都有它一定的使用范围，如果选择不当，就不能充分发挥它的效能或过早地丧失它的切削能力。所以，必须正确选用锉刀。

（1）锉刀类别的选用

锉刀类别的选用取决于工件的材料、加工精度，见表5-3。

表5-3 锉刀类别的选用

类别	钳工锉	锯锉	整形锉	异形锉	钟表整形锉	特种钟表锉	木锉
类别代号	Q	J	Z	Y	B	T	M
选用范围	加工、锉修金属零件	加工、锉修金属零件	对机械、模具、电器、仪表的整形加工	对机械、模具、电器不同型腔的精细加工	钟表、仪表等零件不同型腔的精细加工	对钟表零件进行精细加工	加工木制品

（2）锉刀形状的选用

锉刀形状的选择一般取决于工件加工表面的形状，见表5-4。

表5-4 锉刀形状的选用

锉刀类别	用途	示例
扁锉	锉平面、外圆面、凸弧面	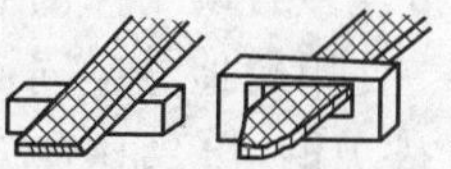
半圆锉	锉凹弧面、平面	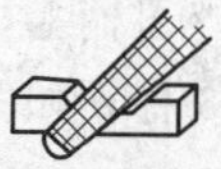
三角锉	锉内角、三角孔、平面	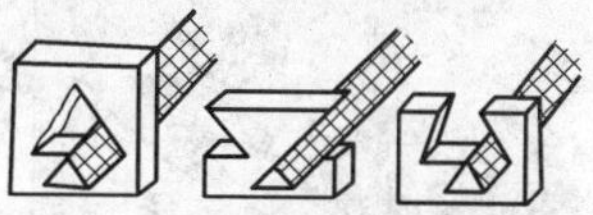
方锉	锉方孔、长方孔	
圆锉	锉圆孔、半径较小的凹弧面、椭圆面	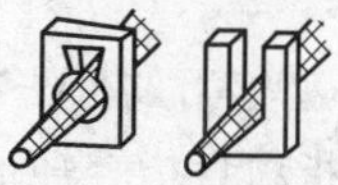
菱形锉	锉菱形孔、锐角槽	
刀形锉	锉内角、窄槽、楔形槽，锉方孔、三角孔、长方孔的平面	

（3）锉刀锉纹粗细的选用

选择锉刀锉纹粗细主要取决于工件加工余量、尺寸精度和表面粗糙度要求，见表5-5。

表 5-5　锉刀锉纹粗细的选用

锉刀齿纹	号数	齿纹齿距/mm	齿数/(齿/cm)	适用场合		
				锉削余量/mm	尺寸精度/mm	表面粗糙度 $Ra/\mu m$
粗锉	1号	0.8~2.3	4.5~12	0.5~1	0.2~0.5	50~12.5
中锉	2号	0.42~0.77	13~24	0.2~0.5	0.05~0.20	6.3~3.2
细锉	3号	0.25~0.33	30~40	0.02~0.05	0.02~0.05	6.3~1.6
双细齿锉	4号	0.2~0.25	40~50	0.03~0.05	0.01~0.02	3.2~0.8
油光锉	5号	0.16~0.2	50~63	0.03以下	0.01	0.8~0.4

（4）锉刀规格的选用

锉刀规格的选用应按工件加工面的大小而定，工件加工面尺寸越大，所选锉刀规格也大，反之可选小规格的锉刀。

◗ 5.2　锉削方法

5.2.1　锉刀的使用

（1）锉刀的握法

正确握持锉刀有助于锉削质量的提高。因锉刀的种类较多，所以锉刀的握法还必须随着锉刀的大小、使用的地方不同而改变。

① 较大锉刀的握法如图5-3所示。其握法是用右手握着锉刀柄，柄端顶住拇指根部的手掌，拇指放在锉刀柄上，其余手指由下而上地握着锉刀木柄，如图5-3（a）所示。左手在锉刀上的放法有3种，如图5-3（b）所示。两手结合起来握锉刀的姿势如图5-3（c）所示。

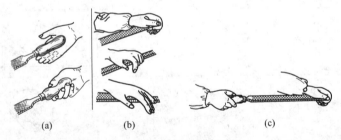

(a)　　　　　(b)　　　　　(c)

图 5-3　较大锉刀的握法

② 中、小型锉刀的握法如图5-4所示。握持中型锉刀时，右手的握法与握大锉刀一样，左手只需大拇指和食指轻轻地扶导，如图5-4（a）所示。在使用较小锉刀时，为了避免锉刀弯曲，用左手的几个手指压在锉刀的中部，如图5-4（b）所示。使用最小锉刀只用一只右手握住锉刀，食指放在上面，如图5-4（c）所示。

(a) 中型锉刀的握法　　　(b) 小型锉刀的握法　　　(c) 最小型锉刀的握法

图 5-4　中、小型锉刀的握法

（2）锉削姿势

锉削姿势对一个钳工来说是十分重要的，只有姿势正确，才能做到既提高了锉削质量和锉削效率，又能减轻劳动强度。锉削时的姿势如图 5-5 所示。身体的重心落在左脚上，右膝要伸直，脚始终站稳不可移动，靠左膝的屈伸而作往复运动。开始锉削时身体要向前倾斜 10°左右，右肘尽可能缩到后方，如图 5-5（a）所示，当锉刀推出 1/3 行程时，身体前倾到 15°左右，使左膝稍弯曲，如图 5-5（b）所示。锉刀推出 2/3 行程时，身体前倾到 18°左右，左、右臂均向前伸出，如图 5-5（c）所示。锉刀推出全程时，身体随着锉刀的反作用力退回到 15°位置，如图 5-5（d）所示。行程结束后，把锉刀略提起使手和身体回到最初位置，如图 5-5（a）所示。

图 5-5　锉削时的姿势

为了保证锉削表面平直，锉削时必须掌握好锉削力的平衡。锉削力由水平推力和垂直压力两者合成，推力主要由右手控制，压力是由两手控制的。锉削时由于锉刀两端伸出工件的长度随时都在变化，因此两手对锉刀的压力大小也必须随着变化，锉削力的平衡如图 5-6 所示。开始锉削时左手压力要大，右手压力要小而推力大，如图 5-6（a）所示。随着锉刀向前的推进，左手压力减小，右手压力增大。当锉刀推进至中间时，两手压力相同，如图 5-6（b）所示。再继续推进锉刀时，左手压力逐渐减小，右手压力逐渐增加，如图 5-6（c）所示。锉刀回程时不加压力以减少锉纹的磨损，如图 5-6（d）所示。锉削时的速度不宜太快，一般为 30～60 次/min。

图 5-6　锉削力的平衡

5.2.2　锉削方法

对于要锉削的零件，有的需要事先划线，按线加工；有的则可以采用靠模或样板（叫仿形法）仿形加工。选择锉刀时，一般是先用粗锉，后用细锉。如果锉削量太大，还可以先錾削后用砂轮磨，然后再锉削。有条件时，也可用软轴砂轮、机床、自动锉床来代替手工锉削。锉削方法见表 5-6。

确定锉削顺序的一般原则如下。

① 选择工件所有锉削面中最大的平面光锉，达到规定的平面度要求后作为其他平面锉削时的测量基准。

② 先锉平行面达到规定的平面度、平行度要求后，再锉与其相关的垂直面，以便于控制尺寸和精度要求。

表 5-6　锉削方法

类　型		简　图	方法与运用
平面锉削	顺向锉	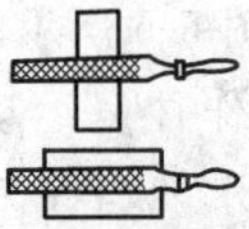	适用锉削中、小平面和最后锉光,顺向锉可得到平直的锉痕,比较整齐美观
	交叉锉	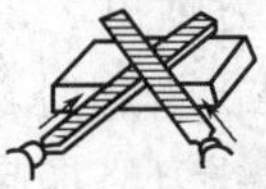	易掌握锉刀平稳,易锉平平面,适于粗锉平面
	推锉	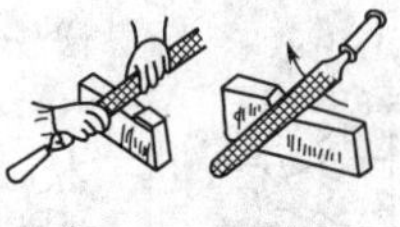	锉削狭长平面,在加工余量较小和修正尺寸时也常应用
外圆弧面锉削	顺圆弧锉	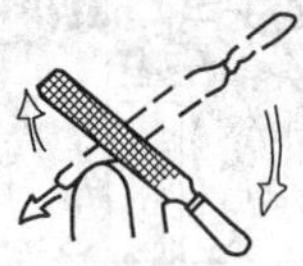	锉刀在作前进运动的同时,还应绕工件圆弧中心作摆动。锉削效率不高,常用于锉削余量较小的弧面或精锉圆弧
	横圆弧锉		先将圆弧锉成多棱形,用于粗锉圆弧
内圆弧面锉削		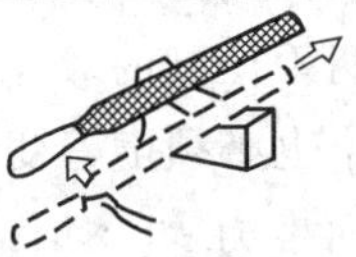	锉刀同时完成 3 个动作: (1)前进运动; (2)向左或向右移动一锉刀宽度的距离; (3)绕锉刀中心线转动
球面锉削		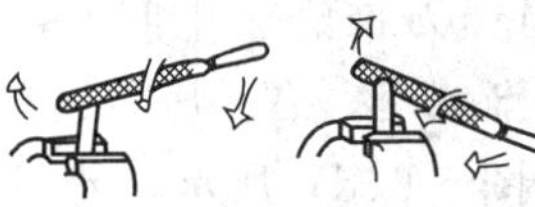	锉刀作外圆弧动作的同时,还绕球面的中心和周向作摆动

③ 平面与曲面连接时,应先锉平面后再锉曲面,以便于圆滑连接。

思考与练习

1. 什么叫锉削? 锉刀一般是由什么材料制成的? 锉刀的齿纹有哪两种形式?

2. 按锉刀用途的不同,锉刀的种类可分为哪几种? 每种锉刀的功用是什么?

3. 锉刀的尺寸规格和锉纹粗细规格是如何表示的?

4. 锉刀的握法有哪些? 如何正确掌握锉削姿势?

5. 锉削时两手用力有何变化?

6. 平面锉削练习:

(1) 工件来料尺寸为黑皮 80mm×30mm×30mm,材料为 45 钢锻件,各面加工余量为 1mm。

(2) 所需工具有 20mm×20mm 方锉,250mm 中纹、细纹扁锉各一把,标准平板一块,棉擦子一个,红铅油一些。

(3) 练习步骤

① 用锉刀棱角锉去工件上的黑皮。

② 粗加工各面。把工件夹持在台虎钳上，用方锉及 250mm 中纹扁锉锉平工件各表面。用刀口直尺检查平面度，高的部分用粉笔画出记号，用交叉锉法锉去凸起部分。

③ 细加工各表面。用 250mm 中纹扁锉，以顺向锉削方法加工各表面。将较浓的红铅油涂于手板上与工件对研，然后锉去工件上的显点部分。

④ 精加工各表面。在平板上均匀涂一层薄红铅油，对研工件加工表面，显示出工件上不平的研点。用 250mm 的细纹扁锉，细心地锉削。这样反复研磨和锉削达到加工要求为止。

7. 外圆弧面锉削练习：已知平键尺寸为 100mm×40mm×20mm，用扁锉在台虎钳上将两端锉成半径为 20mm 的半圆，并用样板检查，要求透光均匀。

第⑥章 刮 削

在工件已加工表面上，用刮刀刮除工件表面薄层而达到精度要求的方法称为刮削。

刮削是在标准工具的工作面上涂以显示剂，与被刮工件两者合研显点（凸点），然后利用刮刀将高点金属刮除。这种方法具有切削量小、切削力小、产生热量小、加工方便和装夹变形小等特点。通过刮削后的工件表面，能获得很高的形位精度、尺寸精度、接触精度、传动精度及降低表面粗糙度等。另外，刮削后留下的一层薄花纹，既可增加工件表面的美观又可储油，以达到润滑工件接触表面，减少摩擦，提高工件使用寿命的目的。

由于刮削使用的工具简单，不受工件形状和位置的限制而能获得很高的精度，所以较广泛地应用于机械制造中，如机床导轨面、转动轴颈和滑动轴承之间接触面、工具和量具的接触面及密封表面等。

6.1 刮削工具

6.1.1 基准工具

基准工具是用来推磨研点和检查刮削面准确性的工具，常用基准工具及作用见表 6-1。

表 6-1　常用基准工具及作用

名　称	简　图	作　用
标准平板	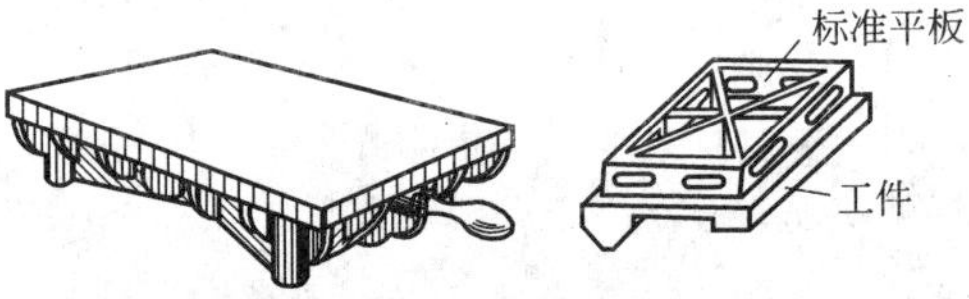	检验宽平面
工形平尺	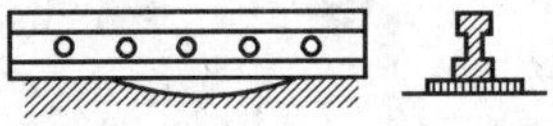	有双面和单面两种，检验及磨合狭长平面
桥形平尺		检验导轨平面
角度平尺	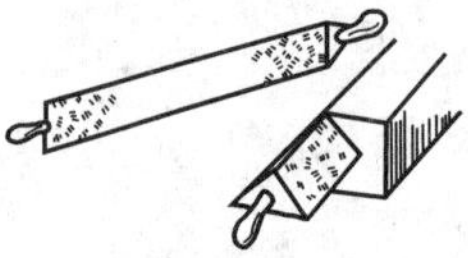	检验组合角度，如燕尾导轨
直角板		检验垂直度
检棒	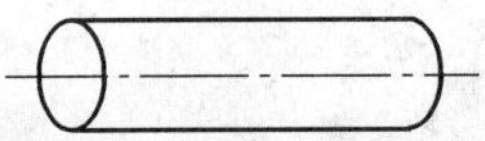	检验曲面或圆柱形内表面

6.1.2　辅助工具

辅助工具及作用见表6-2。

表6-2　辅助工具及作用

名　称	简　图	作　用
胎具支架	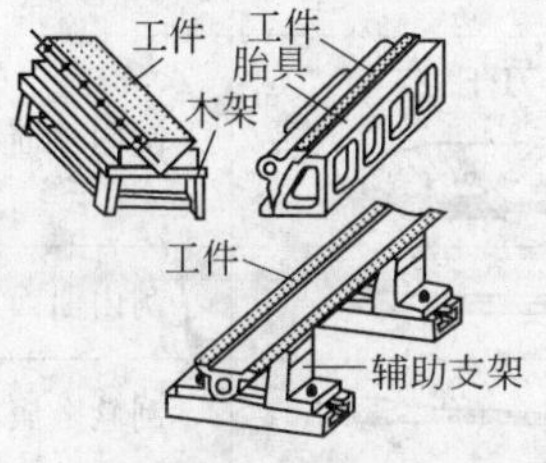	支承工件平稳、牢固
专用平板	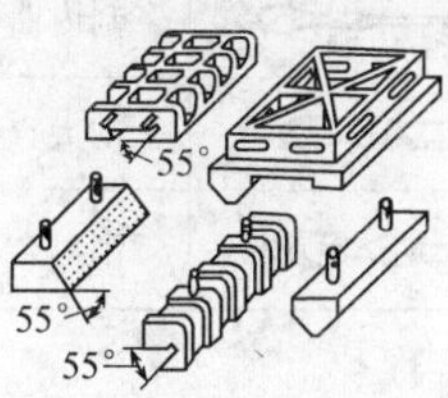	用于刮削复杂导轨
专用检具	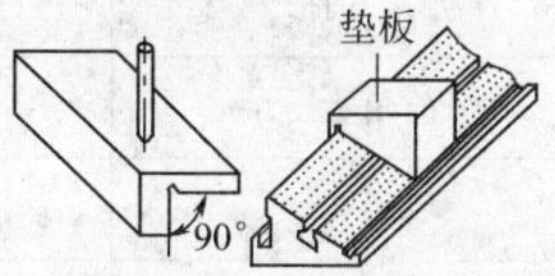	刮削过程中用于检查误差

6.1.3　刮刀

刮刀是刮削用的主要工具。其刀头必须具有一定的弹性和足够的硬度，刃口应保持锋利。刮刀常用碳素工具钢或轴承钢锻制成形，刃磨后刀头淬火至60HRC左右，也可以在刀杆上镶嵌或焊接高速钢、硬质合金刀头。

(1) 刮刀的种类及用途

根据刮削面形状的不同，刮刀可分为平面刮刀和曲面刮刀两大类。平面刮刀主要用来刮削平面，如平板、平面导轨、工作台等，也可用来刮削外曲面。按所刮削表面精度要求不同，可分为粗刮刀、细刮刀和精刮刀3种。曲面刮刀主要用来刮削内曲面，如滑动轴承内孔等。常用刮刀及应用见表6-3。

(2) 平面刮刀的几何角度和刮削角度

① 平面刮刀的几何角度，如图6-1所示。

② 平面刮刀的刮削角度，见图6-2和表6-4。

③ 刮刀头部形状，如图6-3所示。

(3) 刮刀刃磨方法

① 平面刮刀的刃磨　平面刮刀的刃磨分3个阶段进行，即粗磨、细磨和精磨。

a. 粗磨。粗磨是在砂轮上进行，使刀头基本成形，然后进行热处理。

表 6-3　常用刮刀及应用

名　称		简　图	应　用
平面刮刀	推刮刀		刮削平面
	挺刮刀	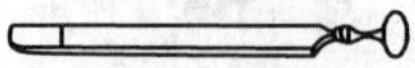	挺刮平面
	钩头刮刀	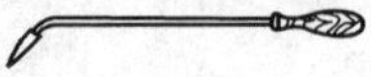	拉刮平面及带有小台阶的平面
	活头刮刀	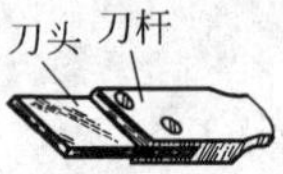 刀头 刀杆	刮削平面
曲面刮刀	三角刮刀		刮内曲面
	匙形刮刀		刮软金属曲面,宜刮剖分式轴瓦
	蛇头刮刀		刮内曲面
	半圆头刮刀		刮大直径内曲面
	柳叶刮刀		刮对合轴承及铜套

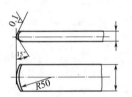

图 6-1　平面刮刀的几何角度

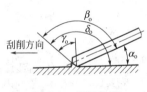

图 6-2　刮削角度

表 6-4　刮削角度

名　称		符　号	数　值
前角		γ_o	$-15° \sim +35°$
后角		α_o	$20° \sim 40°$
切削角		δ_o	$125° \sim 145°$
楔角	粗刮刀	β_o	$90° \sim 92.5°$
	细刮刀		$95°$左右
	精刮刀		$97.5°$
	韧性材料刮刀		$>95°$

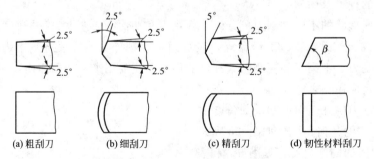

(a) 粗刮刀　　(b) 细刮刀　　(c) 精刮刀　　(d) 韧性材料刮刀

图 6-3　刮刀头部形状

　　b. 细磨。刮刀淬火后进行细磨,如图 6-4(a) 所示,先磨刮刀两个平面,将两个平面分别在砂轮的侧面磨平,要求达到平整,厚薄均匀,再将头部长度为 30～60mm 的平面磨到厚度为 1.5～4mm (一般刮刀切削部分的厚度)。

然后磨出刮刀两侧窄面。最后将刮刀的顶端面在砂轮的外圆弧面上，平稳左右移动刃磨到顶端面与刀身中心线垂直即可，如图6-4(b)所示。

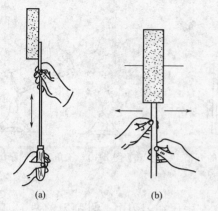

图6-4　平面刮刀的刃磨

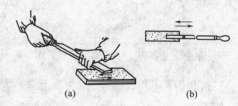

图6-5　刮刀平面的精磨

c. 精磨。经细磨后的刮刀，刀刃还不能符合平整和锋利的要求，必须在油石上进行精磨。精磨时，应在油石表面上滴适量润滑油，先磨两个平面，再磨端面。

在磨两个平面时，使刀头的平面平贴在油石上来回移动，如图6-5(a)所示。当一面磨好后再磨另一面。刮刀两平面经过多次反复刃磨，直到平面光洁平整为止。图6-5(b)所示的磨法是错误的，这种磨法会使平面磨成弧面，刃口不锋利。

刃磨刮刀顶端面，如图6-6所示，磨时右手握住靠近刀头部分，而左手扶住刀柄，使刮刀直立在油石上，略带前倾作来回移动。当右手向前推时，刮刀稍微向前倾斜，使刀端前半面在油石上磨动，向后拉回时应略提起刀身，以免磨损刃口。当前半面磨好后，把刮刀翻转180°，再用同样方法磨刀的另半面，这样反复刃磨，直到符合精度要求为止。

图6-6　刃磨刮刀顶端方法（1）

图6-7　刃磨刮刀顶端方法（2）

图6-7是刃磨刮刀顶端面的又一种方法，是用两手握住刀身，并将刮刀上部靠在操作者的肩前部，呈一定楔角。然后两手施加压力，将刮刀向后拉动，刃磨刀端的一个半面，当刮刀向前移动时，应将刮刀提起，以免损伤刃口，此半面磨好后，将刮刀翻转180°，再用同样的方法刃磨另一半面，直至符合精度要求为止。这种方法容易掌握，但刃磨速度较慢。

刃磨刮刀顶端面时，应按粗刮刀、细刮刀、精刮刀的不同，磨出不同的楔角，如图6-2和表6-4所示。

② 曲面刮刀的刃磨

a. 三角刮刀的刃磨。一般先将锻好的毛坯在砂轮上粗磨，如图6-8所示，右手握住三角刮刀刀柄，左手将刮刀的刃口以水平位置轻压在砂轮的外圆弧面上，按刀刃弧形来回摆动。

一面刃磨完毕后再以同样方法刃磨其他两面，使 3 个面的交线形成弧形的刀刃。按照图 6-9 所示将三角刮刀的 3 个圆弧面在砂轮角上开槽。磨削时刮刀应上下、左右移动，刀槽要开在两刃中间，刀刃边上只留 2~3mm 的棱边。

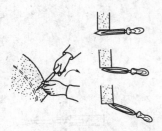
图 6-8　粗磨三角刮刀 3 个弧面

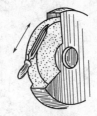
图 6-9　三角刮刀的开槽

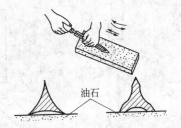
油石
图 6-10　三角刮刀的精磨

三角刮刀淬火后，必须在油石上进行精磨。

如图 6-10 所示，刃磨时右手握住刮刀的刀柄，左手压在刀刃上，将刮刀的两个刀刃同时放在油石上，由于中间有槽，因此两刀刃边上只有窄的棱边被磨着。使刀刃沿着油石长度方向来回移动，在刀刃来回移动的同时，还要按刀刃的弧形作上下摆动，直到刀刃锋利为止。

b. 蛇头刮刀的刃磨。蛇头刮刀两平面的粗磨和精磨方法均与平面刮刀相似。刀头的刃磨及开槽方法与三角刮刀相似。

（4）刮刀热处理方法

若刮刀采用碳素工具钢或轴承钢时，将刮刀粗磨好后进行热处理，其过程由淬火加上回火两过程组成。方法是用氧-乙炔火焰或炉火中加热至 780~800℃（呈暗橘红色）后，迅速从炉中取出，并垂直地把刮刀放入冷却液中冷却。浸入深度平面刮刀为 5~8mm，三角刮刀为整个切削刃，蛇头刮刀为圆弧部分。并将刮刀沿着水面缓慢地移动，由此造成水面波动，又使淬硬与不淬硬部分不致有明显的界限，避免了刮刀在淬硬与不淬硬的界限处断裂，待冷却到刮刀露出水面部分呈黑色时，由冷却液中取出，这时利用刮刀上部的余热进行回火，当刮刀浸入冷却液部分的颜色呈白色后，再迅速将刮刀全部浸入冷却液中，至完全冷却后再取出。

冷却液有 3 种：其一是水，一般用于平面粗刮刀及刮削铸铁或钢的曲面刮刀时的淬火，淬硬程度一般低于 60HRC；其二是含有体积分数为 15% 浓度的盐溶液，用于刮削较硬金属的平面刮刀时的淬火，淬硬程度一般大于 60HRC；其三是油，一般用于曲面刮刀及平面精刮刀时的淬火，淬硬程度在 60HRC 左右。

6.2　刮削用显示剂和研点

显示剂和研点是刮削中判断刮削位置和质量的重要依据。

6.2.1　刮削用显示剂的种类及应用

刮削用显示剂的种类及应用见表 6-5。

显示剂应色泽鲜明、颗粒微细，且对工件无腐蚀或磨损作用。在使用显示剂时，关键是显示剂的调和及涂布。显示剂的调和稀稠要适当，显示剂使用时应注意以下问题。

表 6-5　刮削用显示剂的种类及应用

种　类	成　分	特　点	应 用 范 围
红丹	一氧化铅再度氧化制成，俗称铅丹。配方为：红丹：N32G 液压油：煤油≈100：7：3	呈橘黄色，粒度细腻，研点真实，无腐蚀作用，但研点后颜色较淡，对眼睛有反光刺激，虽有铅毒现象产生，但对人体无较大妨害	应用于铸钢件及部分有色金属的刮削；是金属切削机床机械加工接合面接触检验及评定和锥孔接触精度评定的显示剂
红丹	氧化铁红配方同上	呈红褐色，粒度较粗，研点清楚，对眼睛无反光作用	可用于铸钢件及部分有色金属的刮削，但不能作为接触精度评定的显示剂
普鲁士蓝油	普鲁士蓝粉混合适量机械油与蓖麻油	呈深蓝色，研点小而清楚，刮点显示真实，当室内温度较低时不易涂刷	用于精密零件，特别适用于有色金属刮削和检验
印红油	碱性品红溶解在乙醇中，加入甘油配制而成	呈鲜红色，对眼睛略有反光刺激，取材方便	用于锥孔接触及刮削面的接触判别，但不作为评定用显示剂
烟墨油	烟墨与机械油混合	点子成黑色，研点小而清楚	用于表面呈银白色的金属刮削和检验，较少采用
松节油或酒精	松节油或酒精	研点发光亮，特别精细真实，对零件有腐蚀作用，对眼睛有反光刺激	用于精密零件的刮削与检验，较少采用

① 粗刮时，涂料应调稀些，便于涂布，点子大，利于刮削。

② 精刮时，应调干些，涂层薄而均匀（一般小于 $5\mu m$），使点子小而清晰。若涂层厚，则研点会糊成团。

③ 在所刮工件接近要求时，可不再加涂料，只要用干净纱布或毛毡在工件表面上抹一下使残余涂料均匀即可。

④ 粗刮时，涂料应涂在研具上，刮削时不易粘在刀口上，刮削方便；精刮时，涂料涂在刮削面上，显点清晰。

6.2.2　研点

刮削面的精度常用在一定面积内的研点（刮点）数目表示。研点应根据工件的不同形状和被刮削面积大小区别进行。一般规定用 25mm×25mm 的方框置于检查面上，据框内显点数量衡量刮削质量。

① 平面研点要求，见表 6-6。

表 6-6　平面研点要求

表面类型	每 25mm×25mm 内的点数	刮削前工件表面粗糙度 $Ra/\mu m$	应 用 举 例
超精密面	＞25	3.2	0 级平板、精密量仪
精密面	20～25	3.2	1 级平板、精密量仪
	16～20	6.3	精密机床导轨、精密滑动轴承
一般	12～16	6.3	机床导轨及导向面、工具基准面
	8～12	6.3	一般基准面、机床导向面、精密接合面
	5～8	6.3	一般接合面
	2～5	6.3	较粗糙机件的固定接合面

② 滑动轴承研点要求，见表 6-7。

表 6-7　滑动轴承研点要求

轴承直径 /mm	金属切削机床			锻压设备、通用机械		动力机械、冶金设备	
	机床精度等级			重要	一般	重要	一般
	Ⅲ级和Ⅲ级以上	Ⅳ级	Ⅴ级				
	每 25mm × 25mm 内的点数						
≤ 120	20	16	12	12	8	8	5
> 120	16	12	10	8	6	6	2

6.3　刮削方法

6.3.1　平面的刮削方法

（1）显点方法

显点方法应根据工件的形状和刮削面积的大小而定。

工件显点前，被刮削表面一般都存在很小的毛刺，应用研磨平整的大油石，轻轻地在被刮削表面上清除毛刺后，才能涂上显示剂显点。

① 小型工件显点　一般是标准平板固定，工件被刮削面在平板上推研时，施加压力要均匀，运动轨迹一般呈 8 字形或螺旋形，也可直线推拉，如图 6-11 所示。工件被刮面小于平板时，研点范围不应超出平板，被刮面不小于平板时，允许工件超出平板，超出部分应小于工件长度的 1/3。

图 6-11　平面的显点方法

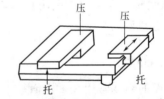

图 6-12　重量不对称工件显点方法

② 大型工件显点　工件要固定，标准工具在工件被刮面上研点。标准工具超出工件被刮面的长度，应小于标准工具的 1/5。

③ 重量不对称工件的显点　推研时，应在工件适当部位托或压，如图 6-12 所示。托或压的力大小要适当、均匀、平稳。

（2）平面刮削方式

① 手推式　如图 6-13 所示，右手握刀柄，左手握刀杆，距刀刃为 50~70mm 处，刮刀与被刮削表面成 25°~30°。同时，左脚前跨一步，上身向前倾，刮削时，右臂利用上身摆动向前推，左手向下压，并引导刮刀运动方向，在下压推挤的瞬间迅速抬起刮刀，这样就完成了一次刮削动作。

② 挺刮式　如图 6-14 所示，将刮刀柄（圆柄处）顶在小腹下侧，双手握刀杆离刃口为 70~80mm 处，左手在前，右手在后。刮削时，左手下压，落刀要轻，利用腿和臂部力量使刮刀向前推挤，双手引导刮刀前进。在推挤后的瞬间，用双手将刮刀提起，这样就完成了一次刮削动作。

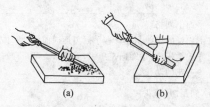

图 6-13 手推式刮削

图 6-14 挺刮式刮削

（3）平面刮削步骤

平面刮削分粗刮、细刮、精刮和刮花等 4 个步骤。

① 粗刮 经机械加工的工件，可先用粗刮刀普遍刮一遍。在整个刮削面上采用连续推铲的方法，使刮出的刀迹连成长片。粗刮时有时会出现平面四周高、中间低的现象，故四周必须多刮几次，而且每刮一遍应转过 30°～45°的角度交叉刮削，直至每 25mm×25mm 内含 4～6 个研点为止。

② 细刮 细刮的目的是刮去工件表面的大块显点，进一步提高表面质量。细刮刀采用宽为 15mm 为宜。刮削时，刀迹长度不超过刀刃的宽度，每刮一遍要变换一个方向，以形成 45°～60°网纹。整个细刮过程中随着研点的增多，刀迹应逐渐缩短，直至每 25mm×25mm 内含 12～25 个研点为止。

③ 精刮 精刮是在细刮的基础上进行。精刮时，应充分利用精刮刀刀头较窄，圆弧较小的特点。刀迹长度一般为 5mm 左右，落刀要轻，起刀后迅速挑起，每个研点上只能刮一刀，不能重复，并始终交叉进行，当研点数增至每 25mm×25mm 内有 20 个研点时，应按以下 3 个步骤刮削，直至达到规定的研点数。

a. 最大最亮的研点全部刮去。

b. 中等稍浅的研点只将其中较高处刮去。

c. 小而浅的研点不刮。

④ 刮花 刮花的目的是增加工件刮削面的美观以及在滑动件之间造成良好的润滑条件。常见的花纹有月牙花、鱼鳞花、链条花、地毯花和波形花等，见表 6-8。

6.3.2 平行面的刮削方法

刮削前，应先确定被刮削的平面中，其中一个平面为基准面，首先进行粗、细、精刮削，当按规定达到每 25mm×25mm 研点数的要求之后，就以此面为基准面，再刮削对应的平行面。刮削前用百分表测量该面对基准面的平行度误差，如图 6-15 所示，确定粗刮时各刮削部位的刮削量，并以标准平板为测量基准，结合显点刮削，以保证平面度要求。在保证平面度和初步达到平行度的情况下，进入细刮。细刮时除了用显点方法来确定刮削部位外，还应结合百分表进行平行度测量，这样再作刮削的修正。达到细刮要求后，进行精刮，直到每 25mm×25mm 的研点数和平行度都符合要求为止。

6.3.3 垂直面的刮削方法

垂直面的刮削方法与平行面刮削相似。刮削前，先确定一个平面为基准面，进行粗、细、精刮削后作为基准面，然后对垂直度进行测量，如图 6-16 所示，以确定粗刮的刮削部

表6-8 常见的刀花及刮削方法

刀花名称	刀花图形	刮 削 方 法
月牙花		（1）用铅笔按刀花间隔在平面上划格线 （2）用窄平面刮刀的小尖沿划好的格线刮花。右手握刀柄向前推，同时左手按刀杆前部并扭动刮刀，刃口右边先接触工件，逐渐向左压平；而后再逐渐扭向右边，接触工件后抬起刮刀，即完成了一个刀花的动作
半月花		此法是刮刀与工件呈45°，同刮"月牙花"一样 （1）先用刮刀的一边与工件接触，再用左手把刮刀压平并向前推进。这时刮刀始终不离开工件，按一个方向连推带扭不断向前推进，连续刮出一串月牙花 （2）然后再按相反方向刮出另一串月牙花
鱼鳞花		（1）用平刃刮刀向前推压，同时向左（或右）扭动刀刃，并逐渐提出刮刀，使压痕弯曲呈鱼鳞状 （2）依次刮削第二个鱼鳞花，排列应整齐
地毯花		（1）依花宽选一定刀宽的平刃刮刀 （2）沿纵向按划好的格线，每隔一格刮一方块花。方块花角与角相接形成没刮花的角与角相接的空白方块 （3）沿横向在空白方块中刮方块花，每一方块平行刮2～3次
链条花		（1）沿划好的格线连续刮一条半圆花纹，刮刀右角先落，左角稍抬，刮刀连推带扭向前移动 （2）转180°，与前一串刀花错开半个花距，沿同一方向刮第二条半圆花纹
波形花		（1）用小圆弧刃口刮刀，右手握刀柄，左手握刀杆向下压刮刀，并控制方向，沿划好的格线刮花 （2）刮刀沿划好的线向前推，同时连续左右摆动刮刀即刮出波形花
斜纹花		（1）精刮刀与工件边成45°角方向刮削，花纹大小视刮削面大小而定 （2）刮削时应一个方向刮定再刮削另一个方向

位和刮削量，并结合显点刮削，以保证达到平面度要求。细刮和精刮时，除按研点进行刮削外，还要不断地进行垂直度测量，直到被刮面每25mm×25mm的研点数和垂直度都符合要求为止。

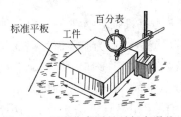

图6-15 用百分表测量平行度误差

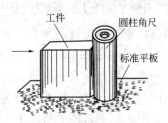

图6-16 垂直度的测量方法

6.3.4 曲面的刮削方法

曲面刮削一般是指内曲面刮削。其刮削的原理与平面刮削一样，但刮削方法及所用的工具不同。内曲面刮削常用三角刮刀或蛇头刮刀。刮削时，刮刀应在曲面内作后拉或前推的螺旋运动。

内圆面刮削一般以校准轴（又称工艺轴）或相配合的工作轴作为内圆面研点的校准工具。校准时将显示剂涂布在轴的圆周面上，使轴在内曲面上来回旋转显示出研点，如图6-17所示。然后根据研点进行刮削。刮削时应注意以下几点。

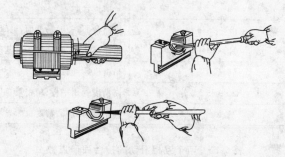

图 6-17 内曲面的显点和刮削

① 刮削时用力不可太大，否则容易发生抖动，表面产生振痕。

② 研点时配合轴应沿内曲面作来回旋转，精刮时转动弧长应小于25mm。切忌沿轴线方向作直线研点。

③ 每刮一遍之后，下一遍刮削应交叉进行，因为交叉刮削可避免刮削面产生波纹，研点也不会成条状。

④ 在一般情况下由于孔的前、后端磨损快，因此刮削内孔时，前、后端的研点要多些，中间段的研点可以少些。

⑤ 曲面刮削的切削角度和用力方向，见表6-9。

表 6-9 曲面刮刀的前角及用力方向

刮削类别	粗 刮	细 刮	精 刮
简图	γ_{ne}	γ_{ne}	γ_{ne}
应用	刮刀呈正前角，刮出的切屑较厚，故能获得较高的刮削效率	刮刀具有较小的负前角，刮出的切屑较薄，能很好地刮去研点，并能较快地把各处集中的研点改变成均匀分布的研点	刮刀具有较大的负前角，刮出的切屑极薄，不会产生凹痕，故能获得较高的表面粗糙度

6.4 刮削质量检查

刮削质量检查的内容主要包括尺寸精度、形位精度、表面粗糙度和接触精度等。

6.4.1 各种平面接触精度研点数

各种平面接触精度研点数见表6-10。

6.4.2 两个互相滑动的接合面研点数

两个互相滑动的接合面研点数见表6-11。

表 6-10　各种平面接触精度研点数

平面种类	每 25mm×25mm 内的研点数	应 用 范 围
一般平面	2~5	较粗糙机件的固定接合面
	5~8	一般接合面
	8~12	机器台面、一般基准面、机床导向面、密封接合面
	12~16	机床导轨及导向面、工具基准面、量具接触面
精密平面	16~20	精密机床导轨、直尺
	20~25	高精度通用平板、精密量具
超精密平面	>25	高精度平板、高精度机床导轨、精密量具

表 6-11　两个互相滑动的接合面研点数

机床类别	接合面性质/mm						镶条、压板滑动面	特别重要固定接合面
	静压、滑(滚)动导轨		移置导轨		主轴滑动轴承			
	≤250	>250	≤100	>100	≤φ120	>φ120		
高精密机床	20	16	16	12	20	16	12	12
精密机床	16	12	12	10	16	12	10	8
普通机床	10	8	8	6	12	10	6	6

6.4.3　滑动轴承的研点数

滑动轴承的研点数见表 6-12。

表 6-12　滑动轴承的研点数

轴承直径/mm	机床或精密机械主轴承			锻压设备、通用机械的轴承		动力机械、冶金设备的轴承	
	高精密	精 密	普 通	重 要	普 通	重 要	普 通
	每 25mm×25mm 内的研点数						
≤120	25	20	16	12	8	8	5
>120	16	10	8	6	6	2	

6.4.4　刮削面的检查

刮削面的检查见表 6-13。

表 6-13　刮削面的检查

检查内容	简　图	检查内容	简　图
研点		平面度、直线度	
	检查方法:用边长为 25mm 的方框,以框内研点数表示精度		检查方法:用水平仪和直尺进行检查

续表

检查内容	简　图	检查内容	简　图
内曲面	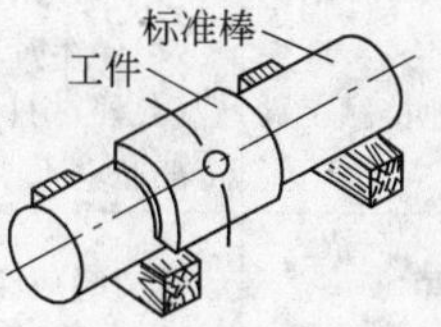 标准棒　工件 检查方法:用工件轴或标准校棒研点	平行度	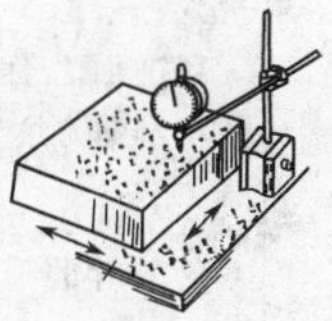 检查方法:用百分表在平板上进行检查
双平面导轨的平直度和平行度	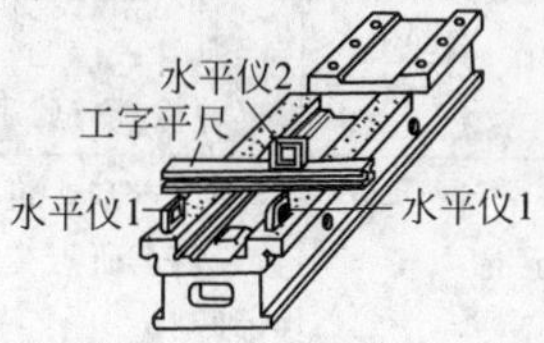 水平仪2　工字平尺　水平仪1　水平仪1 检查方法:用水平仪1检查两导轨的平直度,用水平仪2检查两导轨的平行度	垂直度	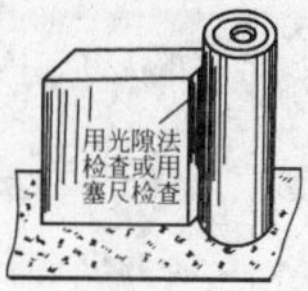 用光隙法检查或用塞尺检查 检查方法:用90°校验棒,通过光隙法或塞尺进行检查
两组导轨间的垂直度	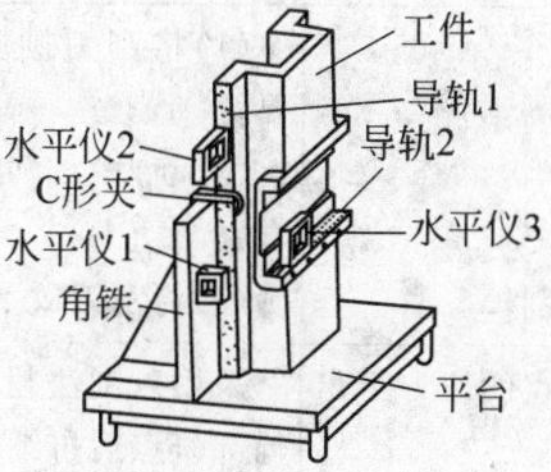 工件　导轨1　水平仪2　导轨2　C形夹　水平仪3　水平仪1　角铁　平台 检查方法:紧靠角铁工作面,用水平仪2检查导轨1的垂直位置,然后用C形夹夹牢,用水平仪3检查导轨2对导轨1的垂直度	外曲面	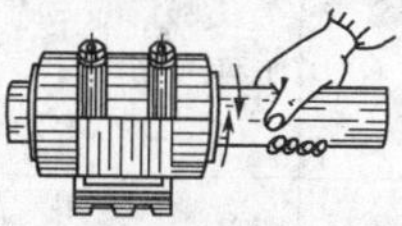 检查方法:用工艺孔或专用检具进行检查
		V形导轨与平面导轨的平直度和平行度	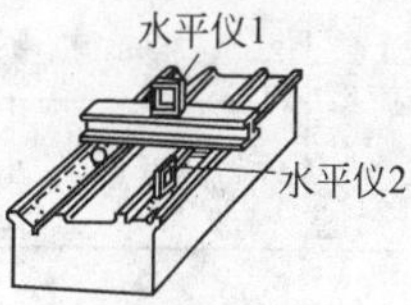 水平仪1　水平仪2 检查方法:用水平仪1检查V形导轨对平面导轨的平行度,水平仪2检查平面导轨的平直度

6.5　刮削缺陷及防止方法

刮削缺陷及防止方法见表6-14。

表6-14　刮削缺陷及防止方法

缺陷形式	缺陷特征	产生原因	防止方法
振痕	刮削面上出现有规则的波纹	(1)刮削时向一个方向进行次数多,刀迹没有交叉 (2)表面的阻力不均匀而引起刀刃弹动,造成有规律的波浪纹 (3)刮刀楔角过小,前角过大	(1)必须交叉进行刮削 (2)必须调换方向成网状进行,反复几次可解决振痕 (3)修正刮刀角度
深凹	刮削面上研点局部稀少或刀迹与研点高低相差太多	(1)刮削时压力过大,用力不匀,多次刀迹重叠 (2)刀刃弧形磨得太小	(1)减轻压力,刮削时防止敲击式进行 (2)修正刀刃口弧形,必要时更换刮刀

缺陷形式	缺陷特征	产生原因	防止方法
撕纹	刮削面上有粗糙的条状刮削刀纹	(1)刀刃口不光滑甚至有缺口、有细裂纹或淬火时金相组织粗大 (2)刮削时未能将刮刀平稳地接触工件表面	(1)刮刀刃口必须光滑完整 (2)操作时,刮刀要平稳地接触工件表面 (3)硬材料不易产生,软材料易生毛刺,可蘸肥皂水或煤油刮削
刀痕	落刀时的痕迹较正常刀迹深	落刀时的角度过大,刀落太重	落刀时应注意轻柔,平稳接触加工面
划道	刮削面上划上深浅不一的条槽	研点时,夹有砂粒、切屑等杂质或涂料不纯洁	注意清除涂料和工件表面的杂质
刮削不精确	研点情况无规律地改变	(1)推研点时,压力不均或工件伸出太长,出现假点 (2)校验工具本身不精确	(1)研点时应保持正确的推研方法 (2)检查校验工具
规律排列	研点出现有规律的排列	粗刮时,遍与遍之间交叉记混	采用点刮法粗刮,刀花不要长,交叉点刮数遍后至研点变成没规律的排列后,再转入细刮
变形	在刮削过程中被刮工件变形	(1)工件装卡不合理 (2)时效处理不好或工件本身结构不合理	(1)检查装卡方法是否合理,力求使工件保持自由状态,但要平稳 (2)刮削时掌握变化规律
少点	研点变少	(1)刮削时刀花太狭窄 (2)刮刀未刮到点子上 (3)一次没能将研点完全刮掉	(1)将刮刀圆弧半径磨大,粗刮时刀花要宽 (2)刮刀一定要刮在研点上,而且要轻重有别 (3)将刮刀放平,削一遍研点
少点	局部没点	粗刮时局部刮亏,在没研点的地方不出点就转入了细刮	采用点刮法粗刮,直至在被刮面上消除局部研点后再细刮

思考与练习

1. 什么叫刮削?刮削的特点有哪些?

2. 常用的刮刀有哪两种?其主要用途是什么?

3. 平面刮刀分粗、细、精3种,说明它们之间几何角度有什么不同?

4. 怎样进行平面刮刀的刃磨和热处理?

5. 什么叫显示剂?刮削质量要求有哪些?接触精度如何检验?

6. 什么是粗、细、精刮削?刮花的作用是什么?

7. 说明曲面刮削的方法和应注意的问题。

8. 练习刃磨粗、细、精3把平面刮刀,粗磨后淬火,使刃部硬度达60HRC以上。刮刀端部几何角度符合要求。

9. 在精刨后的两块 300mm×300mm×50mm 铸铁平板上,分别进行粗刮和细刮。使研点为 2~5 个、12~15 个两种。

第❼章 研　磨

用研磨工具和研磨剂，通过研具与工件在一定压力下，作相对滑动，从工件表面上磨掉一层极薄的金属，以提高工件尺寸、形状精度和降低表面粗糙度的精整加工方法称研磨。

研磨精度可达 $0.025\mu m$，球体圆度可达 $0.025\mu m$，圆柱度可达 $0.1\mu m$，表面粗糙度可达 $Ra0.01\mu m$，并能使两个平面达到精密配合。

研磨主要用于精密的零件，如量规、精密配合件、光学零件的精加工。

研磨特点及作用有以下几点。

① 研磨可以获得用其他方法难以达到的高尺寸精度和形状精度。

② 磨粒在工件表面不重复先前运动轨迹易于切削掉加工表面凸峰，容易获得极小的表面粗糙度值。

③ 经研磨后的零件能提高加工表面的耐磨性、抗腐蚀能力及疲劳强度，而延长了零件的使用寿命。

④ 加工方法简单，不需复杂设备，但加工效率较低。

7.1　研磨的分类

7.1.1　湿研磨

湿研磨又称敷砂研磨，是将稀糊状或液状研磨剂涂敷或连续注入研具表面，磨粒在工件与研具之间不停地滑动或滚动，形成对工件的切削运动，加工表面呈无光泽的麻点状。一般用于粗研磨。

7.1.2　干研磨

干研磨又称嵌砂研磨或压砂研磨，是在一定的压力下，将磨料均匀地压嵌在研具的表层中，研磨时只需在研具表面涂以少量的润滑剂即可，干研磨可获得很高的加工精度和低表面粗糙度参数值，但研磨效率较低，一般用于精研磨。

7.1.3　半干研磨

半干研磨，是采用糊状的研磨膏作研磨剂，其研磨性能介于湿研磨与干研磨之间，用于粗研磨和精研磨均可。

7.2　研磨剂

研磨剂是由磨料和研磨液调和而成的混合剂。

7.2.1　磨料及其粒度

（1）磨料

磨料在研磨中起切削作用。研磨加工的效率、精度和表面粗糙度都与磨料有密切关系。研磨磨料按硬度可分为硬磨料和软磨料两类。常用的磨料特性与用途见表7-1。

表7-1　常用的磨料特性与用途

系列	磨料名称	代号	特　性	适用范围
刚玉	棕刚玉	A	棕褐色。硬度高，韧性大，价格便宜	粗、精研磨钢、铸铁、黄铜
	白刚玉	WA	白色。硬度比棕刚玉高，韧性比棕刚玉差	精研磨淬火钢、高速钢、高碳钢及薄壁零件
	铬刚玉	PA	玫瑰红或紫红色。韧性比白刚玉高、磨削表面质量好	研磨量具、仪表零件及高精度表面
	单晶刚玉	SA	淡黄色或白色。硬度和韧性比白刚玉高	研磨不锈钢、高钒高速钢等强度高、韧性大的材料
碳化物	黑碳化硅	C	黑色有光泽。硬度比白刚玉高，性脆而锋利，导热性和导电性良好	研磨铸铁、黄铜、铝、耐火材料及非金属材料
	绿碳化硅	GC	绿色。硬度和脆性比黑碳化硅高，具有良好的导热性和导电性	研磨硬质合金、硬铬、宝石、陶瓷、玻璃等材料
	碳化硼	BC	绿色。硬度和脆性比黑碳化硅高，具有良好的导热性和导电性	精研磨和抛光硬质合金、人造宝石等硬质材料
金刚石	人造金刚石	JR	无色透明或淡黄色，黄绿色或黑色。硬度高，比天然金刚石略脆，表面粗糙	粗、精研磨硬质合金、人造宝石半导体等高硬度脆性材料
	天然金刚石	JT	硬度最高，价格昂贵	
软磨料	氧化铁		红色至暗红色。比氧化铬软	精研磨或抛光钢、铁、玻璃等材料
	氧化铬		深绿色	

（2）磨料粒度

磨料粒度按颗粒尺寸分为41个号。其中磨粉类有 $4^\#$、$5^\#$、…、$240^\#$ 共27种，粒度号数越大、磨料越细；微粉类有 W63、W50、…、W0.5 共14种，这一组号数越大，磨料越粗。在各种磨料的粒度中，又有粗、中、细3种不同的颗粒。中粒是研磨粉中的基本粒度，是决定磨料研磨能力的主要因素，在粒度组成中占有较大的比例。基本粒度占35%～40%的研磨粉，如再经过一次离心分选，能将基本粒度提高到60%左右。分选后的研磨粉的研磨能力将比分选前提高20%。细粒在研磨中起很小的研削作用，应在粒度组成中尽量减少它的数量。粗粒除对研磨工件的质量不利，还会降低研磨效率。因此，从研磨的效率和工件的质量来说，都要求磨料的颗粒均匀。磨料的颗粒尺寸见表7-2。常用的研磨微粉见表7-3。

7.2.2　研磨液

研磨液主要起润滑冷却作用，并使磨粒均布在研具表面上。常用研磨液见表7-4。

7.2.3　研磨剂配制

研磨剂主要有液态研磨剂和研磨膏两种。

表 7-2 磨料的颗粒尺寸

组别	粒度号数	颗粒尺寸/μm	组别	粒度号数	颗粒尺寸/μm	组别	粒度号数	颗粒尺寸/μm
磨粒	12#	2000～1600	磨粉	100#	160～125	微粉	W14	14～10
	14#	1600～1250		120#	125～100		W10	10～7
	16#	1250～1000		150#	100～80		W7	7～5
	20#	1000～800		180#	80～63		W5	5～3.5
	24#	800～630		240#	63～50		W3.5	3.5～2.5
	30#	630～500		280#	50～40		W2.5	2.5～1.5
	36#	500～400	微粉	W65	63～50		W1.5	1.5～1
	46#	400～315		W50	50～40		W1	1～0.5
	60#	315～250		W40	40～28		W0.5	0.5～更细
	70#	250～200		W28	28～20			
	80#	200～160		W20	20～14			

表 7-3 常用的研磨微粉

研磨粉号数	应 用	可达到 Ra/μm	研磨粉号数	应 用	可达到 Ra/μm
100#～280#	最初的研磨		W14～W7	半精研磨	0.1～0.05
W63～W20	粗研磨	0.2～0.1	W5 以下	精研磨	0.05～0.012

表 7-4 常用研磨液

工件材料		研 磨 液
钢	粗研	煤油 3 份,L-AN10 全损耗系统用油 1 份,透平油或锭子油(少量),轻质矿物油(适量)
	精研	10 号全损耗系统用油
铸铁		煤油
铜		动物油(熟猪油与磨料拌成糊状,后加 30 倍煤油),锭子油(少量),植物油(适量)
淬火钢、不锈钢		植物油、透平油或乳化液
硬质合金		航空汽油
金刚石		橄榄油、圆度仪油或蒸馏水
金、银、白金		酒精或氨水
玻璃、水晶		水

(1) 液态研磨剂

① 湿研时用煤油、混合脂、微粉配制。常用配方见表 7-5。

表 7-5 常用液态研磨剂

配 方		调 法	用 途
金刚砂:2～3g; 航空汽油:80～100g	硬脂酸:2～2.5g 煤油:数滴	先将硬脂酸和航空汽油在清洁的瓶中混合,然后放入金刚砂摇晃至乳白状而金刚砂不易沉下为止,最后滴入煤油	研磨各种硬质合金刀具
白刚玉(W7):16g 蜂蜡:1g 煤油:95g	硬脂酸:8g 航空汽油:80g	先将硬脂酸与蜂蜡溶合,冷却后加入航空汽油搅拌,然后用双层纱布过滤,最后加入微粉和煤油	精研磨高速钢刀具及一般钢

② 干研时压砂用研磨剂配方见表7-6。

表 7-6 压砂用研磨剂配方

成 分		备 注
白刚玉(W3.5～W1):15g 航空汽油:200mL	硬脂酸混合脂:8g 煤油:35mL	使用时不加任何辅料
白刚玉(W3.5～W1):25g 航空汽油:200mL	硬脂酸混合脂:0.5g	使用时,平板表面涂以少量硬脂酸混合脂,并加数滴煤油
白刚玉:50g 硬脂酸混合脂:4～5g	与航空汽油及煤油配成:500mL	航空汽油与煤油的比例取决于磨料的粒度: W0.5　汽油9份　　煤油1份 W5　　汽油7份　　煤油3份

(2) 研磨膏

常用研磨膏有刚玉类研磨膏,主要用于钢铁件研磨;碳化硅、碳化硼类研磨膏,主要用于硬质合金、玻璃、陶瓷和半导体等研磨;氧化铬类研磨膏,主要用于精细抛光或非金属材料的研磨;金刚石类研磨膏,主要用于硬质合金等高硬度材料的研磨。常用研磨膏配方见表7-7～表7-9。

表 7-7 刚玉研磨膏成分及用途

粒度号	成分及质量比例/%				用 途
	微 粉	混合脂	油 酸	其 他	
W20	52	26	20	硫化油2或煤油少许	粗研
W14	46	28	26	煤油少许	半精研及研窄长表面
W10	42	30	28	煤油少许	半精研
W7	41	31	28	煤油少许	精研及研端面
W5	40	32	28	煤油少许	精研
W3.5	40	26	26	凡士林8	精细研
W1.5	25	35	30	凡士林10	精细研及抛光

表 7-8 碳化硅、碳化硼研磨膏成分及用途

研磨膏名称	成分及质量比例/%	用 途
碳化硅	碳化硅(240#～W40)83、黄油17	粗研
碳化硼	碳化硼(W20)65、石蜡35	半精研
混合研磨膏	碳化硼(W20)35、白刚玉(W20～W10)15、混合剂15、油酸35	半精研
碳化硼	碳化硼(W7～W1)76、石蜡12、羊油10、松节油2	精细研

表 7-9 人造金刚石研磨膏

规 格	颜 色	加工表面粗糙度 $Ra/\mu m$	规 格	颜 色	加工表面粗糙度 $Ra/\mu m$
W14	青莲	0.16～0.32	W2.5	橘红	0.02～0.04
W10	蓝	0.08～0.32	W1.5	天蓝	0.01～0.02
W7	玫红	0.08～0.16	W1	棕	0.008～0.012
W5	橘黄	0.04～0.08	W0.5	中蓝	≤0.01
W3.5	草绿	0.04～0.08			

注:不同粒度研磨膏采用不同颜色加以区别。

7.3　研具

研具是用于涂敷或嵌入磨料并使其磨粒发挥切削作用的工具。研具材料硬度一般应比工件材料硬度低，而且硬度一致性好，组织均匀，无杂质、异物、裂纹和缺陷。其结构要合理，并具有较高的几何精度，耐磨性好，散热性好。

7.3.1　研具材料

① 常用研具材料的性能及适用范围，见表7-10。

表7-10　常用研具材料的性能及适用范围

材　料	性　能　与　要　求	用　途
灰铸铁	120～160HBS，金相组织以铁素体为主，可适当增加珠光体比例，用石墨球化及磷共晶等办法提高使用性能	用于湿式研磨平板
高磷铸铁	160～200HBS，以均匀细小的珠光体（70%～85%）为基体，可提高平板的使用	用于干式研磨平板及嵌砂平板
10、20低碳钢	强度较高	用于铸铁研具强度不足时，如M5以下螺纹孔，$d<8mm$小孔及窄槽等的研磨
黄铜、紫铜	磨粒易嵌入，研磨工效高，但强度低，不能承受过大的压力，耐磨性差，加工表面粗糙度高	用于余量大的工件粗研及青铜件和小孔研磨
木材	要求木质紧密、细致、纹理平直、无节疤、虫伤	用于研磨铜或其他软金属
沥青	磨粒易嵌入，不能承受大的压力	用于玻璃、水晶、电子组件等的精研与镜面研磨
玻璃	脆性大，一般要求10mm厚度，并经450°退火处理	用于精研，并配用氧化铬研磨膏，可获得良好研磨效果

② 常用干研嵌砂平板材料成分，见表7-11。

表7-11　常用干研嵌砂平板材料成分

嵌砂粒度	干研平板成分（质量分数）/%								金相组织及硬度
	C	Si	Mn	P	S	Sb	Ti	Cu	
W5、W2.5	3.2	2.14	0.74	0.2	0.1	0.045	—	—	粗片状珠光体占70%，游离碳呈A型4～5级，硬度156HBS
W1.5、W1	2.88	1.58	0.84	0.95	0.05	—	0.15	0.78	薄片状及细片状珠光体约占85%，二元磷共晶网状分布，游离碳呈A型4～5级，硬度192HBS

7.3.2　研具及应用

研具及应用见表7-12。

表7-12　研具及应用

类　型	名　称	简　图	应　用
平面研具	板型条型	(a) 板型　　(b) 条型	板型用于研磨块规、精密量具等表面；条型用于研磨小尺寸薄片工件的表面

类型	名称	简图	应用
	带槽条型 角度条型	 (a) 带槽条型　(b) 角度条型	带槽条型用于研磨平面导轨等狭长工件表面；角度条型用于研磨 V 形导轨等有角度的工件表面
平面研具	平板型	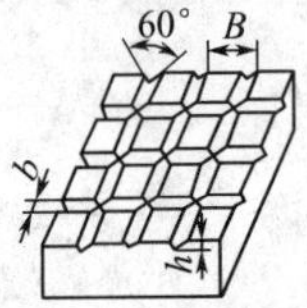 60° B 图中： $b=1\sim 5$mm； $h=1\sim 5$mm； $H=15\sim 20$mm	用于研磨平面
	圆盘型	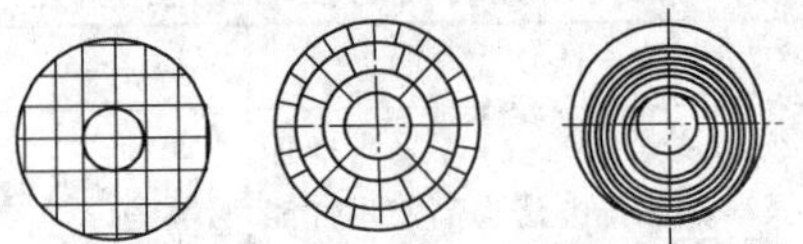 (a) 直角交叉型　(b) 圆环射线型　(c) 偏心圆环型 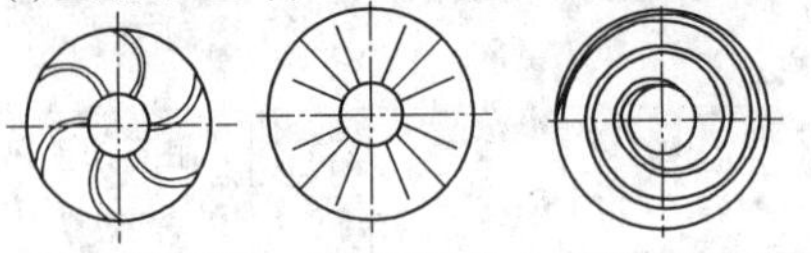 (d) 螺旋射线型　(e) 径向射线型　(f) 阿基米德螺旋射线型	用于研磨各种平面零件，主要用于小型零件
	玻璃平板 压砂平板	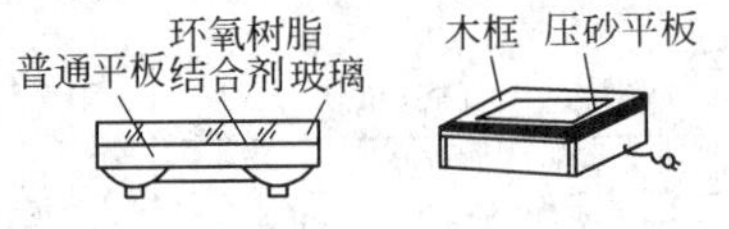 环氧树脂 普通平板结合剂玻璃　木框　压砂平板 (a) 玻璃平板　(b) 压砂平板	玻璃平板用于研磨时不允许加研磨剂的零件。具有防锈能力；压砂平板用于超精研磨，尺寸精度为 1μm 左右，Ra 为 0.015μm 以下的零件
外圆柱面研具	整体型 三点型	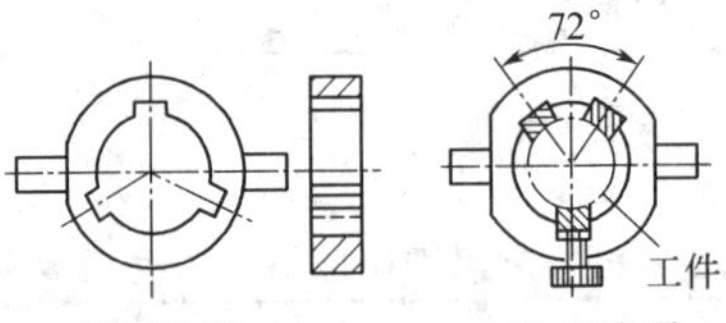 72° 工件 (a) 整体型　(b) 三点型	整体型用于研磨小直径外圆柱面；三点型用于研磨高精度外圆柱面
	带研磨套 开口型	 72° (a) 无槽型　(b) 研磨套外表面开槽 (c) 研磨套内表面开槽	无槽型用于研磨较大直径外圆柱面；研磨套外表面开槽用于研磨一般直径外圆柱面；研磨套内表面开槽用于研磨大型外圆柱面
内圆柱面研具	不开槽型 开槽型	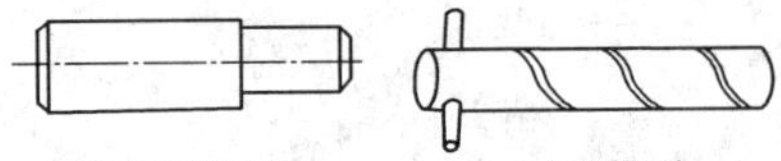 (a) 不开槽型　(b) 开槽型	不开槽型用于精研较小孔（直径小于 8mm）内圆柱面；开槽型用于粗研较小孔（直径小于 8mm）内圆柱面
	可调型	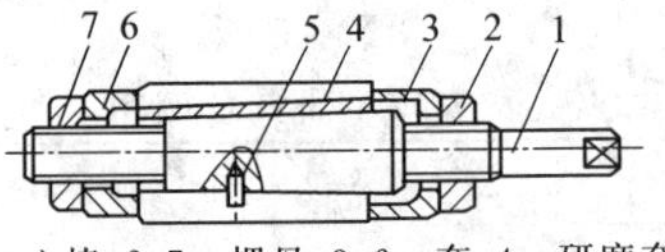 7 6　5 4　3 2 1 1—心棒；2,7—螺母；3,6—套；4—研磨套；5—销	开槽型用于粗研，不开槽型用于精研
	盲孔型	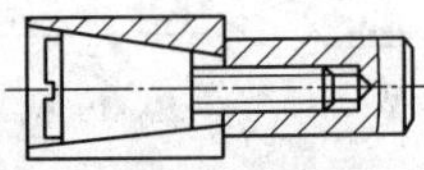	适用于研磨盲孔

续表

类型	名称	简图	应用
内圆柱面研棒 沟槽型	单槽圆 周短槽	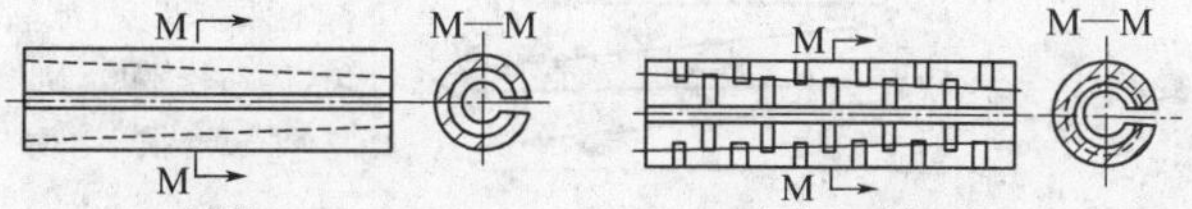 (a) 单槽　　(b) 圆周短槽	
	轴向直槽 螺旋槽	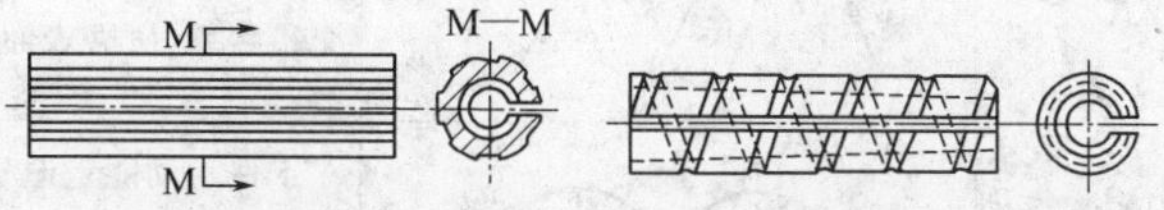 (a) 轴向直槽　　(b) 螺旋槽	
	交叉螺旋槽 十字交叉槽	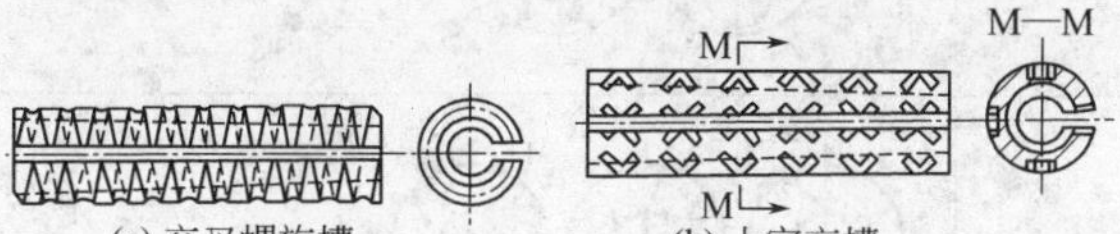 (a) 交叉螺旋槽　　(b) 十字交槽	

7.4　研磨方法

7.4.1　研磨运动轨迹

① 手工研磨运动轨迹形式见表 7-13。

表 7-13　手工研磨运动轨迹形式

轨迹形式	轨迹简图	适用范围	轨迹形式	轨迹简图	适用范围
直线往复式	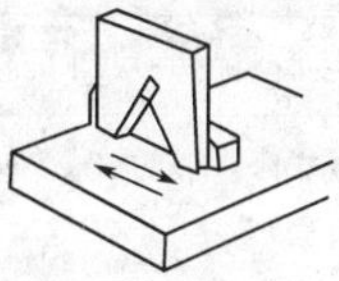	常用于研磨有台阶的狭长平面，如平面样板、角尺的测量面等。能获得较高的几何精度	螺旋式	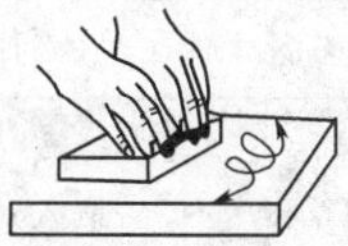	用于研磨圆片或圆柱形工件的端面，能获得较好的表面粗糙度和平面度
摆动直线式	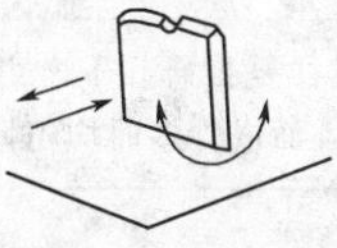	用于研磨某些圆弧面，如样板角尺、双斜面直尺的圆弧测量面	8字形或仿8字形式	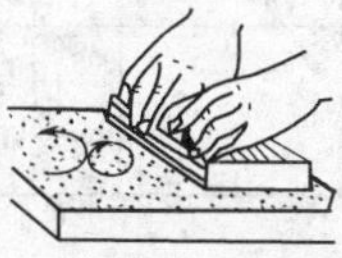	常用于研磨小平面工件，如量规的测量面等

② 机械研磨运动轨迹形式见表 7-14。

7.4.2　研具压砂程序

研具压砂程序见表 7-15。

7.4.3　研磨工艺参数

① 研磨余量见表 7-16～表 7-18。

② 研磨速度见表 7-19。

表 7-14　机械研磨运动轨迹形式

轨迹形式	轨 迹 简 图	特点适用范围
直线往复式		工件在平板上作平面平行运动,其研磨速度一致,研磨量均匀,运动较平稳,研磨行程的同一性较好。但研磨轨迹容易重复,平板磨损不一致。适用于加工底面狭长而高的工件
正弦曲线式		工件始终保持平面平行运动,主要也是成形研磨。由于轨迹交错频繁,研磨表面粗糙度比直线往复式有明显降低
周摆线式		工件运动能走遍整个板面,结构简单,加工表面粗糙度低。但因工件前导边始终不变换,且工件各点的行程不一致性较大,不易保持研磨盘的平面度。适用于加工扁平工件及圆柱工件的端面
内摆线式		内、外摆线适于研磨圆柱形工件端面及底面为正方形或矩形长宽比小于 2:1 的扁平工件。这种运动尺寸一致性好,平板磨损较均匀,故研磨质量好,且效率较高,适用于大批量生产
外摆线式		

表 7-15　研具压砂程序

序号	工 序 名 称	说　明
1	涂硬脂酸	用煤油清洗擦净研具,涂抹一层硬脂酸
2	倒砂、抹匀及晾干	将浸泡好的液态研磨剂摇晃均匀,并倒在研具表面,抹匀、晾干
3	滴加液态润滑剂	滴加适量煤油,把晾干的研磨粉调匀呈黏糊状,然后将另一块研具合上,开始嵌压砂
4	嵌压砂	按"8"字形运动推研研具,并经常调转上研具的方向,一般需 3~5 遍才能使磨粒均匀嵌入并有一定深度
5	擦净	取下上研具,用脱脂棉擦净研具表面
6	试块检查	用与被研工件材料相同的试块,在研具表面直线往复推研几下。当试块推研时切削速度很快,且表面研磨条纹细密均匀,则说明研具表面嵌砂多而均匀,即可正式使用

表 7-16　平面研磨余量　　　　　　　　　　　　　　　　mm

平面长度	平面宽度		
	≤25	26~75	76~150
≤25	0.005~0.007	0.007~0.010	0.010~0.016
26~75	0.007~0.010	0.010~0.016	0.016~0.020
76~150	0.010~0.014	0.016~0.020	0.020~0.024
151~250	0.014~0.018	0.020~0.024	0.024~0.030

注:经过精磨的工件,手工研磨余量为每面 3~5μm,机械研磨余量为每面 5~10μm。

表 7-17 外圆研磨余量 mm

直 径	余 量	直 径	余 量	直 径	余 量
≤ 10	0.005～0.008	31～50	0.008～0.010	121～180	0.012～0.016
11～18	0.006～0.008	51～80	0.008～0.012	181～260	0.015～0.020
19～30	0.007～0.010	81～120	0.010～0.014		

注：经过精磨的工件，手工研磨余量为 3～8μm，机械研磨余量为 8～15μm。

表 7-18 内孔研磨余量 mm

孔 径	25～125	150～275	300～500
铸铁	0.020～0.100	0.080～0.160	0.120～0.200
钢	0.010～0.040	0.020～0.050	0.040～0.060

注：经过精磨的工件，手工研磨直径余量为 5～10μm。

表 7-19 研磨速度 mm

研磨类型	平 面		外 圆	内 孔	其 他
	单 面	双 面			
湿研	20～120	20～60	50～75	50～100	10～70
干研	10～30	10～15	10～25	10～20	2～8

注：1. 工件材质软或精度要求高时，速度取小值。
2. 内孔指孔径范围为 6～10mm。

③ 研磨压力见表 7-20。

表 7-20 研磨压力 MPa

研磨类型	平 面	外 圆	内孔[①]	其 他
湿研	0.10～0.15	0.15～0.25	0.12～0.28	0.08～0.12
干研	0.01～0.10	0.05～0.15	0.04～0.16	0.03～0.10

① 孔径范围 5～20mm。

7.4.4 研磨工艺实例

（1）平面的研磨

平面的研磨，一般分为粗研和精研。粗研用有槽的平板，精研用光滑平板。研磨前，先用煤油或汽油把研磨平板的工作表面清洗干净并擦干，再在研磨平板上涂上适当的研磨剂，然后把工件需要研磨的表面合在研板上进行研磨。

① 一般平面 把工件需研磨的表面贴合在敷有磨料（可再加润滑油或硬脂酸）的研具上，沿研具的全部表面呈"8"字形轨迹运动，见表 7-13。

② 狭窄平面 用金属块制成"导靠"，用直线形轨迹研磨，如图 7-1(a) 所示。

若工件数量较多，可采用螺栓或 C 形夹头将几块工件夹在一起进行研磨，如图 7-1(b) 所示。

③ 双斜面平尺 双斜面平尺是高精度量具，直线度公差为 0.03/100mm。

对于小规格的双斜面平尺，研磨前先用浸湿汽油的棉花束沾上 W20～W10 的研磨粉，均匀涂敷在平板的工作面上，进行粗研磨。如果工作场地的温度高，需滴上适量的煤油，保持一定的湿润性。研磨时，用右手的 3 个手指捏持工件两侧非工作面中部，工件的纵向摆动与操作者的正面视线呈约 30°～45°，如图 7-2(a) 所示。大规格的双斜面平尺需用双手捏持，即根据上述方式用左、右手分别捏住工件两头的侧面,工件纵向摆成与操作者正面平行,如图 7-2(b)所示。

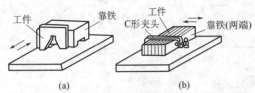
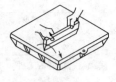

(a)　　　　　　　　(b)　　　　　　(a) 小规格捏持方法　　(b) 大规格捏持方法

图 7-1　狭窄平面研磨时辅助工具的应用　　　图 7-2　研磨双斜面平尺时手的捏持方法

双斜面平尺的研磨运动是沿其纵向移动和以其测量面为轴线作左右 30°摆动相结合的运动形式。纵向移动的距离不宜过长。研磨时,掌握要平稳,应使接触面均匀地遍及平板的研磨面,并应注意尺口部位,相应地要多摆动、研磨几次,使其达到技术要求。

经过粗研磨,要求双斜面平尺测量面的尺口部位的平直度和形状保持正确,然后进行精研磨。精研磨的运动形式与粗研磨大致相同,但采用压砂平板,研磨粉选用 W5 左右,经过压嵌的细化作用,嵌入研具的研磨粉颗粒将随之减小,且更趋于均匀。

(2)圆柱体的研磨

圆柱体的研磨方法分纯手工研磨和机床配合手工研磨两种。

① 纯手工研磨　如图 7-3 所示。先在工件外圆涂一层薄而均匀的研磨剂,然后将工件装入夹持在台虎钳上的研具孔内,调整研磨间隙,双手握住夹箍柄,使工件既作正、反方向转动,又作轴向往复移动,保证工件的整个研磨面得到均匀的研削。工件的转速:直径大于 100mm 时为 50r/min,直径小于 80mm 时为 100r/min。

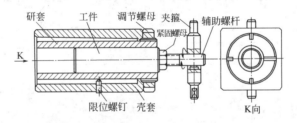

图 7-3　手工研磨圆柱体工件

② 机床配合手工研磨　先把工件装夹在机床上,工件外圆涂一层薄而均匀的研磨剂,装上研套,调整研磨间隙,开动机床,手捏研套在工件全长上作往复移动,如图 7-4 所示。

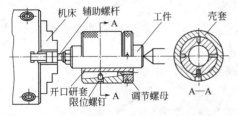
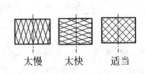

图 7-4　机床配合手工研磨圆柱体工件　　　图 7-5　研磨速度形成的网纹

采用以上两种研磨方法,都应随时调整研具上的调节螺母,保持适当的研磨间隙;同时不断地检查研磨质量,如发现工件有锥度,应将工件或研具调头装入,再调整间隙作矫正性研磨。如锥度较大,应在尺寸大的部位涂敷研磨剂进行研磨,以消除锥度。手在工件上往复移动得太快或太慢都会影响质量，适当的速度使工件表面成 45°交叉网纹，如图 7-5 所示。

（3）圆锥体的研磨

工件圆锥面的研磨，包括圆锥孔和圆锥体（外圆锥面）。研具结构有整体式和可调式两种，其工作部分的长度应是工件研磨长度的 1.5 倍左右。整体式研磨棒开有螺旋槽，如图 7-6 所示，可调式的研磨棒（套）其结构和圆柱面可调式研磨棒（套）类似。

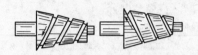

(a) 左向螺旋槽　　(b) 右向螺旋槽

图 7-6　带有螺旋槽的圆锥面研磨棒

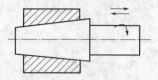

图 7-7　研磨圆锥面

研磨时一般在车床或钻床上进行，研磨棒的转动方向应与螺旋槽方向一致。研磨时，研磨棒（套）上应均匀地涂上一层研磨剂，插入工件锥孔（或锥体）中进行研磨，如图 7-7 所示。研磨过程中，工件沿研具锥面旋转，并在每次重复上述动作时，按径向转过一个角度，连续几次后再作一次小距离的轴向进退运动，以保持研磨剂的均匀并加快研磨进度。如此，研磨 1～2min，即可抹去研垢，观察研痕。如工件表面研痕已基本一致，可用标准锥体或相配的锥体进行着色检查。如锥体上显色不理想，则在研具上着色显示部位涂上研磨剂，再进行研磨。由于在研磨中锥孔常会出现中凸现象，所以必须把研磨剂涂敷在研具相对锥孔中凸的部位。在精研时，应更换粒度小的研磨粉，并改用未作粗研的新研具以保证精度。较理想的是使用 3 根成套的压砂研具来交替使用。研磨锥体的速度应略低些，精研速度取 100～300r/min 甚至更低。

（4）其他材料和特殊形状零件的研磨

① 软质材料

a. 铜轴瓦。轴瓦按使用场合和材料不同有好几类。铜轴瓦虽然含有合金元素，但仍较软，磨料容易嵌入工件表面。为避免磨粒残留在研磨过的工件表面上，选择研具材料的基本原则是要求硬度低于工件。例如，巴氏合金的硬度比铜低，金相组织比铜疏松，但结合力较好，这就构成了它一定的强度和稳定性，能够使磨料首先嵌入研具表面，适用于制作研磨铜轴瓦的研具。研磨铜轴瓦大都用氧化物磨料。

金刚石研磨剂对铜和其他材料制件，无论是用于研磨还是抛光，都能收到极好的效果；但由于其价格较高，故在使用上受到一定限制。

b. 铝合金件的研磨。铝合金有与铜质相同的特点，但铝合金的韧性不及铜合金高。研磨铝合金工件轴与孔，可以用铅作研具；磨料仍可用一般的金刚砂。

c. 不锈钢工件的研磨。研磨不锈钢的关键，主要是选择磨料的问题。适用于研磨不锈钢的磨料有单晶刚玉、微粒刚玉、锆刚玉。

不锈钢工件在精研或抛光时，主要用金刚石磨料。精研时，一般都采用铸铁来制造研具。

研磨软质材料工件的平面，可采用压嵌法先将磨料压入研具，并在研磨中涂以保持湿润的研磨液，作 1～2 次遍及研具的研磨，而后用汽油洗涤研垢，再涂入研磨液继续研磨，可收到较好的效果。

② 硬脆材料的研磨　硬质合金、玻璃、钻石、玛瑙及陶瓷等高硬材料的工件，无论粗研或半精研磨，均可采用碳化硼、碳硅硼和碳化硅磨料；精研或抛光时，可采用金刚石粉或金刚石研磨膏。

③ 特殊形状零件的研磨 一般用旋转研磨盘。手握零件靠在研磨盘平面上径向运动（粗研）。大批量生产时用机械研磨法研磨平面（如双盘研磨机）。

7.5 研磨质量分析

研磨质量分析（即缺陷的原因及防止方法）见表7-21。

表 7-21 研磨缺陷的原因及防止方法

缺 陷	原 因	防 止 方 法
表面粗糙	(1)磨料过粗 (2)研磨液不当 (3)研磨剂涂得太厚	(1)正确选用研磨料 (2)正确选用研磨液 (3)研磨剂涂得要适当
表面拉毛	研磨剂混入杂质或研具有毛刺	重视并做好清洁工作
平面成凸状	(1)研磨剂太厚 (2)孔口或零件边缘被挤出的研磨剂未擦去 (3)研磨棒伸出孔口太长	(1)研磨剂涂抹要适当 (2)将被挤出的研磨剂擦去再研 (3)研磨棒伸出长度要适当
孔口椭圆形	(1)研磨时没更换方向 (2)研磨时没有调头 (3)研具有椭圆或锥度	(1)研磨时应交换方向 (2)研磨时应调头研 (3)修整研具
薄形工件拱曲变形	(1)零件发热了仍继续研磨 (2)装夹不正确引起变形	(1)不使零件温度超过50℃,发热后应暂停研磨 (2)装夹要稳定,不要夹得太紧
孔的直线度不好,各段错位	研具与加工孔配合过松,轴向往复运动长短不一	调整配合间隙,专事修整某段孔壁,使用新研具光整孔壁全长
尺寸不精确	研磨工具不正确	选精度高的研磨工具

思考与练习

1. 什么叫研磨？工件在什么要求下要进行研磨加工？试述研磨工艺能达到的尺寸精度、形状精度和表面粗糙度。

2. 磨料有哪几类？应用上有何不同？

3. 研磨液的作用是什么？常用的有哪几种？

4. 对研具材料有哪些要求？常用的研具材料有哪几种？

5. 用简图表示手工研磨运动轨迹的形式，并说明应用场合。

6. 研磨加工有何作用？如何确定研磨余量？

7. 影响研磨质量主要有哪些因素？

8. 如图 7-8 所示，用平板直尺进行研磨练习，要保证精度要求。

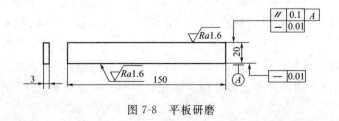

图 7-8 平板研磨

第 8 章 钣 金

8.1 板料剪切

剪切是将工件切断的一种加工形式，它需要使用专用工具进行工作。

8.1.1 剪切设备和工具

剪切设备和工具见表 8-1。

表 8-1 剪切设备和工具

种 类	适 用 场 合
直口手剪刀	剪切直线和小弯曲度的工件
直通手剪刀	剪切长直线形工件
孔剪刀	剪切内孔和内曲线形工件
圆剪刀	剪切外圆形工件
电动手工剪刀	与直口手剪刀相同，剪切较厚的工件
手动机器剪	剪切 1.2mm 以上的钣料
龙门剪床	沿直线轮廓剪切各种形状的工件或坯料
滚剪机	剪切直线和曲线外形、圆形内孔的工件。一般剪切要求不高的坯料
振动剪床	剪切 2mm 以下厚度的直线或曲线内外轮廓的坯料及对成形零件的切边，但剪切后需将边缘修光

8.1.2 剪切出现的问题与注意事项

剪切中可能出现的问题有刃口偏离划线、刀片崩刃、剪切力太大、切口毛刺大、断面不平整等，主要是操作不当所引起的。剪切时要注意正确掌握剪切方法、不剪过厚过硬的材料、及时刃磨刀片、保证合理的刀片刃口间隙等。

8.2 矫正

通过外力作用，消除材料或工件的弯曲、扭曲、凹凸不平等缺陷的加工方法称为矫正。

金属材料的变形有两种：一种是在外力作用下，材料发生变形，当外力去除后，仍能恢复原状，这种变形称为弹性变形；另一种是当外力去除后不能恢复原状，这种变形称为塑性变形。矫正是对塑性变形而言，所以只有对塑性好的材料才能进行矫正。

金属板材、型材矫正的实质，就是使它产生新的塑性变形来消除原来的不平、不直或翘曲变形。在矫正过程中，金属板材、型材要产生新的塑性变形，它的内部组织变得紧密，金属材料表面硬度增加，性质变脆。这种材料变硬的现象叫做冷作硬化。冷硬后的材料给进一步的矫正或其他冷加工带来困难，必要时可进行退火处理，使材料恢复到原来的力学性能。

矫正可分为手工矫正、机械矫正和火焰矫正。前两个为冷矫正，后一个为热矫正。

8.2.1 矫正所用的工具

（1）平台和铁砧

平台和铁砧都是用来作矫正的基座。平台如图8-1所示。平台为长方形，其尺寸有

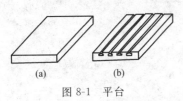

图8-1 平台

1000mm×1500mm、2000mm×3000mm等，高度为200～300mm不等。平台用铸铁或铸钢浇铸而成，为加强台面强度，平台背面铸有纵、横十字肋。台面需刨平，有的在台面上刨出T形槽，可利用螺栓压板将工件固定。

（2）软、硬手锤

对于已加工面、薄板件和有色金属制件，均采用软手锤，如铜锤、铅锤、木锤和硬质胶锤等进行矫正。

（3）台虎钳和V形块

台虎钳是钳工的常用设备。V形块在矫正时对轴类零件起支承作用。

（4）抽条和拍板

抽条是采用条状薄板料弯成的简易工具，用于抽打较大面积的薄料板，如图8-2（a）所示。拍板是用质地较硬的檀木制成的专用工具，用于敲打或推压板料，如图8-2（b）所示。

(a)用抽条抽平板料　(b)用拍板敲打、推压板料

图8-2 抽条和拍板

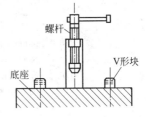

图8-3 螺旋压力机

（5）压力机和矫直机

压力机和矫直机常用于矫直轴类零件或棒料，如图8-3所示。

（6）检验工具

矫正的检验工具包括平板、直角尺、直尺和百分表等。

8.2.2 矫正方法

（1）扭转法

对工件施以扭矩，使之产生扭转变形，来达到矫正目的方法。

① 扁钢扭曲的矫正　如果扁钢产生扭曲变形，可将扁钢的一端用台虎钳夹住，另一端用叉形扳手或活扳手夹持扁钢向扭曲的相反方向扭转，如图8-4所示。待扭曲变形消失后，再用锤击将其矫平。

② 角钢扭曲的矫正　如果角钢产生扭曲变形，同样将角钢一端用台虎钳夹住，另一端用扳手夹持向相反方向扭转，如图8-5所示。待扭曲变形消失后，再用锤击将其矫平。

（2）弯曲法

对工件施以弯矩，使之产生弯曲变形，来达到矫正目的方法。

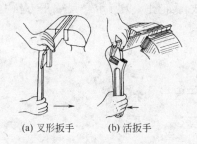

(a) 叉形扳手　(b) 活扳手

图 8-4　扁钢扭曲的矫正

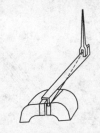

图 8-5　角钢扭曲的矫正

① 扁钢弯曲的矫正　扁钢在厚度方向上弯曲时，在近弯曲处夹入台虎钳，然后在扁钢的末端用扳手朝相反方向扳动，使其弯曲处初步扳直，如图 8-6(a) 所示；或将扁钢的弯曲处放在台虎钳口内，利用台虎钳把它初步压直，如图 8-6(b) 所示；消除显著的弯曲现象后，再放到平板上或铁砧上用锤子锤打，如图 8-6(c) 所示；进一步矫正到平直为止。

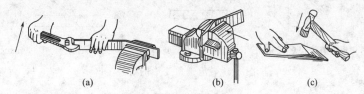

(a)　　　　　　　(b)　　　　　　　(c)

图 8-6　扁钢弯曲的矫正

② 棒料、轴类零件弯曲的矫正　直径小的棒料可采用"扁钢在厚度方向上弯曲时"矫正的方法进行矫正，最后再沿棒料全长上轻轻锤击，进一步矫直。

较厚的条料在厚度方向上的弯曲可将条料放置在平台上，凸处向上，用锤子直接锤击凸处就可以矫直。也可放在压力机上矫直。

轴类工件的矫直，一般用压力机矫直，如图 8-7 所示。矫正前先把轴装在两顶尖上或架在两块 V 形块上，将轴转动，用粉笔划出弯曲处。矫直时，使凸部向上，让压力机压块压在轴的凸起部位上，使其恢复平直。用百分表检查轴的矫正情况，边矫正边检查，直到符合要求为止。

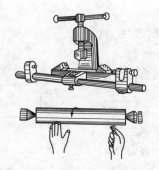

图 8-7　轴类工件的矫直

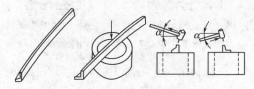

图 8-8　角钢外弯的矫正

③ 角钢弯曲的矫正

a. 矫正角钢外弯时，角钢可放在钢圈上或铁砧上，如图 8-8 所示。锤击时为了不使角钢翻转，锤柄应稍微抬高或放低一个角度（α 约为 5°）。在用力锤击的同时，应根据角钢摆放的方向，同时稍带有向内拉（锤柄后手抬高）或向外推的力（锤柄后手放低）。

b. 矫正角钢内弯时，角钢应背（宽）面朝上立放，如图 8-9 所示。其矫正方法与外弯矫正方法相同。

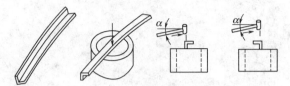

图 8-9 角钢内弯的矫正

c. 矫正角钢的角变形时，可以在 V 形铁上或平台上锤击矫正，角钢夹角大于 90°时的矫正，如图 8-10(a)、(b) 所示；角钢夹角小于 90°时的矫正，如图 8-10(c) 所示。

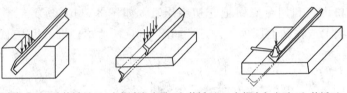

(a) 角钢夹角大于90°的矫正　(b) 角钢夹角大于90°的矫正 (c) 角钢夹角小于90°的矫正

图 8-10 角钢角变形的矫正

d. 如果角钢同时有几种变形，则应先矫正变形较大的部位，后矫正变形较小部位。如果角钢既有弯曲变形又有扭曲变形，应先矫正扭曲变形，然后矫正弯曲变形。

（3）延展法

用锤子敲打材料的适当部位，使之局部伸长和展开，来达到矫正复杂变形目的的方法。延展法用来矫正各种型钢和板料的翘曲等变形。

① 条料（如扁钢）在宽度方向上弯曲的矫正　扁钢在宽度方向上弯曲时，可先将扁钢的凸面向上放在铁砧上，锤打凸面，如图 8-11 所示，然后再将扁钢平放在铁砧上，锤击弯形里面（图中弧内短线部分为锤击部位），经锤击后使这一边材料伸长而变直。

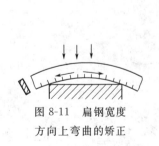

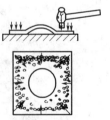

图 8-11 扁钢宽度方向上弯曲的矫正　　图 8-12 薄板料中间凸起的矫正　　图 8-13 四周呈波浪形的矫正　　图 8-14 对角翘曲变形的矫正

② 板材的矫正　矫正时，金属板材厚度小于 4mm 的为薄板；厚度大于 4mm 的为厚板。

a. 薄板料中间凸起的矫正。薄板料中间凸起时，说明中间的金属纤维比四周长，矫正时如果直接锤击凸处，那么凸处的纤维进一步伸长，其结果则适得其反，凸起的现象将更严重。所以对薄板料切忌直接锤击凸处。而将板料放在平台上，左手扶着板料，右手挥锤，从板料边缘开始逐渐向凸起部位锤击。锤击逐渐由重到轻，由密到稀，如图 8-12 所示，使板料四周纤维伸长，中间凸起的部分逐渐消除。

若板料表面有几个凸起，则应先在凸起的交界处轻轻锤击，使几个凸起处合并成一个，然后再按上述方法锤击，使中间凸起部分消除。

b. 薄板料四周呈波浪形的矫正。薄板料四周呈波浪形，这说明薄板料中间部分的纤维比四周短，此时应按图8-13中箭头方向由角上向中间锤击，逐渐使板料得到平整。

c. 薄板对角翘曲变形的矫正。薄板对角翘曲变形是由于对角线处材料变薄，金属纤维伸长而引起的。矫正时锤击点应沿另外没有翘曲的对角线锤击，使其延展而矫平，如图8-14所示。

d. 厚板料的矫正。由于厚板材料的刚性较好，矫正时可以直接锤击凸起处，使凸起处材料纤维受压缩短而矫平。

（4）伸张法

用拉力使线材产生长度方向变形（拉伸变形），来达到矫正蜷曲线材目的的方法。

伸张法用来矫正细长的线材。将弯曲的线材一端夹持在台虎钳上，从钳口处把弯曲线材绕圆木棒上一圈，紧握木棒向后拉，线材就可得到伸张而矫正，如图8-15所示。

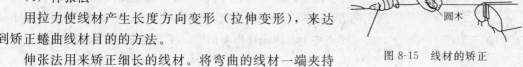

图8-15　线材的矫正

8.3　弯形

将原来平直的板料或型材弯成所需形状的加工方法称为弯形。

弯形是使材料产生塑性变形，因此只有塑性好的材料才能进行弯形。图8-16(a)是弯形前的板料，图8-16(b)是弯形后的板料，它的外层伸长，如图中$e—e$和$d—d$；内层压缩，如图中$a—a$和$b—b$。而中间一层（图中$c—c$）在弯曲时长度不变，这一层叫中性层。材料弯曲部分虽然发生了拉伸和压缩，但其断面面积保持不变。

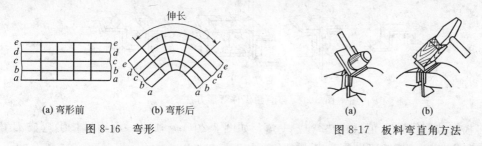

(a) 弯形前　　　　(b) 弯形后

图8-16　弯形

(a)　　　　(b)

图8-17　板料弯直角方法

经过弯曲的工件越靠近材料的表面金属变形越严重，也就越容易出现拉裂或压裂现象。相同材料的弯曲，工件外层材料变形的大小决定于工件的弯曲半径。弯曲半径越小，外层材料变形越大。为了防止弯曲件拉裂，必须限制工件的弯曲半径，使它大于导致材料开裂的临界弯曲半径——最小弯曲半径。

最小弯曲半径的数值由实验确定。常用钢材的弯曲半径如果大于2倍的材料厚度，一般就不会被弯裂。如果工件的弯曲半径比较小时，应用两次或多次弯曲，中间进行退火，避免弯裂。

8.3.1　弯形方法

（1）板料弯形

弯形有冷弯和热弯两种。在常温下进行弯形称冷弯，通常是由钳工或冷作工进行。大于

5mm 厚度的板料，通常是由锻工用热弯方法进行。

① 弯直角工件　板料工件中有一个直角的，如尺寸不大，而且能在台虎钳上夹持的，就在台虎钳的钳口上弯直角。弯形前，应先在弯曲部位划好线，线与钳口对齐夹持，两边要与钳口垂直。用木锤在靠近弯曲部位的全长上轻轻敲打，或用硬木块垫在弯曲处再敲打，直至弯成直角，如图 8-17 所示。如弯形工件表面质量要求较高，应在钳口处垫纯铜皮。

如弯曲部位的长度大于钳口宽度较多或钳口深度不够时，可在台虎钳上用两根角钢将板料夹持，如图 8-18(a) 所示。也可用 C 形夹夹持，如图 8-18(b) 所示，然后用木锤将板料敲打成直角。

如工件弯曲部位的长度大于钳口长度的 2～3 倍，而且工件的两端又较长，无法在台虎钳上夹持时，可参照图 8-19 所示的方法在矫正平板上弯形。操作时，将一边用 T 形螺栓和压板压紧在有 T 形槽的平板上，用木锤或垫上方木条锤击弯曲处，使其逐渐弯成需要的角度。

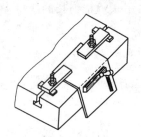

图 8-18　宽板料弯直角方法（1）　　　　图 8-19　宽板料弯直角方法（2）

② 弯制多直角工件　弯制多直角工件时，可用木垫或金属垫作辅助工具，如图 8-20(a) 所示的工件。其弯曲顺序如下。

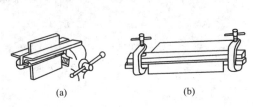

图 8-20　多直角工件弯形方法

先将板料按划线夹入角铁衬垫弯成 A 角，如图 8-20(b) 所示；再用衬垫①弯成 B 角，如图 8-20(c) 所示；最后用衬垫②弯成 C 角，如图 8-20(d) 所示。

③ 弯圆弧形工件　先在材料上划好弯曲处位置线，按线夹在台虎钳的两块角铁衬垫里，如图 8-21 所示，用方头锤子的窄头锤击，经过图 8-21(b)、(c)、(d) 所示的 3 步初步成形，然后在半圆模上修整圆弧，如图 8-21(e) 所示，使形状符合要求。

④ 弯圆弧和角度结合的工件　如要弯制如图 8-22(a) 所示的工件时，在狭长板料上先

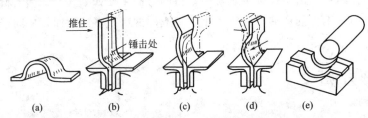

图 8-21　圆弧形工件弯形方法

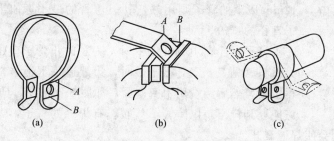

图 8-22　弯圆弧和角度结合工件的方法

划好弯曲处位置线。弯形前，要将两端的圆弧和孔加工好。弯形时，可用衬垫将板料夹在台虎钳内，先将两端的 A、B 两处弯好，如图 8-22(b) 所示，最后在圆钢上弯工件的圆弧，如图 8-22(c) 所示。

　　⑤ 卷边　先把板料划出两条卷边线，$L=2.5d$ 和 $L_1=(1/4\sim1/3)L$。然后按图 8-23 所示的步骤进行弯形。按图 8-23(a) 把板料放到平台上，露出 L_1 长并弯成 90°；按图 8-23(b)、(c) 所示将边向外伸，料边弯曲，直到 L 为止；按图 8-23(d) 所示翻转板料，敲打卷边向里扣；按图 8-23(e) 所示将合适的铁丝放入卷边内，边放边扣；最后按图 8-23(f) 所示翻转板料，接口靠紧平台缘角，轻敲接口咬紧。

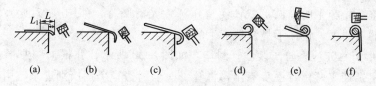

图 8-23　薄板料卷边方法

　　⑥ 咬缝　咬缝种类很多，但基本类型有 5 种，如图 8-24 所示。咬缝操作方法与卷边的操作基本相同。咬缝的下料要留出咬缝量（缝宽×扣数）。操作时应根据咬缝种类留余量，绝不可搞平均。一弯一翻作好扣，两板扣合再压紧，边部敲凹防松脱，如图 8-25 所示。

(a)站缝单扣　　(b)站缝双扣　　(c)卧缝挂扣　　(d)卧缝单扣　　(e)卧缝双扣

图 8-24　咬缝的种类

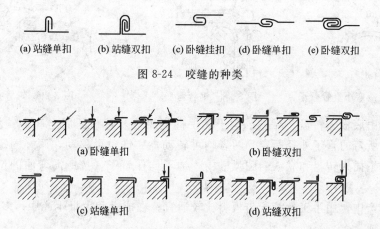

(a)卧缝单扣　　　　　　　(b)卧缝双扣

(c)站缝单扣　　　　　　　(d)站缝双扣

图 8-25　咬缝操作过程

（2）管子弯形

管子弯形分冷弯和热弯两种。直径在 12mm 以下一般可用冷弯方法进行；而直径在

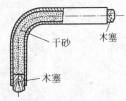

图 8-26　管内填充材料

12mm 以上的管子则用热弯。但弯管的最小弯曲半径，必须大于管子直径的 4 倍。

管子直径在 10mm 以上时，为了防止管子弯瘪，必须在管内填充材料（见表 8-2），灌干砂时，边灌边用木锤敲击管子，以使砂灌得结实，然后两端用木塞塞紧，如图 8-26 所示。热弯时管内水蒸气应能顺利排出，以防管子炸裂。有焊缝的管子，焊缝必须放在中性层的位置上，否则会使焊缝裂开。

表 8-2　弯曲管子时管内填充材料的选择

管 子 材 料	管内填充材料	弯曲管子条件
钢　管	普通黄砂	将黄砂充分烘炒干燥后填入管内，热弯或冷弯
一般紫铜管、黄铜管	铅或松香	将铜管退火，再填充冷弯。应注意：铅在热熔时，要严防滴水，以免溅伤
薄壁紫铜管、黄铜管	水	将铜管退火后灌水冰冻冷弯
塑料管	细黄砂（也可不填充）	温热软化后迅速弯曲

① 用手工冷弯管子

a. 直径较小的铜管弯形。对直径较小的铜管手工弯形时，应将铜管退火后，用手边弯作边整形，修整弯作产生的扁圆形状，使弯作圆弧光滑圆整，如图 8-27 所示。切记不可一下子弯作很大的弯曲度，这样不易修整产生的变形。

b. 钢管弯形。首先应将管子装砂、封堵，如图 8-28 所示；并根据弯曲半径先固定定位柱，然后再固定别挡。弯作时逐步弯作，将管子一个别挡一个别挡别进来，用铜锤锤打弯曲高处，也要锤打弯曲的侧面，以纠正弯作时产生的扁圆形状。

热弯直径较大的管子时，可在管子弯曲处加热后，采用上述方法弯形。

② 用弯管工具冷弯管子　油管冷弯时，可在弯管夹具上进行，如图 8-29 所示。

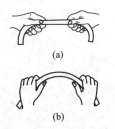

图 8-27　手工冷弯小直径管子

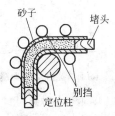

图 8-28　钢管弯形

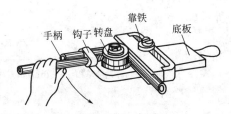

图 8-29　弯管夹具

弯管夹具由底板、转盘、靠铁、钩子和手柄等组成。转盘圆周上和靠铁侧面上有圆弧槽。圆弧槽按所弯的管子外径而定。两者均可转动，靠铁也可移动，调好固定后即可使用。使用时，将管子插入转盘和靠铁的圆弧槽中，钩子钩住管子，按所需弯曲的位置扳动手柄，弯到所需角度。

在单件生产中，用手工弯管子与板料比较适宜；在成批和大批生产中，多用冲床、弯管机等设备来完成。

（3）角钢弯形

① 角钢作角度弯形　角钢的角度弯形有 3 种形式，如图8-30所示。大于 90°的弯曲，其弯曲程度较小；等于 90°的弯曲，其弯曲程度中等；小于 90°的弯曲，其弯曲程度大。

弯形过程是：首先根据弯曲的角度计算锯切角 α 的大小；其次划线锯切 α 角槽，锯切时应保证 $\alpha/2$ 角的对称，两边要平整，必要时可以锉平。V 形尖角处要清根，以免弯作完了合不严实，如图 8-31(a) 所示。最后进行弯形，一般可夹在台虎钳上进行，边弯曲边锤打弯曲处，如图 8-31(b)、(c) 所示。β 角越小，弯作中锤打越要密些，力大点。对退火、正火处理的角钢弯作过程可适当快些，未作过处理的角钢，弯曲中要密打弯曲处，以防裂纹。

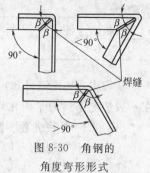

图 8-30 角钢的角度弯形形式

② 角钢作弯圆 角钢的弯圆分为角钢边向里弯圆和向外弯圆两种。一般需要一个与弯圆圆弧一致弯形工具配合弯作，必要时也可采用局部加热弯作。

a. 角钢边向里弯圆。如图 8-32 所示，首先将角钢 a 处与型胎工具夹紧；其次敲打 b 处使之贴靠型胎工具，并将其夹紧；最后均匀敲打 c 处，使 c 处平整。

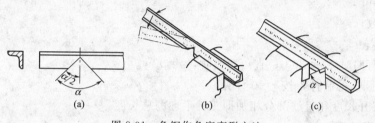

图 8-31 角钢作角度弯形方法

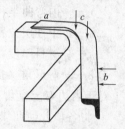

图 8-32 角钢边向里弯圆

b. 角钢边向外弯圆。如图 8-33 所示，首先将角钢 a' 处与型胎工具夹紧；其次敲打 b' 处使之贴靠型胎工具，并将其夹紧；最后均匀敲打 c' 处，使 c' 处平整。

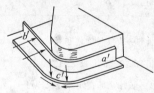

图 8-33 角钢边向外弯圆方法

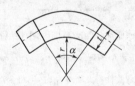

图 8-34 弯曲半径和弯曲角

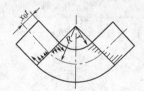

图 8-35 弯曲时中性层的位置

8.3.2 弯形件展开长度计算方法

由于工件在弯形后，中性层的长度不变，因此在计算弯曲工件的毛坯长度时，可按中性层的长度计算。在一般情况下，工件弯形后，中性层不在材料的正中，而是偏向内层材料的一边。经实验证明，中性层的位置，与材料的弯曲半径 r 和材料厚度 t 有关。

在材料弯曲过程中，其变形大小与下列因素有关，如图 8-34 所示。

① r/t 比值越小，变形越大；反之，r/t 比值越大，则变形越小。

② 弯曲角 α 越小，变形越小；反之，弯曲角 α 越大，则变形越大。

由此可见，当材料厚度不变，弯曲半径越大，变形越小，而中性层越接近材料厚度的中间。如弯曲半径不变，材料厚度越小，而中性层也越接近材料厚度的中间。因此，在不同的弯曲情况下，中性层的位置是不同的，如图 8-35 所示。

中性层位置系数 x_0 的数值见表 8-3。

表 8-3   弯曲中性层位置系数 x_0

r/t	0.25	0.5	0.8	1	2	3	4	5	6	7	8	10	12	14	>16
x_0	0.2	0.25	0.3	0.35	0.37	0.4	0.41	0.43	0.44	0.45	0.46	0.47	0.48	0.49	0.5

从表中 r/t 比值可知,当弯曲半径 $r \geqslant 16$ 倍材料厚度 t 时,中性层在材料厚度的中间。在一般情况下,为了简化计算,当 $r/t \geqslant 5$ 时,即按 $x_0 = 0.5$ 进行计算。

(1) 工件弯形前毛坯长度的计算

① 将工件复杂的弯形形状分解成几段简单的几何曲线和直线。

② 计算 r/t 值,按表 8-3 查出弯曲中性层位置系数 x_0 值。

③ 按中性层分别计算各段几何曲线的展开长度。

$$A = \pi(r + x_0 t)\frac{\alpha}{180°}$$

式中 A——圆弧部分的长度,mm;

r——内弯曲半径,mm;

x_0——中性层位置系数;

t——材料厚度,mm;

α——弯形角(整圆弯曲时,$\alpha = 360°$;直角弯曲时,$\alpha = 90°$)。

对于内边弯成直角不带圆弧的制件,按 $r = 0$ 计算。

④ 将各段几何曲线的展开长度和直线部分相加即工件毛坯的总长度。

(2) 不同弯形件展开长度计算

其计算见表 8-4。

表 8-4   不同弯形件展开长度计算

弯形件简图	计 算 方 法
弯曲部分有圆角的 $\frac{r}{t} > 0.5$ 	弯曲部分(α 角范围内)中性层长度加不弯曲部分直线长度之和 $L = A + B + \frac{\alpha}{180°}(r + x_0 t)\pi$ $\alpha > 90°$ 时,x_0 值宜适当减小,反之宜大 弯曲件有几个弯角时,则将全部弯曲部分展开长加全部直线部分长即可
铰链圈弯曲 	$L = 1.5\pi(r + x_0 t) + r + l$ 铰链圈中性层位移系数 x_0 见下表

铰链圈中性层位移系数 x_0:

r/t	0.5	0.8	1.0	1.2	1.5	1.8	2	2.5	$\geqslant 3$
x_0	0.77	0.73	0.70	0.67	0.62	0.58	0.54	0.52	0.5

弯形件简图	计 算 方 法
90°折角 $\left(\frac{r}{t} < 0.5\right)$ 	$L = A + B + C + \cdots + nkt$ A,B,C——(包括多折角时的各段直边)都系内缘尺寸 n——折角数目 k——折角系数为单角、多角弯曲,每次只弯一个角时,$k = 0.4$;每次弯两个角时,$k = 0.3$;每次弯 3 个角以上,$k = 0.25$

续表

弯形件简图	计 算 方 法
180°折角	$L = A + B - 0.43t$
>90°折角	$L = A + B + \dfrac{180° - \alpha}{90°} \times 0.4t$
>90°多折角	当各折角相同时 $L = A + B + C + \cdots \dfrac{180° - \alpha}{90°} nkt$ 当各折角不同时 $L = A + B + C + \cdots \left(\dfrac{180° - \alpha_1}{90°} + \dfrac{180° - \alpha_2}{90°} + \cdots \right) kt$ k 的意义及取值参照本表 90°折角一栏

注：L 为展开长度。

思考与练习

1. 什么叫矫正？它有几种方法？

2. 薄钢板中部凸起为什么不能直接锤击凸处？应该怎样矫正？

3. 金属弯形后会产生哪些变形？变形大小与哪些因素有关？

4. 什么是中性层？中性层的位置是否一定在被弯材料厚度的中间层？为什么？

5. 求如图 8-36 所示的工件毛坯长度，并弯曲成形。

已知：$a = 80\text{mm}$，$b = 90\text{mm}$，$c = 120\text{mm}$，$r = 5\text{mm}$，$\delta = 5\text{mm}$。

6. 用 $\phi 6\text{mm}$ 圆钢弯成外径为 150mm 的圆环，求圆钢的落料长度。

7. 将 200mm×200mm×2mm 中间凸起的铁板矫平。

8. 将 200mm×200mm×2mm 四周波浪形的铁板矫平。

9. 将 300mm×50mm×2mm 在宽度方向变形的条形钢板矫正。

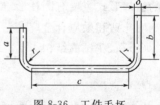

图 8-36 工件毛坯

第 9 章　钳工加工

9.1　钻孔

用钻头在实心材料上加工出孔的方法称为钻孔。

钻孔时，钻头与工件之间的相对运动称为钻削运动。钻削运动由两种运动所合成，如图 9-1 所示。

图 9-1　钻孔

① 主运动。切削加工时形成切屑所需的基本运动称为主运动。在钻床上钻孔时，钻头的旋转运动是主运动。

② 进给运动。使新的金属层继续投入切削的运动称为进给运动。在钻床上钻孔时钻头的直线（钻头沿钻床主轴轴心线）移动是进给运动。

通常孔加工刀具包括麻花钻、扩孔钻、锪钻、中心钻、铰刀、镗刀、扁钻、深孔钻和复合孔加工刀具等多种。主要用于加工各种不同精度和表面粗糙度要求的工件。

9.1.1　麻花钻

麻花钻是应用最广泛的孔加工刀具，主要用于在实心材料上钻精度和表面粗糙度要求较低的孔，有时也可当作扩孔钻使用。

根据使用要求的不同，麻花钻的长度分为标准型、长型、加长型、超长型等几种。麻花钻的柄部形式主要有圆柱形（直柄）和圆锥形（锥柄）两种，根据钻头材料的不同，分为高速钢麻花钻和硬质合金麻花钻两大类。

（1）麻花钻的结构

麻花钻的结构见表 9-1。

表 9-1　麻花钻的结构

简　　图	结　　构		说　　明
	工作部分	切削部分	切削部分分为三尖（一钻心尖，两外缘尖）五刃（两主切削刃，两副切削刃，一横刃）六面（两前面，两后面，两副后面）
		导向部分	保证钻头在切削过程中的方向和切削部分重磨后的后备部分
	颈部		工作部分和柄部的连接处，常在此部标注商标、规格
	柄部		用于装夹钻头和传递扭矩，有直柄、锥柄两种

一般直柄钻头直径在 0.3～16mm 之间，锥柄钻头采用莫氏锥柄，直径见表 9-2。

表 9-2　莫氏锥柄号与钻头直径

号　数	1	2	3	4	5	6
直径/mm	6～15.5	15.6～23.5	23.6～32.5	32.6～49.5	49.6～65	65.1～80

（2）麻花钻的几何参数

麻花钻的几何参数见表 9-3。

表 9-3　标准麻花钻的几何参数

剖面符号

前面：A_γ
后面：A_α
副后面：A_α'
基面：P_r
切削平面：P_s
主剖面：P_o
法向剖面：P_s
进给剖面：P_f

名称与符号	定义与参考值	作用	说明
螺旋角（β）	钻头外圆柱面与螺旋槽表面的交线上任意点的切线和钻头轴线间的夹角，$\beta=18°\sim30°$	β 的大小直接影响 γ_o 的大小，螺旋槽起容纳切削液和排除切屑的作用	钻头外径的 β 最大，越接近中心 β 越小
锋角（2ϕ）	两主切削刃在与它们平行的平面上投影的夹角。$2\phi=118°\pm2°$	2ϕ 的大小影响 γ_o、切削厚度、切削宽度、切屑流出方向、散热性及钻头耐用度	钻塑性大、强度大的材料适当加大 钻脆性大、耐磨性好的材料，选择小 2ϕ
前角（γ_o）	P_o 内 A_r 与 P_r 间的夹角 $\gamma_{(外缘)}=\beta$ $\gamma_{(内刃)}=-30°$ $\gamma_{(横刃)}=-54°\sim-60°$	γ_o 越大，切削越省力，但刃口强度降低；γ_o 越小，刃口强度增加，加大了切削力	γ_o 自外缘向中心逐渐减小，其大小与 β、κ_r、λ_s 有关
后角（α_f）	在过选定点的 P_f 内，刀具的 A_α 与 P_s 之间的夹角 接近横刃处 $\alpha_f=20°\sim26°$	α_f 加大，可减少刀具 A_α 面与工件的摩擦，便于切削液流到切削区，有利于冷却，使切削刃锋利，易切削；过大，则削弱刀刃强度，易产生振动和扎刀	根据不同材料和不同切削用量及钻头直径来定 α_f 的大小
主偏角（κ_r）	主切削刃在 P_r 上的投影和钻头进给方向间的夹角	影响 γ_o 的大小	主切削刃上各点 κ_r 不相等，外径处大，钻心处小
刃倾角（λ_s）	在 P_s 内，切削刃和 P_r 的锐角夹角	λ_s 控制切屑流出的方向，影响刀尖的强度，γ_o 的变化及切削力的分布	λ_s 为负值，其绝对值从外缘尖到钻心是逐渐增大的
横刃斜角（ψ）	在钻头的端面投影图中，横刃和主切削刃间的夹角 $\psi=47°\sim55°$	ψ 越大，定心作用越好	α_f 加大时，ψ 就减小
横刃（b_ψ）	两个 A_α 面的交线 $b_\psi=0.18d$	b_ψ 的长度影响轴向抗力的大小，刃口的强度和钻头的定心	b_ψ 越大，轴向抗力越大，刃口强度越高，定心作用越差
钻头厚度 [$\kappa(2r_c)$]	钻头的中心厚度 $\kappa=(0.125\sim0.2)d$	保持钻头有足够的强度和起定心作用	钻心厚度越大，虽然强度增加，但轴向抗力也增大了

（3）钻头的刃磨

钻头的刃磨见表 9-4。

表 9-4　钻头的刃磨

名　称	简　图	修磨方法
修磨主刀刃		修磨主刀刃时，可磨出第二顶角 $2\phi_\tau$ 以增大刃尖角 ε_r 和切削刃的总长度，增强刀齿强度，改善散热条件。一般 $2\phi=70°\sim75°$
修磨横刃		减短横刃，使近钻心处 γ_τ 增大，以减少切削的轴向抗力和挤刮现象，改善定心作用。一般 $b=b_\psi/5\sim b_\psi/3$，$\tau=20°\sim30°$，$\gamma_\tau=0°\sim-15°$
修磨分屑槽		在后刀面磨出几条互相错开的分屑槽，以使切屑变窄
修磨棱边		在靠近主切削刃的一般棱边上磨出副后角 $\alpha_o'=6°\sim8°$，并保留棱边宽度为原来的 $1/3\sim1/2$，以减少棱边与孔壁摩擦，提高钻头耐用度
修磨前面		将钻头主切削刃和副切削刃交角处的前面磨去一块以减小此处 γ_o，提高刃齿强度

9.1.2　群钻

群钻是以改进钻头几何形状为主要特点的高效麻花钻。它综合采用了各种修磨方法的特点，根据用途的不同，修磨有多种不同形式。

群钻与标准麻花钻相比，其轴向力可降低 $35\%\sim50\%$，扭矩可减少 $10\%\sim30\%$，钻头寿命可提高 $3\sim5$ 倍。切削效率高，加工质量好。

基本型群钻的几何参数及特点见表 9-5。

表 9-5　基本型群钻的几何参数及特点

几何形状	几何参数	特　点
	$2\phi\approx125°$ $2\phi_\tau\approx135°$ $\psi\approx65°$ $\tau\approx25°$ $\gamma_\tau\approx-15°$ $\alpha\approx10°\sim15°$ $\alpha_R\approx12°\sim18°$ $l\approx0.2\sim0.3d$ $l_1\approx l/3$ $l_2\approx l/2.5\sim l/3$ $R\approx0.1d$ $h\approx0.04d$ $b_\psi\approx0.03\sim0.04d$ $c\approx1.5f$ d—钻头直径 f—走刀量	(1)使用优点 基本型群钻与普通麻花钻相比具有效率高、使用时间长等优点 (2)磨制特点 一侧外刃一槽分，月牙弧槽在两边，横刃磨低窄又尖，三尖七刃心向前

9.1.3　中心钻、扁钻

(1) 中心钻

中心钻是加工精度要求较高的重要轴类零件中心孔的钻头，其形式及尺寸见表9-6。

表 9-6　中心钻形式及尺寸

名　称	型号	简　图	加工范围/mm
不带护锥 60°复合中心钻	A		$d=1\sim6$
带护锥 60°复合中心钻	B		$d=1\sim6$
弧形中心钻	R		$d=1\sim6$

(2) 扁钻

扁钻是一种结构简单、刚性较好的钻孔刀具，适用于钻硬脆材料的浅孔式阶梯孔和成形孔，特别适用于钻 $\phi0.03\sim0.5mm$ 的微孔，但其轴向力和扭矩大，导向差，排屑困难，加工的表面粗糙度参数值高，表9-7所示为两种典型扁钻。

表 9-7　典型扁钻

名　称	简　图	特性参数				
铜铸件阶梯孔扁钻		$2\phi=120°$　$\psi=55°$ $\gamma_o=2°\sim10°$　$\alpha_o=2°\sim10°$ $\alpha'=3°\sim10°$　$\kappa_r=2°\sim5°$				
塑料扁钻		$D-0.03$	D_1	b_{a1}	l	L
		$2\sim3$	5	0.15	25	50
		$3\sim4$	6	0.20	30	60
		$4\sim5$	7	0.25	35	70
		$5\sim6$	8	0.30	40	80

(3) 硬质合金麻花钻

硬质合金麻花钻适用于立式钻床、摇臂钻床、车床和加工中心等机床。硬质合金直柄麻花钻以通用的钻夹头或专用的弹性夹头夹持，硬质合金锥柄麻花钻以莫氏自锁工具圆锥的内锥孔夹持。

在一般机床上使用硬质合金钻头，进给时应先用手动进给，当钻尖切入工件后再自动进刀，而当横刃开始穿透工件时再用手动进给；否则会引起轧刀或使硬质合金刀片崩刃。

使用直径 $d\geqslant35mm$ 的硬质合金钻头时，应先预钻一直径较小的孔后再钻大孔。预钻孔的孔径为 $(0.5\sim0.7)d$。

在一般机床上钻削孔径深 $h\geqslant3d$ 时，应常将钻头自孔中退出，避免切屑堵塞，造成钻头磨损，引起钻头折断在孔中。

硬质合金麻花钻按结构，可分为整体硬质合金麻花钻、镶片硬质合金麻花钻和镶齿冠硬质合金麻花钻等。

硬质合金麻花钻主要用于加工铸铁、绝缘材料、淬硬钢件等。使用硬质合金钻头可提高生产效率和钻头寿命。

整体硬质合金麻花钻的类型和用途见表9-8。

表 9-8　整体硬质合金麻花钻的类型和用途

类　型	直径范围/mm	简　图	用　途
整体硬质合金粗柄麻花钻	0.2～3.175		加工印制电路板用
整体硬质合金定直径圆柱柄麻花钻	3.2～6.5		加工玻璃纤维环氧树脂线路板，纸-胶木线路板等
整体硬质合金直柄麻花钻	1～20		加工印制线路板，铸铁、非铁金属、钢、耐热钢、合金钢、淬硬钢、塑料、石墨等
整体硬质合金直柄内冷却麻花钻	5～20	140°	用途和整体硬质合金直柄麻花钻相同。但由于有内冷却，刀具性能更好
削平柄硬质合金三刃麻花钻	3～20	130°	用于高效加工直线度要求高的孔，可加工钢、铸铁、耐热合金、淬硬钢及钛合金等

9.1.4　钻削加工切削参数与切削液的选择

（1）钻头直径的选择

钻头直径由设计或工艺尺寸要求决定，一般 $D\leqslant 30mm$ 的孔一次钻出，当 $D\geqslant 30mm$ 时，先钻出（0.5～0.7)D 的预钻孔，然后再扩钻孔。

（2）钻削进给量的选择

一般在允许条件下尽量选择大的进给量，常用的高速钢标准麻花钻进给量的选择见表9-9。

表 9-9　高速钢标准麻花钻进给量的选择

钻头直径 d/mm	<3	3～6	6～12	12～25	>25
进给量 f/(mm/r)	0.025～0.05	0.05～0.10	0.10～0.18	0.18～0.38	0.38～0.62

（3）钻削速度的选择

选择钻削速度的依据是钻头的合理耐用度，它一般与加工材料、钻头材料及加工条件有关，钻削速度的选择见表9-10。

表 9-10　高速钢标准麻花钻的钻削速度

加工材料	硬度 HBS	切削速度 v/(m/min)	加工材料	硬度 HBS	切削速度 v/(m/min)
低碳钢	100～125	27	可锻铸铁	110～160	42
	125～175	24		160～200	25
	175～225	21		200～240	20
中、高碳钢	125～175	22		240～280	12
	175～225	20	球墨铸铁	140～190	30
	225～275	15		190～225	21
	275～325	12		225～260	17
合金钢	175～225	18		260～300	12
	225～275	15	铸钢	低碳	24
	275～325	12		中碳	18～24
	325～375	10		高碳	15
灰铸铁	100～140	33	铝合金、镁合金		75～90
	140～190	27	铜合金		20～48
	190～220	21	高速钢	200～250	13
	220～260	15			
	260～320	9			

钻头耐用度见表 9-11。

表 9-11　钻头耐用度

刀具类型	加工材料	刀具材料	刀具直径 d_0/mm							
			$<$	6～10	11～20	21～30	31～40	41～50	51～60	61～80
			刀具寿命 T/min							
钻头	结构钢及钢铸件	高速钢	15	25	45	50	70	90	110	—
	不锈钢及耐热钢	高速钢	6	8	15	25	—	—	—	—
	铸铁、铜合金、铝合金	高速钢	20	35	60	75	110	140	170	—
		硬质合金								

（4）钻孔切削液的选择

钻孔切削液的选择见表 9-12。

表 9-12　钻孔切削液的选择

加工材料	切削液
结构钢	3%～5%乳化液或7%硫化乳化液
不锈钢及高温合金	10%～20%乳化液或含氯、硫、磷切削油
铸铁及黄铜、青铜	不加或3%～5%乳化液
紫铜、铝及铝合金	不用或3%～5%乳化液；煤油或矿物油混合物
硬橡皮、胶木、硬纸板	干钻或风冷
有机玻璃	5%～15%乳化液、煤油

9.1.5　钻孔方法

（1）工件装夹方法及钻模类型

① 常用装夹方法

a. 手握或用手虎钳夹持。钻6mm以下的小孔，如果工件能用手握住，而且基本比较平整时，可以直接用手握住工件进行钻孔。

对于短小工件，用手不能握持时，必须用手虎钳或小型台虎钳来夹紧，如图9-2所示。

对于较长工件，虽然可用手握住，但最好在钻床台面上再用螺钉靠住工件，如图9-3所示，这样比较安全。

b. 用机用平口虎钳装夹。在平整的工件上钻较大孔时，一般采用机用平口虎钳装，装夹时在工件下面垫一木块，如果钻的孔较大时，机用平口虎钳应用螺钉固定在钻床工作台面上，如图9-4所示。

(a) 用手虎钳夹持工件

(b) 小型台虎钳

图9-2 钻小孔时的装夹

图9-3 用螺钉靠住工件

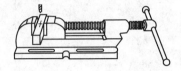
图9-4 用机用平口虎钳装夹工件

c. 用V形铁装夹。在圆柱形或套筒类工件上钻孔时，一般把工件放在V形铁上并配以压板压紧，如图9-5所示。

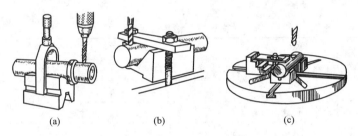
(a)　　　　　　　(b)　　　　　　　(c)

图9-5 用V形铁装夹工件

d. 用角铁装夹。将工件装夹在已固定在钻床工作台面上的角铁上，如图9-6所示。

e. 在钻床工作台面上装夹工件。钻大孔或不适宜用机用平口虎钳装夹的工件，可直接用压板、螺栓把工件固定在钻床工作台面上，如图9-7所示。

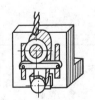
图9-6 用角铁装夹工件

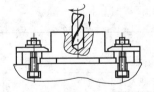
图9-7 在钻床工作台面上装夹工件

② 常用钻夹具（钻模）形式及特点　各类钻床上进行钻、扩、铰孔的夹具，统称为钻床夹具。

钻床夹具上，一般都装有距定位组件一定距离的钻套（因此钻床夹具习惯上又称钻模），通过钻套引导刀具就可以保证被加工孔的坐标位置，并防止钻头在切入后的偏斜。

因为，钻模能够保证并提高被加工孔的位置精度、尺寸精度及表面粗糙度，并大大缩短工序时间（可不用划线和找正工序），提高生产率等，所以钻模应用较广泛。

在钻削加工中，工件上被加工孔的分布情况，一般可决定夹具的结构类型。例如，有分布在工件同一表面有共同回转轴线的平行孔系，排列成直线的平行多孔，分布在工件不同表面或圆周上的径向孔等。因此，钻夹具的基本结构类型有固定式、移动式、翻转式、盖板式、回转式（分度式）等。

a. 固定式钻床夹具。在加工过程中，夹具和工件在机床上的位置始终保持不变，用于加工同一方向的直孔或斜孔。

应注意：加工直径大于 10mm 钻孔时，夹具应固定在工作台上。安装夹具时先将装在主轴上的心轴（钻孔精度要求较低时，可直接用钻头）伸入钻套中，校正夹具位置后，将夹具紧固。

如钻斜孔的固定式钻模如图 9-8 所示。

b. 移动式钻床夹具。被加工工件在同一平面一条直线上具有多而密的孔时采用移动式钻床夹具。

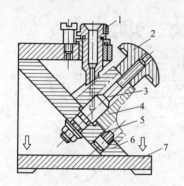

图 9-8　钻斜孔固定式钻模
1—钻套；2—夹紧螺母；3—心轴；4—工件；
5—菱形销；6—支承板；7—夹具体

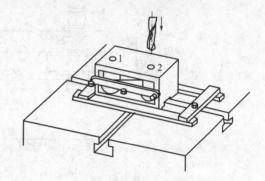

图 9-9　移动式钻模

移动式钻模有：工件和钻模一起移动；工件和夹紧工件的夹具体一起移动；工件移动；钻模板移动等几种方式。可根据工件结构特点选择使用。

如图 9-9 所示，工件和钻模装夹在一起，在夹具体两挡板中移动，当移至右端靠紧定位板时钻削孔 1，移至左端与定位板靠紧时钻削孔 2。

c. 翻转式钻床夹具。工件一次装夹后，工件随同整个夹具在加工中作 180°、90°或其他特殊角度的翻转，完成几个方向孔加工的钻模。工件孔与孔之间的几何精度，由钻模本身的精度保证（如一般精度要求的盲孔同轴度）。因加工中要将整个钻模进行翻转，所以夹具力求轻便，翻转的底面要保证平整、稳固，并与钻套中心线相垂直。

翻转式钻床夹具举例如下。

图 9-10 所示为 60°翻转式钻模，用于加工套筒上两个方向的 4 个径向孔。当一个方向上的两个孔钻削完成后，将钻模翻转 60°就可钻另一个方向上的两个孔。

d. 盖板式钻床夹具。盖板式钻床夹具是根据被加工工件的技术要求，按其坐标组成的钻模，并将它放在工件上直接进行加工的一种结构形式。

这种钻模一般用于加工尺寸较大工件上的孔，或较大工件上某一部位的孔（即局部的孔），其形式可分直线座和圆周等分等。这类钻模本身既有导向装置，又有定位结构及夹紧装置。所以钻模应在保证刚性的基础上，尽量减轻其结构重量。这种钻模通常利用工件底面作安装基准面，因此，钻孔精度取决于工件本身精度及工件和钻模安装精度。

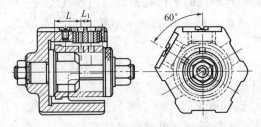

图 9-10 翻转式钻模

如图 9-11 所示，在一小型连杆上加工小头孔。夹具本身就是一块钻模板 1。利用在自身上定位销 2 和由两块摆动压块 3 组成的 V 形槽对中夹紧机构，在工件上实现定位和夹紧，进行钻削加工。

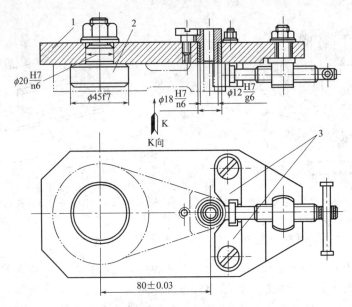

图 9-11 盖板式钻模

1—钻模板；2—定位销；3—摆动压块

e. 回转式（分度式）钻床夹具。是用于加工同心圆周上的平行孔系或分布在几个不同表面上的径向孔的钻模。有立轴类、卧轴类、斜轴类 3 个类型。其分度方法可采用标准的分度机构（回转分度台），也可利用加工工件自身的特点进行分度。

图 9-12 是标准回转分度台与专用夹具组合的立轴回转式钻模。

（2）常用钻孔方法

在用划线钻孔时，钻孔前先把孔中心的样冲眼冲大一些，这样可使横刃预先落入样冲眼的锥坑中，钻孔时钻头不易偏离中心。

钻孔时使钻尖对准钻孔中心，先试钻一浅坑，如钻出的锥坑与所划的钻孔圆周线不同心，可及时予以纠正。如果偏离较少，可靠移动工件或移动钻床主轴（摇臂钻床钻孔时）来解决。如果偏离较多，可用尖錾或样冲在偏离的相反方向錾出几条槽来，以减少此处的切削阻力而让钻头纠正偏心，如图 9-13 所示。

当试钻达到同心度要求时，才可正式钻孔。

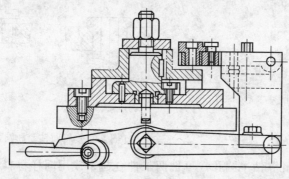

图 9-12　立轴回转式钻模

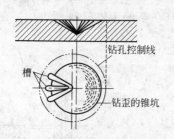

图 9-13　用錾槽纠正钻偏的孔

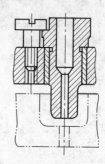

图 9-14　加长钻套

钻削通孔时，当孔快要钻穿时，应变自动进刀为手动进刀，以避免钻穿孔的瞬间因进给量剧增而发生啃刀，影响加工质量和损坏钻头。

钻不通孔（盲孔）时，应按钻孔深度调整好钻床上的挡块、深度标尺等或采用其他控制方法，以免钻得过深或过浅，并应注意退屑。

一般钻削深孔时钻削深度达到钻头直径 3 倍时，钻头就应退出排屑。此后，每钻进一定深度，钻头就再退出排屑一次，并注意冷却润滑，防止切屑堵塞、钻头过热退火或扭断。

钻 $\phi1mm$ 以下的小孔时，开始进给力要轻，防止钻头弯曲和滑移，以保证钻孔试切的正确位置。钻削过程要经常退出钻头排屑和加注切削液。切削速度可选在 $2000 \sim 3000 r/min$ 以上，进给力应小而平稳，不宜过大、过快。

① 几种特形钻套的使用　当工件的形状或工序的加工条件不宜采用标准钻套时，就应采用特形钻套，保证钻削加工质量。

a. 加长钻套。是在工件凹腔内钻孔用的钻套，装卸工件时钻套可以提起，钻套上部孔径必须扩大，以减少与刀具的接触长度，减少摩擦，如图 9-14 所示。

b. 削边钻套。是用于加工中心距较小而不能采用标准钻套的孔，但应保证削边厚度 b 不小于 $1 \sim 2mm$，如图 9-15 所示。

c. 斜面钻套、圆弧面钻套。是用于在斜面或圆弧面上钻孔，可防止钻头切入时引偏或折断，如图 9-16 所示。

d. 中间钻套。用于加工间断孔，实际作用为双导向或多导向，以免钻头偏斜，如图9-17所示。

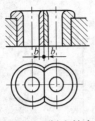
图9-15 削边钻套

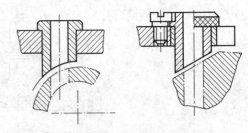
图9-16 斜面钻套和圆弧面钻套

② 钻半（缺）圆孔 钻半圆孔，可把两工件合起来或用同样材料的垫块与工件合在一起钻，如图9-18(a)所示。若钻削缺孔，可用同样材料镶嵌在工件内，钻孔后去掉这块材料，工件留下了缺圆孔，如图9-18(b)所示。

③ 钻骑缝孔 钻骑缝孔要选用短钻头，钻头的横刃要磨短，以增强钻头刚度和定心作用，如图9-19所示。若两种零件材料不同，样冲眼应打在略偏于硬材料一边，并在钻孔时使钻头略往硬材料一边偏。

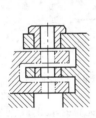
图9-17 中间钻套

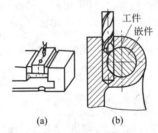
(a) (b)
图9-18 钻半（缺）圆孔

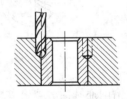
图9-19 钻骑缝孔

④ 在斜面上钻孔 若不采用钻模和专用的斜面钻套，钻斜面上的孔，钻头必然会产生偏歪、滑移而无法定心，如图9-20所示。为保证钻削顺利进行，可采取以下方法。

a. 先用立铣刀在斜面上铣出一个平面，然后再钻孔。

b. 先用錾子在斜面上錾出一个小平面后，用中心钻钻出一个较大的锥坑，或用小钻头钻出一个浅孔，然后再钻孔。

⑤ 钻二联孔 常见的二联孔有3种形式。可分别采用以下钻孔方法。

图9-20 钻斜面上孔

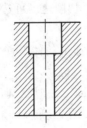
图9-21 二联孔形式（1）

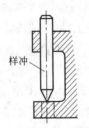
图9-22 二联孔形式（2）

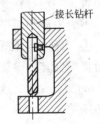
图9-23 二联孔形式（3）

a. 如图9-21所示工件，可先钻大孔至平底深度，再改用小钻头将小孔钻穿，然后用平底钻锪平底孔。

b. 如图9-22所示工件，可先钻出上面孔。当钻头横刃刚接触下面孔平面时，轴向不要进刀，而用横刃在平面上刮划出一个小圆线，然后按小圆线找正中心，打一个样冲眼，再钻孔。

c. 如图 9-23 所示工件，可先钻出大孔，然后用一根外径与大孔为间隙配合的接长钻杆，装上中心钻头，先钻一个定位孔后，再换上与小孔直径相同的钻头钻孔。

9.2　扩孔

扩孔是用扩孔刀具对工件上已有的孔进行扩大加工，如钻孔、铸孔、锻孔和冲孔的扩大加工。扩孔可以作为孔的最终加工，也可作为铰孔、磨孔前的预加工工序。扩孔后，孔的公差等级一般可达 IT9～IT10，表面粗糙度值可达 $Ra12.5～3.2\mu m$。

9.2.1　扩孔钻的结构和特点

扩孔钻结构形式分带柄和套式两种，如图 9-24 所示。带柄的扩孔钻由工作部分及柄部组成，工作部分一般由 3～4 个刀齿及螺旋槽组成，刀齿的前端带有 120°锥角的切削刃而无横刃，刀齿外圆的全长上具有带微量倒锥的刃带，其作用是减少加工时与孔壁的摩擦。柄部又分直柄与锥柄两种。套式扩孔钻由工作部分及 1∶30 锥孔组成，工作部分由带有螺旋槽的刀齿及带有 120°锥角的切削刃组成，刀齿的外圆全长上带有微量倒锥的刃带，锥孔带有端面键槽。

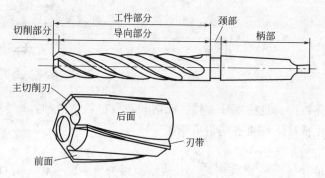

图 9-24　扩孔钻的结构要素

9.2.2　常用扩孔钻的形式及规格

（1）直柄扩孔钻（GB/T 4256—1984）

直柄扩孔钻又称直柄三刃扩孔钻，如图 9-25 所示，其规格范围为 $d=3～20mm$。

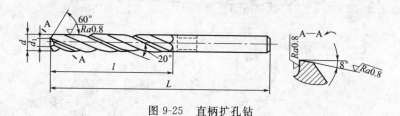

图 9-25　直柄扩孔钻

（2）锥柄扩孔钻（GB/T 1141—1984）

锥柄扩孔钻又称锥柄三刃扩孔钻，如图 9-26 所示。其规格范围为 $d=7.8～50mm$。

（3）套式扩孔钻（GB/T 1142—1984）

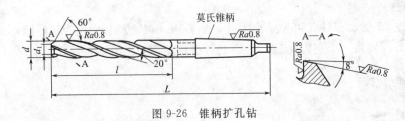

图 9-26　锥柄扩孔钻

套式扩孔钻又称筒体扩孔钻，如图 9-27 所示。其规格范围为 $d = 25 \sim 100\text{mm}$。

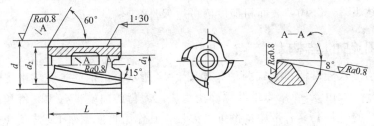

图 9-27　套式扩孔钻

使用前先装在具有 1：30 锥度的专用刀杆上，刀杆的尾部具有莫氏自锁圆锥，如图 9-28 所示。

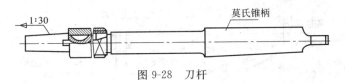

图 9-28　刀杆

标准高速钢扩孔钻按直径精度分 1 号扩孔钻和 2 号扩孔钻两种。1 号扩孔钻用于铰孔前扩孔，2 号扩孔钻用于 H11 精度孔的最后加工。

（4）硬质合金锥柄扩孔钻

硬质合金锥柄扩孔钻如图 9-29 所示，其规格范围为 $d = 14 \sim 40\text{mm}$。硬质合金锥柄扩孔钻按直径精度分 4 种，1 号扩孔钻一般适用于铰孔前扩孔；2 号扩孔钻用于 H11 精度孔的最后加工；3 号扩孔钻用于精铰孔前的扩孔；4 号扩孔钻用于 D11 精度孔的最后加工。

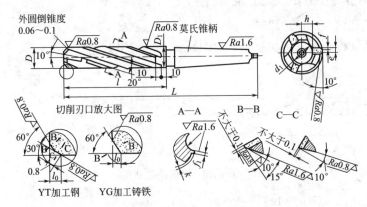

图 9-29　硬质合金锥柄扩孔钻

（5）硬质合金套式扩孔钻

硬质合金套式扩孔钻如图 9-30 所示，其规格范围为 $d=32\sim80mm$。硬质合金套式扩孔钻按直径精度分两种，1 号扩孔钻用于精铰孔前的扩孔；2 号扩孔钻用于一般精度孔铰前的扩孔。

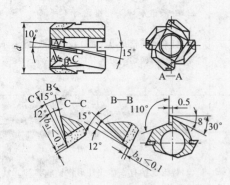

图 9-30　硬质合金套式扩孔钻

图 9-31　用麻花钻扩孔

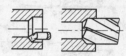

图 9-32　扩孔前的镗孔

9.2.3　扩孔方法

（1）用麻花钻扩孔

在实际生产中，常用经修磨的麻花钻当扩孔钻使用。

在实心材料上钻孔，如果孔径较大，不能用麻花钻一次钻出，常用直径较小的麻花钻预钻一孔，然后用大直径的麻花钻进行扩孔，如图 9-31 所示。

在预钻孔上扩孔的麻花钻，几何参数与钻孔时基本相同。由于扩孔时避免了麻花钻横刃切削的不良影响，可适当提高切削用量。同时，由于吃刀深度减小，使切屑容易排出，因此扩孔后，孔的表面粗糙度也有一定的提高。

用麻花钻扩孔时，扩孔前的钻孔直径为孔径的 0.5～0.7 倍，扩孔时的切削速度约为钻孔的 1/2，进给量约为钻孔的 1.5～2 倍。

（2）用扩孔钻扩孔

扩孔钻的切削条件要比麻花钻好。由于它的切削刃较多，因此扩孔时切削比较平稳，导向作用好，不易产生偏移，但为提高扩孔的精度，还应注意以下几点。

① 钻孔后，在不改变工件和机床主轴相互位置的情况下，立即换上扩孔钻，进行扩孔。这样可使钻头与扩孔钻的中心重合，使切削均匀平稳，保证加工质量。

② 扩孔前先用镗刀镗出一段直径与扩孔钻相同的导向孔，如图 9-32 所示，这样可使扩孔钻在一开始就有较好的导向，而不致随原有不正确的孔偏斜。这种方法多用于在铸孔、锻孔上进行扩孔。

③ 也可采用钻套为导向进行扩孔。

9.3　锪孔

用锪钻对工件的孔口表面进行各种成形加工，称为锪孔（削）。

9.3.1　锪孔钻的种类及特点

锪孔钻的种类及特点见表 9-13。

表 9-13　锪孔钻的种类及特点

名称	简　图	用　途	说　明
锥孔锪钻	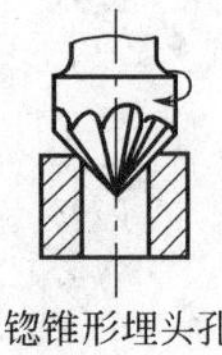 锪锥形埋头孔	锪锥形沉头孔	(1)一般锥形埋头孔锥角有 4 种:60°、75°、90°及 120° (2)锥形埋头钻常用普通麻花钻改成,外缘处前角要磨小些,两切削刃磨对称
柱形锪钻	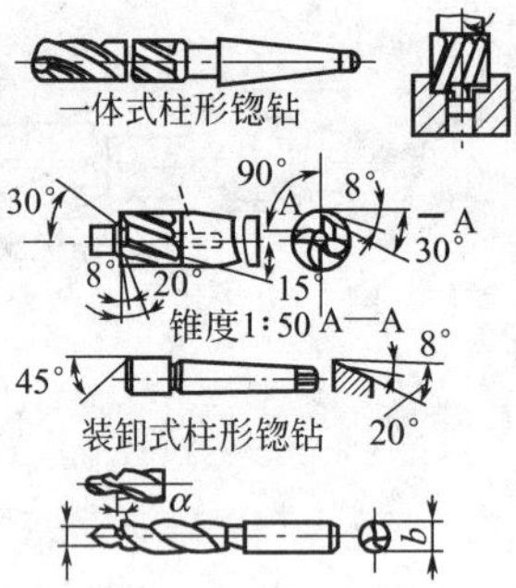 一体式柱形锪钻 装卸式柱形锪钻 用钻头改成的柱形锪钻	锪圆柱形沉头孔	(1)柱形锪钻有一体式柱形锪钻和装卸式柱形锪钻两种 (2)当标准柱形锪钻缺乏时,可用普通麻花钻改成柱形锪钻
端面锪钻	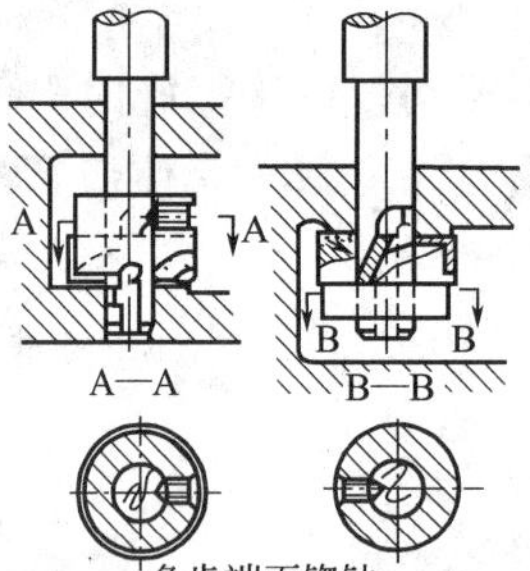 A—A　B—B 多齿端面锪钻	锪平孔端面	(1)简单的端面锪钻由高速钢刀条磨成,装入刀杆后用螺钉紧固 (2)刀杆与孔径采用间隙配合,以保证良好的导向作用 (3)端面锪钻可制成多齿的、套式的,并可镶上硬质合金刀片
薄板上锪大孔的套料锪钻	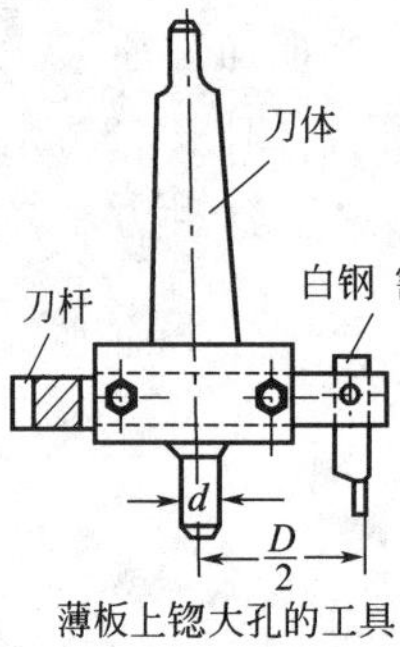 刀体 刀杆 白钢 割刀 薄板上锪大孔的工具	在薄板上加工直径很大的孔,在无法冲孔及没有大钻头时用套料锪钻	(1)刀杆在方槽中可移动,以调节锪孔直径 (2)锪孔前先在工件上钻一与定心圆柱相配直径 d 的孔 (3)锪孔时工件要压紧,孔下面垫空 (4)锪穿时进给量要很小

9.3.2　锪孔钻加工的切削用量

锪孔钻加工的切削用量见表 9-14。

表 9-14 锪孔钻加工的切削用量

加工材料	高速钢锪钻		硬质合金锪钻	
	进给量 f/(mm/r)	切削速度 v/(m/min)	进给量 f/(mm/r)	切削速度 v/(m/min)
铝	0.13～0.38	120～245	0.15～0.30	15～245
黄铜	0.13～0.25	45～90	0.15～0.30	120～210
软铸铁	0.13～0.18	37～43	0.15～0.30	90～107
软钢	0.08～0.13	23～26	0.10～0.20	75～90
合金钢及工具钢	0.08～0.13	12～24	0.10～0.20	55～60

9.3.3 锪孔中常见问题产生原因和解决方法

锪孔中常见问题产生原因和解决方法见表 9-15。

表 9-15 锪孔中常见问题产生原因和解决方法

问题内容	产 生 原 因	解 决 方 法
锥面、平面呈多角形	(1)前角太大,有扎刀现象 (2)锪削速度太高 (3)选择切削液不当 (4)工件或刀具装夹不牢固 (5)锪钻切削刃不对称	(1)减小前角 (2)降低切削速度 (3)合理选择切削液 (4)重新装夹工件和刀具 (5)正确刃磨
平面呈凹凸形	锪钻切削刃与刀杆旋转轴线不垂直	正确刃磨和安装锪钻
表面粗糙度差	(1)锪钻几何参数不合理 (2)选用切削液不当 (3)刀具磨损	(1)正确刃磨 (2)合理选择切削液 (3)重新刃磨

9.4 铰削

用铰刀对已经粗加工的孔进行精加工称为铰削（铰孔）。铰削可提高孔的尺寸精度和降低表面粗糙度值，铰削后孔的公差等级可达 IT9～IT7，表面粗糙度可达 Ra 3.2～0.8μm。

9.4.1 常用铰刀的种类与用途

铰刀使用范围较广，种类也很多。按使用方式可分为手用铰刀和机用铰刀两种；按铰刀结构可分为整体式铰刀、套式铰刀和可调节式铰刀 3 种；按切削部分材料可分为高速钢铰刀和硬质合金铰刀；按铰刀用途可分为圆柱铰刀和锥度铰刀。常用铰刀的种类与用途见表 9-16。

标准铰刀按直径公差分为一号、二号和三号，其对应的精度等级见表 9-17。

9.4.2 铰削余量的选择

正确选择铰削余量，既能保证加工孔的精度，又能提高铰刀的使用寿命。铰削余量应依据加工孔径的大小、精度、表面粗糙度、材料的软硬、上道工序的加工质量和铰刀类型等多种因素进行选择。若对铰削精度要求较高的孔，必须经过扩孔或粗铰孔工序后进行精铰孔，这样才能保证铰孔的质量。一般铰削余量的选择见表 9-18。

表 9-16　常用铰刀的种类与用途

名称与规格	简　图	用　途
手用铰刀 直径 $d_0 = 1 \sim 71mm$ 精度等级 H7、H8、H9	A型　　B型	A 型用于单件小批生产或机器装配;B 型用于单件小批生产或机器装配中间断铰削
直柄机用铰刀 直径 $d_0 = 1 \sim 20mm$ 精度等级 H7、H8、H9	A型　　B型	A 型用于成批生产时在机床上铰孔;B 型用于成批生产时在机床上铰削带断续表面的孔、有色金属件的孔
锥柄机用铰刀 直径 $d_0 = 5.5 \sim 50mm$ 精度等级 H7、H8、H9	A型　　B型	
带刃倾角锥柄机用铰刀 直径 $d_0 = 10 \sim 32mm$ 精度等级 H7、H8、H9		成批生产时在机床上铰削余量较大、较长的通孔
套式机用铰刀 直径 $d_0 = 20 \sim 100mm$ 精度等级 H7、H8、H9	A型　　B型	A 型用于成批生产时在机床上铰削大孔;B 型用于成批生产时在机床上铰断续表面、有色金属的孔
硬质合金直柄机用铰刀 直径 $d_0 = 6 \sim 20mm$ 精度等级 H7、H8、H9	A型　　B型	成批生产时在机床上铰削普通材料、难加工材料工件孔。使用 B 型可改善排屑情况和切削平稳性
硬质合金锥柄机用铰刀 直径 $d_0 = 8 \sim 40mm$ 精度等级 H7、H8、H9	A型　　B型	
手动 1∶50 锥度销子铰刀 直径 $d_0 = 0.6 \sim 50mm$	A型　　B型	铰削 1∶50 锥度的锥孔。使用 B 型时可提高铰刀寿命,降低表面粗糙度
锥柄机用 1∶50 锥度销子铰刀 直径 $d_0 = 5 \sim 50mm$		在机器装配中,在机床上铰削较大直径的圆锥孔
直柄莫氏圆锥铰刀 0~6 号	A型　　B型	铰削莫氏圆锥孔
可调节手用铰刀 直径 $d_0 = 6.5 \sim 54mm$		在机器装配中铰削通孔
带导向铰刀		在机床上铰削有相对位置要求的孔

表 9-17　铰刀的号数与精度等级

铰刀号数	一号	二号	三号
未研磨	H8~H9	H10	H11
研磨	N7、M7、K7、J7	H7	H8

表 9-18　铰削余量选择

铰孔直径/mm	<5	5~20	21~32	33~50	51~70
铰削余量/mm	0.1~0.2	0.2~0.3	0.3	0.5	0.8

9.4.3　机铰时切削用量的选择

机铰时切削用量的选择见表 9-19。

表 9-19　机铰时切削用量的选择

铰刀材料	工件材料	切削速度/(m/min)	进给量/(mm/r)
高速钢	钢	4~8	0.2~2.6
	铸铁	10	0.4~5.0
	铜、铝	8~12	1.0~6.4
硬质合金	淬火钢	8~12	0.25~0.50
	未淬火钢	8~12	0.35~1.2
	铸铁	10~14	0.9~2.2

注：1. 表中值用于加工通孔；加工盲孔时，切削速度应选取 4~6m/min，进给量以 0.2~0.5mm/r 为宜。
2. 选择大小根据铰刀直径来确定，铰刀直径小选下限，直径大选上限。

9.4.4　铰削时切削液的选用

铰削时切削液的选用见表 9-20。

表 9-20　切削液的选用

加工材料	切削液
钢	(1)10%~20%乳化液 (2)铰孔要求高时，采用 30%菜油和 70%肥皂水 (3)铰孔要求更高时，可采用菜籽油、柴油、猪油等
铸铁	(1)一般不用 (2)煤油，但引起孔径缩小，最大收缩量为 0.02~0.04mm (3)低浓度乳化液
铝	煤油
铜	乳化液

9.4.5　手工铰孔应注意的事项

①　工件装夹位置要正确，应使铰刀的中心线与孔的中心线重合。对薄壁工件夹紧力不要过大，以免将孔夹扁，铰削后产生变形。

②　在铰削过程中，两手用力要平衡，旋转铰手的速度要均匀，铰手不得摆动，以保持铰削的稳定性，避免将孔径扩大或将孔口铰成喇叭形。

③　铰削进给时，不要用过大的力压铰手，而应随着铰刀的旋转轻轻地对铰手加压，使铰刀缓慢地引伸进入孔内，并均匀地进给，以保证孔的加工质量。

④　注意变换铰刀每次停歇的位置，以消除铰刀在同一处停歇所造成的振痕。

⑤　铰刀不能反转，即使退刀时也不能反转，即要按铰削方向边旋转边向上提起铰刀。铰刀反转会使切屑卡在孔壁和后面之间，将孔壁刮毛。同时，铰刀也容易磨损，甚至造成崩刃。

⑥ 铰削钢料工件时，切屑碎末容易黏附在刀齿上，应经常清除。

⑦ 铰削过程中，如果铰刀被切屑卡住时，不能用力扳转铰手，以防损坏铰刀。应想办法将铰刀退出，清除切屑后，再加切削液，继续铰削。

9.4.6　机动铰孔应注意的事项

① 必须保证钻床主轴、铰刀和工件孔三者的同轴度。

② 开始铰削时先采用手动进给，当铰刀切削部分进入孔内以后，再改用自动进给。

③ 铰削盲孔时，应经常退刀，清除刀齿和孔内的切屑，以防切屑刮伤孔壁。

④ 铰削通孔时，铰刀校准部分不能全部铰出头，以免将孔的出口处刮坏。

⑤ 在铰削过程中，必须注入足够的切削液，以清除切屑和降低切削温度。

⑥ 铰孔完毕，应不停车退出铰刀，以免停车退出时拉伤孔壁。

9.4.7　铰孔质量分析

铰孔质量分析见表9-21。

表 9-21　铰孔质量分析

种　类	产 生 原 因	防 止 方 法
表面粗糙度达不到要求	(1)铰孔余量太大或太小 (2)进给量太大或太小 (3)切削刃不锋利或前、后面粗糙度高 (4)未用切削液或选择不当 (5)铰刀退出时反转 (6)切削速度过高,产生刀瘤 (7)切屑积聚过多 (8)刀刃上有崩裂、缺口	(1)选留适当余量 (2)选适当进给量 (3)修磨前、后面 (4)选用合适的切削液 (5)铰刀退出也应顺转 (6)降低切削速度 (7)及时清除切屑 (8)重新刃磨或更换铰刀
孔呈多角形	(1)铰削余量太大,铰刀震动 (2)铰削前底孔不圆 (3)孔口端面不平或太硬	(1)分粗、精两次铰孔 (2)铰前先扩孔 (3)锪平孔端面
喇叭口	(1)切削锥角太大,铰削余量太大 (2)刀刃径向跳动大 (3)钻床主轴中心与铰孔中心不重合 (4)手铰时,铰刀不正或用力不平衡	(1)减小切削锥角和余量 (2)重铰进刀 (3)重新装夹 (4)保证铰刀与孔端面垂直
孔径扩张量过大	(1)铰刀与孔中心不重合 (2)手铰孔时两手用力不均 (3)铰铸铁孔未加注煤油 (4)铰锥孔铰得过深 (5)进给量与加工余量过大	(1)采用浮动夹头或快换夹头 (2)注重两手用力平衡 (3)加注煤油 (4)及时用锥度规检验 (5)减小进给量或加工余量
孔径收缩	(1)铰刀磨损直径变小 (2)铰刀钝刃 (3)铰铸铁加注煤油	(1)修磨前刀面或更换新铰刀 (2)重磨铰刀 (3)不加煤油

9.4.8　铰刀损坏的原因

铰刀损坏的原因见表9-22。

表 9-22　铰刀损坏的原因

损坏形式	损坏原因
过早磨损	(1)刃磨时未及时冷却,使切削刃"退火" (2)切削刃表面粗糙度大,使耐磨性减弱 (3)切削液选用不当或未使用切削液 (4)工件材料过硬
崩刃	(1)前、后角太大,使切削刃强度减弱 (2)机铰时,铰刀偏摆过大,切削负荷不均匀 (3)铰刀退出时反转,切屑卡入切削刃与孔壁之间 (4)刃磨时切削刃已有裂纹
折断	(1)铰削用量过大,工件材料过硬 (2)铰刀被卡住仍继续猛力扳转 (3)两手用力不均,铰刀中心线与孔中心线不重合,向下压进给量过大

9.5　攻螺纹与套螺纹

9.5.1　攻螺纹

(1)攻螺纹用丝锥及工具

① 丝锥　丝锥的外形和螺钉相似。为了承担切削工作,在丝锥的端部磨出切削锥,并沿纵向开槽以容纳切屑及得到前角。它是加工内螺纹并能直接获得螺纹尺寸的一种螺纹刀具。丝锥结构简单,使用方便。对于中、小尺寸的螺纹孔,丝锥往往是唯一的加工刀具。常见丝锥的种类及用途见表 9-23。

表 9-23　常见丝锥的种类及用途

类型	简图	用途
手用普通丝锥		分粗牙、细牙两种,一般由 2~3 支构成一套,攻通孔或不攻通孔螺纹
机用普通丝锥		分粗牙、细牙两种,用于大量生产或加工孔径较大的普通螺纹孔,攻出螺纹精度和表面粗糙度好
圆柱管螺纹丝锥		外形同普通丝锥,一般由两支组成,用于攻各种圆柱管螺纹
圆锥管螺纹丝锥		螺纹锥度为 1:16,有 55°圆锥管螺纹丝锥和 60°布氏圆锥管螺纹丝锥两种
螺旋槽丝锥	45°	有较大螺旋槽,排屑顺利,且加工精度稳定,适用加工通孔或不通孔螺纹
带刃倾角丝锥	10°	是在普通丝锥切削部分前端修出 10°刃倾角,使螺纹表面粗糙度和切削性能良好
跳牙丝锥	螺纹截形放大图	用于加工强度高、韧性大的材料,如不锈钢、耐热合金等
挤压丝锥	A—A放大 A A	无刃槽,横剖面为曲边三棱形,用于挤压塑性较高、硬度在 20HRC 以下的材料,生产率高,表面粗糙度好,但底孔要求高

② 铰手（杠） 铰手是手工攻螺纹时用的一种辅助工具。铰手分为普通铰手和丁字铰手两类。常见铰手的种类及用途见表9-24。

表9-24 常见铰手的种类及用途

类 型		简 图	用 途
普通铰手	固定式		攻 M5 以下螺纹孔
	可调式		攻 M5～M24 的螺纹孔
丁字铰手	可调式(a)		可调式攻 M6 以下螺纹孔；大尺寸铰手部为固定式
	固定式(b)	(a) (b)	

（2）攻螺纹前底孔直径的确定

攻螺纹前底孔直径确定见表9-25。

表9-25 螺纹底孔直径确定的计算公式

螺纹种类	计 算 公 式	适用范围	适用材料
普通螺纹	$D_0 = D - P$ D_0—螺纹底孔直径 D—螺纹公称直径	螺距 $P<1$，材料塑性大，孔扩张量适中	钢,可锻铸铁,紫铜,层压板
	$D_0 = D - (1.04 \sim 1.1)P$	螺距 $P>1$，材料塑性小，孔扩张量小	铸铁,青铜,黄铜
英制螺纹	$D_0 = 25.4\left(D - \dfrac{1}{n}\right)$ n—每英寸牙数	材料塑性小,孔扩张量小	铸铁,青铜,黄铜
圆柱管螺纹	$D_0 = 25.4\left(D - \dfrac{1}{n}\right) + 0.1 \sim 0.2$	材料塑性大,孔扩张量适中	钢,可锻铸铁,紫铜,层压板
挤压螺纹	$D_0 = D - 0.57P$ D—内螺纹大径	加工强度低、塑性好的材料	铜、铝及其合金,不锈钢
不通孔螺纹	$H_0 = H + 0.7D$ H—螺纹深度 H_0—钻孔深度	所有材料	铜,钢,铸铁

（3）攻螺纹切削液选择

攻螺纹切削液选择见表9-26。

（4）攻螺纹时切削速度

攻螺纹时切削速度见表9-27。

（5）攻螺纹中常见的问题

① 攻螺纹中常见的问题及防止方法见表9-28。

表 9-26　攻螺纹切削液选择

工 件 材 料	切 削 液
结构钢、合金钢	硫化油;乳化液
耐热钢	60%硫化油+25%煤油+15%脂肪酸 30%硫化油+13%煤油+8%脂肪酸+1%氯化钡+45%水 硫化油+15%～20%四氯化碳
灰铸铁	75%煤油+25%植物油;乳化液;煤油
铜合金	煤油+矿物油;全系统消耗用油;硫化油
铝及合金	85%煤油+15%亚麻油 50%煤油+50%全系统消耗用油 煤油;松节油;极压乳化液

表 9-27　攻螺纹切削速度

螺孔材料	一般钢材	调质钢或硬钢	不锈钢	铸铁
切削速度/(m/min)	6～15	5～10	2～7	8～10

表 9-28　攻螺纹中常见的问题及防止方法

问题内容	产 生 原 因	防 止 方 法
烂牙 (乱扣)	(1)螺纹底孔直径太小,丝锥攻不进,孔口烂牙 (2)手攻时,铰杠掌握不正,丝锥左右摇摆,造成孔口烂牙 (3)机攻时,丝锥校准部分全部攻出头,退出时造成烂牙 (4)一锥攻螺纹位置不正,中锥、底锥强行纠正 (5)二锥、三锥与初锥不重合而强行攻削 (6)丝锥没有经常倒转,切屑堵塞把螺纹啃伤 (7)攻不通孔螺纹时,丝锥到底后仍继续扳旋丝锥 (8)用铰杠带着退出丝锥 (9)丝锥刀齿上粘有积屑瘤 (10)没有选用合适的切削液 (11)丝锥切削部分全部切入后仍施加轴向压力	(1)检查底孔直径,把底孔扩大后再攻螺纹 (2)两手握住铰杠用力要均匀,不得左右摇摆 (3)机攻时,丝锥校准部分不能全部攻出头 (4)当丝锥攻入1～2圈后,如有歪斜,应及时纠正 (5)换用二锥、三锥时,应先用手将其旋入,再用铰杠攻制 (6)丝锥每旋进1～2圈要倒转0.5圈,使切屑折断后排出 (7)攻制不通孔螺纹时,要在丝锥上做出深度标记 (8)能用手直接旋动丝锥时应停止使用铰杠 (9)用油石进行修磨 (10)重新选用合适的切削液 (11)丝锥切削部分全部切入后应停止施加压力
螺纹歪斜	(1)手攻时,丝锥位置不正 (2)机攻时,丝锥与螺纹底孔不同轴	(1)目测或用角尺等工具检查 (2)钻底孔后不改变工件位置,直接攻制螺纹
螺纹牙深不够	(1)攻螺纹前底孔直径过大 (2)丝锥磨损	(1)正确计算底孔直径并正确钻孔 (2)修磨丝锥
螺纹表面粗糙度过粗	(1)丝锥前、后面粗糙度粗 (2)丝锥前、后角太小 (3)丝锥磨钝 (4)丝锥刀齿上粘有积屑瘤 (5)没有选用合适的切削液 (6)切屑拉伤螺纹表面	(1)重新修磨丝锥 (2)重新刃磨丝锥 (3)修磨丝锥 (4)用油石进行修磨 (5)重新选用合适的切削液 (6)经常倒转丝锥,折断切屑;采用左旋容屑槽

② 丝锥损坏原因及防止方法见表 9-29。

表 9-29　丝锥损坏原因及防止方法

损坏形式	产 生 原 因	防 止 方 法
丝锥崩牙	(1)工件材料硬度过高,或有夹杂物 (2)切屑堵塞,使丝锥在孔中挤死 (3)丝锥在孔出口处单边受力过大	(1)攻螺纹前,检查底孔表面质量和清理砂眼、夹渣、铁豆等杂物;攻螺纹速度要慢 (2)攻螺纹时丝锥要经常倒转,保证断屑和退出清理切屑 (3)先应清理出口处,使其完整,攻到出口处前,机攻要改为手攻,速度要慢,用力较小
丝锥断在孔中	(1)铰杠选择不当,手柄太长或用力不匀,用力过大 (2)丝锥位置不正,单边受力过大或强行纠正 (3)材料过硬,丝锥又钝 (4)切屑堵塞,断屑和排屑刃不良,使丝锥在孔中挤死 (5)底孔直径太小 (6)攻不通孔时,丝锥已攻到底了仍用力攻削 (7)工件材料过硬而又黏	(1)正确选择铰杠,用力均匀而平稳,发现异常要检查原因,不能蛮干 (2)一定让丝锥和孔端面垂直,不宜强行攻螺纹 (3)修磨丝锥,适应工件材料 (4)经常倒转,保证断屑;修磨刃倾角,以利排屑;孔尽量深些 (5)正确选择底孔直径 (6)应根据深度在丝锥上作标记,或机攻时采用安全卡头 (7)对材料作适当处理,以改善其切削性能;采用锋利的丝锥

(6) 取出断丝锥的方法

① 丝锥折断部分露出孔外时

a. 用钳子拧出。

b. 在断锥上焊一六角螺母,然后用扳手轻轻扳动六角螺母,退出断锥。

②丝锥折断部分在孔内时

a. 用带方榫的断丝锥上拧两个螺母,把钢丝插入断丝锥中螺母空槽中,再用扳手扳动方榫,退出断锥。

b. 用乙炔焰或喷灯使丝锥退火,用略小底孔直径的钻头正对中心,钻断丝锥。

c. 用电火花加工设备将丝锥腐蚀掉。

9.5.2　套螺纹

(1) 套螺纹用板牙及工具

① 板牙的类型和用途　板牙按结构形状和用途可分为以下几种。

a. 圆板牙。如图 9-33 所示。用于加工普通螺纹和锥形螺纹,有固定式和可调式。

　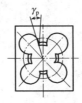　

图 9-33　圆板牙　　　　　图 9-34　四方板牙　　　　　图 9-35　六方板牙

b. 四方板牙。如图 9-34 所示。使用时用方扳手,手动套螺纹。用于工作位置较窄的现场修理工作。

c. 六方板牙。如图 9-35 所示。使用时用六方扳手,手动套螺纹。用于工作位置较窄的现场修理工作。

d. 管形板牙。如图 9-36 所示。用于六角车床和自动车床上。

e. 钳工板牙。如图 9-37 所示。这种板牙由两块拼成,用于钳工修配工作。

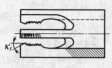

图 9-36 管形板牙

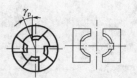

图 9-37 钳工板牙

② 圆板牙架形式和尺寸 见表 9-30。

表 9-30 圆板牙架形式和尺寸   mm

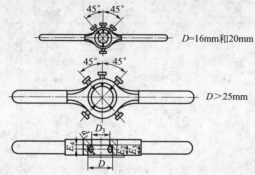

D	E_2	E_3	$E_4 \left({}^{0}_{-0.2} \right)$	D_3	d_1
16	5	4.8	2.4	11	M3
20	7	6.5	3.4	15	M4
25	9	8.5	4.4	20	M5
30	11	10	5.3	25	
38	10	9	4.8	32	M6
	14	13	6.8		
45	18	17	8.8	38	
55	16	15	7.8	48	
	22	20	10.7		
65	18	17	8.8	58	
	25	23	12.2		M8
75	20	18	9.7	68	
	30	28	14.7		
90	22	20	10.7	82	
	36	34	17.7		
105	22	20	10.7	95	
	36	34	17.7		M10
120	22	20	10.7	107	
	36	34	17.7		

（2）套螺纹方法

① 工件圆杆直径的确定　工件圆杆直径可按下式确定，即

$$d_0 = d - 0.13P$$

式中　d_0——工件圆杆直径，mm；

　　　d——螺纹公称直径，mm；

　　　P——螺距，mm。

工件圆杆直径也可由表 9-31 查出。

表 9-31　套螺纹前圆杆直径尺寸　　　　　　　　　　　mm

粗牙普通螺纹			英制螺纹			圆柱管螺纹		
螺纹直径 d	螺距 P	圆杆直径 D	螺纹直径 /in	圆杆直径 D		螺纹直径 /in	管子外径 D	
		最小直径　最大直径		最小直径	最大直径		最小直径	最大直径
M6	1	5.8　　5.9	1/4	5.9	6	1/8	9.4	9.5
M8	1.25	7.8　　7.9	5/16	7.4	7.6	1/4	12.7	13
M10	1.50	9.75　　9.85	3/8	9	9.2	3/8	16.2	16.5
M12	1.75	11.75　　11.9	1/2	12	12.2	1/2	20.5	20.8
M14	2	13.7　　13.85	—	—	—	5/8	22.5	22.8
M16	2	15.7　　15.85	5/8	15.2	15.4	3/4	26	26.3
M18	2.5	17.7　　17.85	—	—	—	7/8	29.8	30.1
M20	2.5	19.7　　19.85	3/4	18.3	18.5	1	32.8	33.1
M22	2.5	21.7　　21.85	7/8	21.4	21.6	1⅛	37.4	37.7
M24	3	23.65　　23.8	1	24.5	24.8	1¼	41.4	41.7
M27	3	26.65　　26.8	1¼	30.7	31	1⅜	43.8	44.1
M30	3.5	29.6　　29.8	—	—	—	1½	47.3	47.6
M36	4	35.6　　35.8	1½	37	37.3	—	—	—
M42	4.5	41.55　　41.75						
M48	5	47.5　　47.7						
M52	5	51.5　　51.7						
M60	5.5	59.45　　59.7						
M64	6	63.4　　63.7						
M68	6	67.4　　67.7						

② 套螺纹时应注意的事项

a. 为了便于板牙切削部分切入工件并作正确的引导，在工件圆杆端部应有 15°～20° 的倒角。

b. 板牙端面与圆杆轴线应保持垂直。为了防止圆杆夹持偏斜和夹出痕迹，圆杆应装夹在用硬木制成的 V 形钳口或软金属制成的衬垫中。

c. 在开始起套螺纹时，用一只手掌按住圆板牙中心，沿圆杆轴线施加压力，并转动板牙铰杠，另一只手配合顺向切进，转动要慢，压力要大。

d. 当圆板牙切入圆杆 1～2 圈时，应目测检查和校正圆板牙的位置。当圆板牙切入圆杆 3～4 圈时，应停止施加压力，让板牙依靠螺纹自然引进，以免损坏螺纹和板牙。

e. 在套螺纹过程中也应经常倒转 1/4～1/2 圈，以防切屑过长。

f. 套螺纹应适当加注切削液，以降低切削阻力、提高螺纹质量和延长板牙寿命。切削液的选择可参照表 9-32。

（3）套螺纹常见的问题及防止方法

套螺纹常见的问题及防止方法见表 9-32。

表 9-32 套螺纹常见的问题及防止方法

问题内容	产 生 原 因	防 止 方 法
烂牙(乱扣)	(1)对低碳钢等塑性好的材料套螺纹时,未加切削液,板牙把工件上螺纹粘去一块 (2)套螺纹时,板牙一直不倒转,切屑堵塞而啃坏螺纹 (3)圆杆直径太大 (4)板牙歪斜太多,在借正时造成烂牙	(1)对塑性材料套螺纹时,一定要加合适的切削液 (2)板牙一定要倒转,以断裂切屑 (3)圆杆直径要确定合适 (4)板牙端面要与圆杆轴线垂直,并经常检查,及时纠正
螺纹一边深一边浅	(1)圆杆端部倒角不好,使板牙不能保持与圆杆轴线垂直 (2)铰杠用力不均匀,左右晃动,不能保持板牙端面与圆杆轴线垂直	(1)圆杆端部要按要求倒角,不能歪斜 (2)套螺纹时,两手用力要均匀和平稳,并经常检查垂直情况,及时纠正
螺纹中径太小	(1)铰杠经常摆动,多次借正而造成螺纹中径变小 (2)板牙切入圆杆后,还用力加压 (3)调节不宜,尺寸变小	(1)铰杠要握稳,不能晃动 (2)板牙切入后,只要均匀使板牙旋转即可,不能再加力下压 (3)应用标准螺杆调整尺寸,不要盲目调节
牙深不够	(1)圆杆直径太小 (2)板牙调节不宜,直径过大	(1)圆杆直径应按要求确定控制尺寸公差 (2)应用标准螺杆调整尺寸,不要盲目调节
螺纹表面粗糙	(1)切削液未加注或选用不当 (2)刀刃上粘有积屑瘤	(1)应选用适当切削液,并经常加注 (2)去除积屑瘤,使刀刃锋利

思考与练习

1. 试述麻花钻各组成部分的名称及其作用。

2. 试述麻花钻切削部分各参数的意义、位置和对钻削工作的影响。

3. 试述标准群钻切削部分各要素的名称。标准群钻与麻花钻相比具有哪些优点?

4. 为什么孔将钻穿时容易产生钻头轧住不转或折断的现象?

5. 为什么用标准钻头在斜面上钻孔钻不好?可采取哪些办法来解决?

6. 钻孔时为什么要用切削液?怎样正确选用?

7. 什么叫钻孔时的切削速度和进给量?今在 45 钢的板料上钻直径为 12mm 的孔(板厚为 30mm),试确定适宜的转速和进给量。

8. 什么叫扩孔?常用的扩孔工具有哪两种?各有哪些特点?

9. 什么叫锪孔?常用的锪孔钻有哪几种?各自的用途是什么?

10. 简述锪孔时的注意事项。

11. 什么叫铰孔?

12. 铰刀由哪几部分组成?各部分的主要作用是什么?

13. 铰削余量为什么既不能太大也不能太小?

14. 试述丝锥各组成部分的名称、结构特点及其作用。

15. 攻螺纹前底孔直径是否等于螺纹小径?为什么?

16. 试分别用计算法和查表法确定攻螺纹前钻底孔的钻头直径:

（1）在钢料上攻 M18 的螺孔；

（2）在铸铁上攻 M18 的螺孔。

17. 试述圆板牙各组成部分的名称、结构特点和作用。

18. 攻盲孔螺纹时，为什么丝锥不能攻到底？盲孔深度应如何确定？

19. 在攻螺纹、套螺纹时为什么要经常反转？

20. 钻孔操作练习：

　　按图 9-38 所示，在台钻上练习钻孔。钢板和铸铁料各一块。

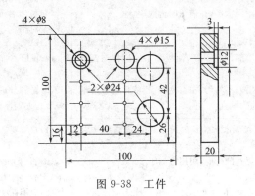

图 9-38　工件

21. 锪孔操作练习：按图 9-38 所示，锪出 φ12mm 沉头孔。

22. 攻螺纹练习。

23. 在 100mm×100mm×20mm 低碳钢和铸铁块上练习攻制 M6、M10、M12 和 M20 螺纹。
分别用计算法和查表法确定螺纹底孔，并进行钻孔和攻螺纹。

24. 在台虎钳上套制 M10 和 M12 的螺纹，螺纹长度为 20mm。

第 ⑩ 章　典型机构的装配与调整

10.1　装配的基本知识

　　任何机器都是由许多零件和部件装配而成的。按照规定的技术要求，将零件结合成组件，并进一步结合成部件以至整台机器的过程，分别称为组装、部装和总装。

　　如何把零件装配成机器，零件的精度和产品精度的关系，以及获得装配精度的方法等，都是装配工艺所要研究和解决的基本问题。因此，机器装配工艺的基本任务就是在一定的生产条件下，以高生产率和低成本装配出保证质量的产品。

　　机器的装配是整个机器制造过程中的最后一个阶段，主要包括固定、连接、清洗、平衡、调整、检验、试验、油漆和包装等工作。装配不仅是最终保证产品质量的重要环节，而且在进行过程中可以发现机器在设计和加工过程中所存在的问题，如设计上的错误和不合理的结构尺寸，零件加工工艺中存在的质量问题以及装配工艺本身的问题等，从而加以不断改进。因此机器装配在产品制造过程中占有非常重要的地位。

10.1.1　装配内容

　　装配不只是将合格零件简单地连接起来，而是根据规定的技术要求，通过校正、调整、平衡、配作以及反复检验等一系列工作来保证产品质量的一个复杂的过程。常见的装配工作内容有以下几项。

　　（1）清洗

　　经检验合格的零件，装配前要经过认真的清洗。其目的是去除黏附在零件上的灰尘、切屑和油污。清洗后的零件通常还具有一定的中间防锈能力。

　　清洗的方法、清洗液、清洗工艺参数（如温度、压力和时间）及清洗次数的选择，应根据零件的清洁度要求、材质、批量、油污和机械杂质的性质以及黏附情况等因素来确定。

　　（2）连接

　　装配工作的完成要依靠大量的连接，连接方式一般有以下两种。

　　① 可拆卸连接　可拆卸连接是指相互连接的零件拆卸时不受任何损坏，而且拆卸后还能重新装在一起，如螺纹连接、键连接和销钉连接等，其中以螺纹连接的应用最为广泛。

　　② 不可拆卸连接　不可拆卸连接是指相互连接的零件在使用过程中不拆卸，若拆卸将损坏某些零件，如焊接、铆接及过盈连接等。过盈连接大多应用于轴、孔的配合，可使用压入配合法、热胀配合法和冷缩配合法实现过盈连接。

　　（3）校正、调整与配作

　　在机器装配过程中，特别是单件小批生产条件下，完全靠零件互换法去保证装配精度往往是不经济甚至是不可能的。因此，常常需要进行一些校正、调整和配作工作来保证部装和总装的精度。

① 校正　校正是指产品中相关零、部件相互位置的找正、找平及相应的调整工作，在产品总装和大型机械的基体件装配中应用较多。例如，在卧式车床总装过程中，床身安装水平及导轨扭曲的校正，主轴箱主轴中心与尾座套筒中心等高的校正，溜板移动对主轴轴线平行度的校正以及丝杠两轴承轴线和开合螺母轴线对床身导轨等距的校正等。常用的校正工具有平尺、角尺、水平仪、光学准直仪及相应检具（如检棒和过桥）等。

② 调整　调整指相关零、部件相互位置的具体调节工作，它除了配合校正工作去调节零、部件的位置精度以外，为了保证机器中运动零、部件的运动精度，还用于调节运动副间的间隙，如轴承间隙、导轨副的间隙及齿轮与齿条的啮合间隙等。

③ 配作　配作通常指配钻、配铰、配刮和配磨等，这是装配中附加的一些钳工和机械加工工作，并应与校正调整工作结合起来进行，因为只有经过校正调整以后才能进行配作。其中配刮是零、部件接合表面的一种钳工工作，多用于运动副配合表面的精加工，配刮后可取得良好的接触精度和运动精度。例如，根据导轨副的要求，按床身导轨配刮工作台或溜板的导轨面；根据轴与滑动轴承的配合要求，按轴去配刮轴瓦等。此外，为保证零、部件间的相互位置精度和提高固定接合面的接触刚度，对一些重要的固定连接表面也常采用配刮。但配刮的生产效率较低，工人的劳动强度较大，为此，机器装配中广泛采用以磨代刮的方式，即以配磨代替配刮。配钻和配铰多用于固定连接，是以连接件之一已有的孔为基准，去加工另一件上相应的孔。配钻用于螺纹连接，配铰多用于定位销孔的加工。

（4）平衡

为了防止运转平稳性要求较高的机器在使用中出现振动，在其装配过程中需对有关旋转零、部件（有时包括整机）进行平衡作业。部件和整机的平衡均以旋转体零件的平衡为基础。

在生产中常用静平衡法和动平衡法来消除由于质量分布不均匀所造成的旋转体的不平衡。对于直径较大且长度较小的零件（如飞轮和带轮等），一般采用静平衡法消除静力不平衡。而对于长度较大的零件（如电动机转子和机床主轴等），为消除质量分布不匀所引起的力偶不平衡和可能共存的静力不平衡，则需采用动平衡法。

对旋转体内的不平衡可以采用以下方法进行校正：

① 用补焊、铆接、胶接或螺纹连接等方法加配质量；

② 用钻、铣、磨或锉等方法去除质量；

③ 在预制的平衡槽内改变平衡块的位置和数量（如砂轮静平衡即常用此方法）。

（5）验收试验

机器装配工作完成以后，出厂前还要根据有关技术标准和规定，对其进行比较全面的检验和试验。各类产品的验收内容及方法有着很大差别，以下简要介绍金属切削机床验收试验工作的主要内容。

首先按机床精度标准全面检查机床的几何精度，包括相对运动精度（如溜板在导轨上的移动精度、消极移动对主轴轴线的平行度等）和相互位置精度（如距离精度、同轴度、平行度、垂直度等）两个方面，而相对运动精度的保证又是以相互位置精度为基础的。

几何精度检验合格后进行空运转试验，即在不加负荷的情况下，使机床完成设计规定的各种运动。对变速运动需逐级或选择低、中、高 3 级转速进行运转，在运转中检验液压、气动、冷却润滑系统的工作情况等。

然后进行机床负荷试验，即在规定的切削力、扭矩及功率的条件下使机床运转，在运转中所有机构应工作正常。

最后要进行机床工作精度试验，如对车床检查所车螺纹的螺距精度、外圆的圆度及圆柱度以及所车端面的平面度等。

10.1.2 装配工艺规程设计

（1）制订装配工艺规程的基本要求

① 保证产品的装配质量，并尽量做到以较低的零件加工精度要求来满足装配精度要求。

② 尽量缩短装配周期，力争高生产率。

③ 合理安排装配工序，尽量减少钳工装配的工作量。装配工作中的钳工劳动量是很大的，在机器和仪器制造中，分别占20%和50%以上。所以减少手工劳动量，降低工人的劳动强度，改善装配工作条件，是使装配工作实现机械化和自动化一个急待解决的问题。

④ 尽量减少装配工作所付出的成本在产品成本中所占的比例。

⑤ 装配工艺规程应做到正确、完整、协调、规范。

⑥ 在充分利用本企业现有生产条件的基础上，尽可能采用国内外先进工艺技术。

⑦ 工艺规程中所使用的术语、符号、代号、计量单位、文件格式等，要符合相应标准的规定，并尽可能与国际标准接轨。

⑧ 制订装配工艺规程时要充分考虑安全生产和防止环境污染问题。

（2）制订装配工艺规程的原始资料

① 产品图样及验收技术条件

② 产品的生产纲领　生产纲领不同，生产类型就不同，从而使装配的组织形式、工艺方法、工艺过程的划分及工艺装备的多少、手工劳动的比例均不同。各类生产类型下装配工作的特点、组织形式、方法、工艺过程、工艺装备可参见有关资料。

③ 现有生产条件

（3）制订装配工艺规程的步骤及其内容

① 产品图样分析　通过产品图样分析，了解：产品及其各部分的具体结构；产品及各部件的装配技术要求；设计人员所确定的保证产品装配精度的方法；产品的试验内容、方法等。从而对与制订装配工艺规程有关的一些原则性问题作出决定，诸如采取何种装配组织形式、装配方法及检查和试验方法等。

② 确定装配的组织形式　产品装配工艺方案的制订与装配的组织形式有关。例如，总装、部装的具体划分；装配工序划分时的集中与分散程度；产品装配的运输方式；以及工作地的组织等均与装配的组织形式有关。装配的组织形式要根据生产纲领及产品结构特点来确定。常见的装配组织形式如下。

a. 固定式装配——全部的装配工作在一个固定的工作地进行。装配过程中装配对象的位置不变，装配所需要的零、部件都汇集在工作地附近。其特点是装配周期长，装配面积利用系数低，工人的技术水平要求高。该方式多用于单件小批生产，尤其适用批量不大的笨重产品，如飞机、重型机床、大型发电机等。

b. 移动式装配——装配过程在装配对象的连续或间歇的移动中完成。

③ 装配方法的选择

④ 划分装配单元及规定合理的装配顺序

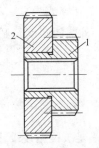

图 10-1　套件
1—小齿轮（基准零件）；
2—大齿轮

a. 装配单元的划分。将产品划分装配单元是制订装配工艺规程时极其重要的一个步骤，对于大批量生产且较复杂的机器尤为重要。只有在合理划分装配单元以后，才能确定装配顺序及划分工序。

ⅰ. 装配单元的划分。装配单元可以是部件、组件，也可以是合件、套件和零件。零件是基本的装配单元。在一个基准零件上，装上一个或若干个零件即构成一个套件，它也可以是若干零件的永久连接（如焊、铆等），其作用是连接相关零件和确定各零件的相对位置。图10-1 所示的双联齿轮即为一个套件。若小齿轮 1 和大齿轮 2 设计成一个整体，而二者之间又不设插齿用的退刀槽，则是无法加工的。为此，采取将大、小齿轮分别加工后套装的方法，在以后的装配中，二者作为一个套件不再分开，其中齿轮 1 为基准零件。

合件一般指少数零件的组合，可形成独立装配单元并作为整体参加装配，如图 10-2 所示。采用的合并加工修配法，是将尾座 2 和尾座底板 3（图 10-2）合二为一，即为一个合件。

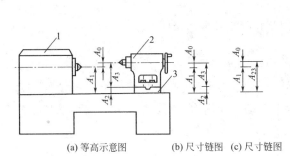

（a）等高示意图　（b）尺寸链图 （c）尺寸链图

图 10-2　卧式车床前后锥孔等高的获得
1—主轴箱；2—尾座；3—尾座底板

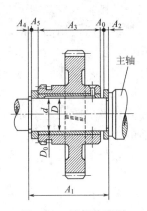

图 10-3　局部装配图

在一个基准零件上，装上若干套件及零件即构成一个组件，其作用与套件基本相同。图10-3 即为一个组件，主轴为基准零件。合件在以后的装配过程中，有时还会进行补充加工；组件一般不进行补充加工，但在以后的装配过程中可能会拆开重装。

在一个基准零件上，装上若干个组件、套件及零件则构成部件，有时允许一个部件只由若干组件和零件构成而没有套件，如车床尾座即为一个部件。

在一个基准零件上，装上若干个部件、组件、套件及零件就成为一台机器。例如，车床就是由主轴箱、尾座、进给箱、溜板箱部件及若干组件、套件、零件所组成，床身为基准零件。有时，某些机器仅由若干部件及零件所构成。

ⅱ. 装配顺序的确定。装配单元划分以后，就可以确定组件、部件及整个产品的装配顺序。首先要选择装配的基准件。基准件可以选一个零件，也可以选比装配对象低一级的装配单元，如部件装配，其装配基准件可以是一个零件，也可以是一个组件。基准件首先进入装配，然后根据装配结构的具体情况，按照先下后上、先内后外、先难后易、先精密后一般、先重后轻的一般规律去确定其他零件或装配单元的装配顺序。合理的装配顺序应在实践中逐步完善。

产品装配单元的划分及其装配顺序的确定，可以通过装配单元系统图直观地表示。图 10-4(a)、（b）分别为部件和机器的装配系统图。对于复杂零、部件数量较多的产品，既要绘制产品的装配系统图，又要绘制部件的装配系统图。若是结构简单、零部件数量很少的产品，如千斤顶、台虎钳之类，只要绘制产品装配系统图即可。

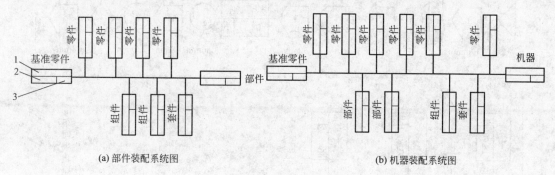

(a) 部件装配系统图　　　　　　　　(b) 机器装配系统图

图 10-4　装配单元系统图
1—名称；2—件号；3—件数

装配单元系统图是用图解来说明产品及各级装配单元的组成和装配程序，从中可了解整个产品的装配过程，它是产品装配的主要技术文件之一。它有助于拟定装配顺序并分析产品结构的装配工艺性。在设计装配车间时可以根据它组织装配单元的平行装配，并按装配顺序合理布置工作地点。

在编制装配单元系统图时，应根据产品的装配图，熟悉每个零件的形状、性能及其装配要求，相互配合零件间的结合方法，以及各级装配单元的组成方法。在分析过程中，要首先找出每一装配单元的基准件和总装配的基准件，以决定该装配单元或整个机器中各个组成元件之间的相对位置，便于确定装配工作从何处开始。

在绘制出装配单元系统图以后，通常还要在此基础上画出装配工艺流程图。该图是用各种符号直观地表示装配对象由投入到产品，经过一定顺序的加工（含清洗、连接、校正、平衡等装配内容）、搬运、检验、停放、储存的全过程。图 10-5 所示为保安器的本体部件装配工艺流程图。该图不仅可用于对装配工艺过程的研究和分析，而且可用之于对过程的指导和改进。

b. 装配顺序的确定。装配单元划分以后，就可以确定组件、部件及整个产品的装配顺序。首先要选择基准件，基准件可以选择一个零件，也可以选择比装配对象低一级的装配单元；基准件首先进入装配，然后根据装配结构的具体情况，按照先下后上、先内后外、先难后易、先精密后一般、先重后轻的一般规律去确定其他零件或装配单元的装配顺序。合理的装配顺序应在实践中逐步完善。

⑤ 划分装配工序　装配顺序确定以后，还要将装配工艺过程划分为若干工序，并确定各个工序的工作内容。

装配工艺过程是由个别的站、工序、工步和操作所组成的。

站是装配工艺过程的一部分，是指在一个装配地点，由一个（或一组）工人所完成的那部分装配工作，每一个站可以包括一个工序，也可以包括数个工序。

工序是站的一部分，它包括在产品任何一部分上所完成组装的一切连续动作。

工步是工序的一部分，在每个工步中，所使用的工具及组合件不变。但根据生产规模的

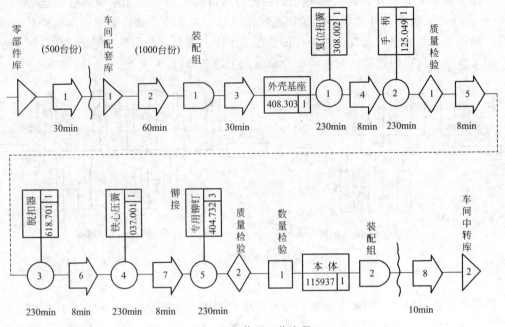

图 10-5 装配工艺流程

不同，每个工步还可以按技术条件分得更详细一些。

操作是指在工步进行过程中（或工步的准备工作中）所做的各个简单的动作。

在安排工序时，必须注意以下几个问题：

a. 前一工序不能影响后一工序的进行；

b. 在完成某些重要的工序或易出废品的工序之后，均应设置检查工序；

c. 在采用流水式装配时，每一工序所需要的时间应该等于装配节拍（或为装配节拍的整数倍）。

划分装配工序和确定其内容所含的工作有：确定装配工序的数量、顺序、工作内容；选择所需的通用和标准工艺装备，以及必要的检查和试验工具等；对专用的工艺装备提出设计任务书。

划分装配工序应按装配单元系统图来进行，首先由套件和组件装配开始，然后是部件以至产品的总装配。装配工艺流程图可以在该过程中一并拟制，与此同时还应考虑到工序间的运输、停放、储存等问题。

⑥ 编制装配工艺文件　在单件小批生产时，通常不需要编制装配工艺过程卡片，而是用装配工艺流程图来代替。装配时，工人按照装配图和装配工艺系统图进行装配。

成批生产时，通常需要制订部件装配及总装配的装配工艺过程卡片。它是根据装配工艺流程图将部件或产品的装配过程分别按照工序的顺序记录在单独的卡片上。卡片的每一工序内应简要地说明该工序的工作内容、所需的设备和工艺装备的名称及编号、时间定额等。

10.2　螺纹连接

螺纹连接是一种可拆卸的紧固连接，它具有结构简单、连接可靠、装拆方便等优点，故在固定连接中应用广泛。螺纹连接可分为普通螺纹连接和特殊螺纹连接两大类。由已标准化的螺栓、螺母或螺钉等螺纹紧固件构成的连接，称为普通螺纹连接；除此以外的由带螺纹的零件构成的螺纹连接，称为特殊螺纹连接。

10.2.1 螺钉（螺栓）连接的几种形式

螺钉（螺栓）的装配形式和应用见表10-1。

表 10-1 螺钉（螺栓）的装配形式和应用

名 称	装配形式简图	应 用
小螺钉的装配	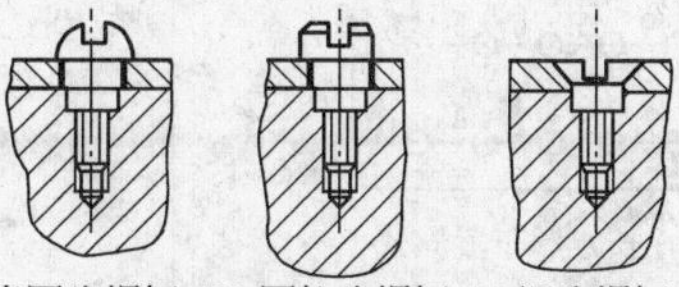 (a) 半圆头螺钉 (b) 圆柱头螺钉 (c) 沉头螺钉	用旋具装卸。用于受力不大的薄板件、轻小件的固定连接
内、外六角螺钉的装配	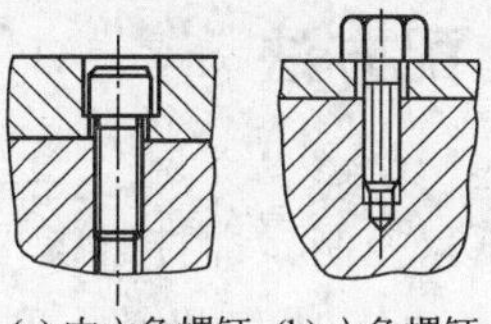 (a) 内六角螺钉 (b) 六角螺钉	内六角螺钉是通过零件孔拧入另一零件，用于外表面平整和不易松动的连接；六角螺钉是通过零件孔拧入另一零件，用于不常拆卸之处
双头螺栓的装配	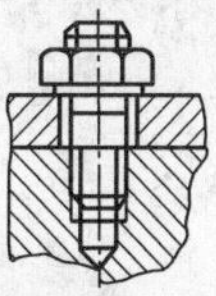	双头螺栓的一端旋入固定件的螺孔，在另一端旋紧螺母而夹紧被连接件，用于被连接件厚度较大和不常拆卸的场合
定位螺栓的装配	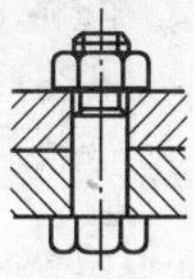	螺栓柱与两零件孔相配合，再拧紧螺母，达到紧固与定位，能承受侧向力，用于有定位要求的连接
自攻螺钉的装配	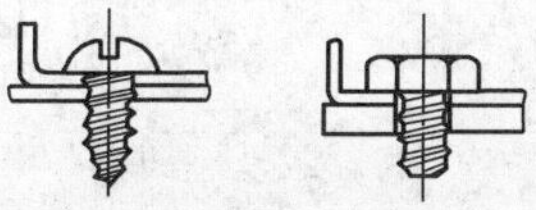 (a) 半圆头自攻螺钉 (b) 六角自攻螺钉	将螺钉直接拧入无螺纹的光孔中，适用于轻金属薄板、胶合板、石棉品等材料
紧定螺钉的装配		通过零件螺纹孔拧入，端部压在另一零件上，用于定位或传递较小的力矩

10.2.2 螺纹连接的装配要求

① 螺栓杆部不应产生弯曲变形，螺面底面与被连接件接触良好。

② 被连接件应均匀受压，互相紧密结合，连接牢固。

③ 使用扭力扳手，用力应均匀，不得使用冲击力。

④ 预紧力要适当，不应过大，亦不应过小。

⑤ 对固定或密封机件的成组螺栓，应先将全部螺母恰好拧贴零件后，再按顺序施加约

1/3 的预紧力，扭转一遍以后，再施加约 1/3 的预紧力拧一遍，如此 3～5 遍，直至旋紧为止。

螺纹连接的拧紧顺序见表 10-2。

表 10-2　螺纹连接的拧紧顺序

简　图	拧紧顺序及要点
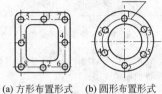 (a) 方形布置形式　(b) 圆形布置形式　(c) 长方形布置形式	（1）拧紧螺母的顺序为 1、2、3、… （2）在一般情况下，应首先依图示预紧一遍，约用预紧力的 80%，然后拧紧 （3）对重要和精密机件的拧紧，应反复预紧多遍，最后方可拧紧 （4）松开顺序应与拧紧顺序相反

10.2.3　有规定预紧力螺纹连接装配方法

（1）力矩控制法

用定力矩扳手（手动、电动、气动、液压）控制，即拧紧螺母达到一定拧紧力矩后，可指示出拧紧力矩的数值或到达预先设定的拧紧力矩时发出信号或自行终止拧紧。图 10-6 所示为手动指针式扭力扳手，在工作时，扳手杆 5 和刻度板 7 一起向旋转的方向弯曲，因此指针尖 6 就在刻度板上指出拧紧力矩的大小。

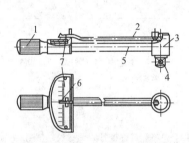

图 10-6　手动指针式扭力扳手

1—手柄；2—长指针；3—柱体；4—钢球；
5—扳手杆；6—指针尖；7—刻度板

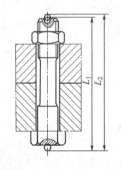

图 10-7　测量螺栓伸长量

力矩控制法的优点是使用方便，力矩值便于校验。缺点是接触面的摩擦因数及材料弹性系数对力矩值有较大影响，误差大。

（2）力矩-转角控制法

先将螺母拧至一定起始力矩（消除接合面间隙），再将螺母转过一固定角度后，扳手停转。由于起始拧紧力矩值小，摩擦因数对其影响也较小。因此，拧紧力矩值的精度较高。但在拧紧时必须计量力矩和转角两个参数，而且参数需事先进行试验和分析确定。

（3）控制螺栓伸长法（液压拉伸法）

如图 10-7 所示，螺母拧紧前，螺栓的原始长度为 L_1，按规定的拧紧力矩拧紧后，螺栓的长度为 L_2，测定 L_1 和 L_2，根据螺栓的伸长量，可以确定拧紧力矩是否准确。

表 10-3 螺纹连接的防松方法

防松方法		简　图	特点和应用
摩擦防松	弹簧垫圈	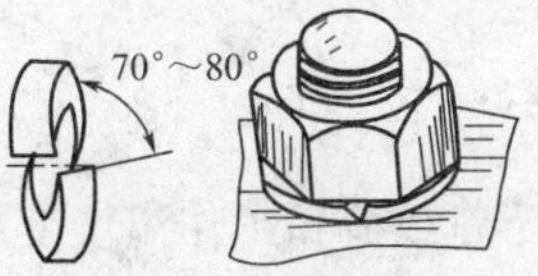	靠压平弹簧垫圈产生的弹力。结构简单，但由于弹力不均，不十分可靠，多用于不十分重要的连接
	对顶螺母	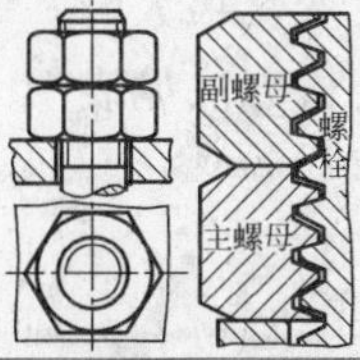	利用螺母拧紧后的对顶作用。重量增大，不甚经济；副螺母采用薄型，拧紧不便。用于低速、重载或较平稳场合
	自锁螺母	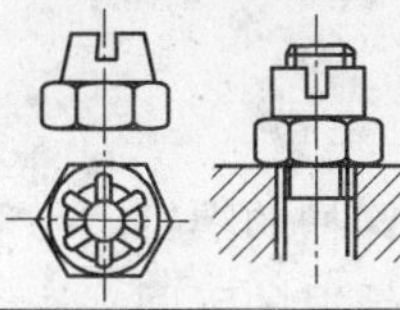	螺母一端非圆形收口或开缝后径向收口，拧紧后胀开，利用旋合螺纹间的弹性。简单可靠，可多次拆卸，能用于较重要的连接
	锁紧垫圈	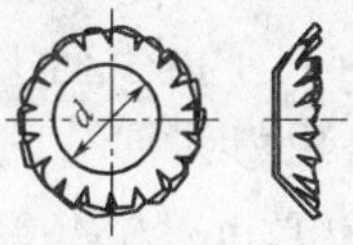	靠压平垫圈翘齿后产生的回弹力。弹力均匀，效果良好。外齿应用较多，内齿用于尺寸较小的钉头下，锥形用于沉孔中。常拆卸或材料较软的连接不宜使用
	嵌入尼龙环	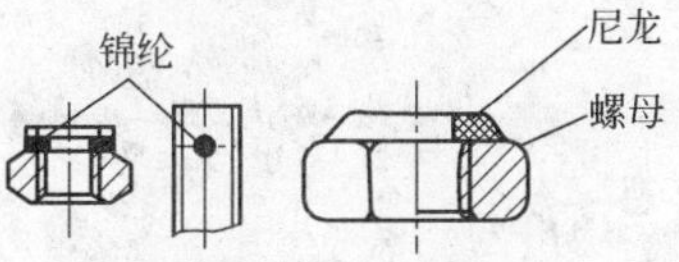	在螺纹旋合处嵌入一锦纶（尼龙）环或块，使该处摩擦力增大。效果良好。用于直径较小的连接
机械防松	开口销与槽形螺母	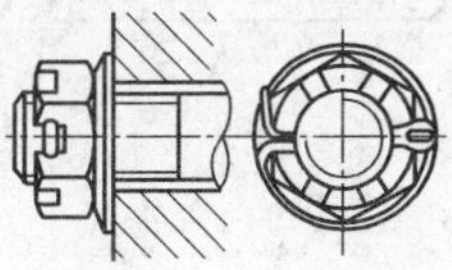	六角槽形螺母配以开口销，防松可靠。螺栓上的销孔位置不易与螺母最佳锁紧位置的槽口吻合，装配较难。用于变载荷、振动和易松之处
	带耳止动垫圈	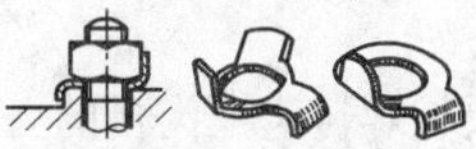	利用单耳或双耳制动垫圈把螺母或钉头锁住。防松可靠。只用于连接部分有容纳弯耳之处
	串联钢丝防松	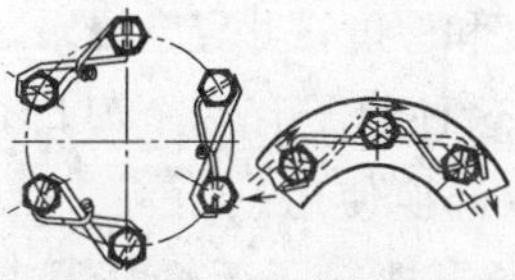	用低碳钢丝穿入一组螺栓头部的专用孔后，使其相互制约。防松可靠，但钢丝的缠绕方向必须正确
	圆螺母与止动垫圈	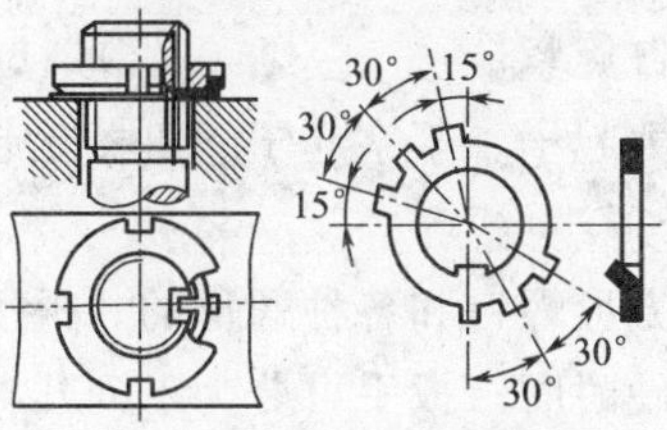	先将垫圈内翘插入螺栓槽中，拧紧螺母后，再将外翘弯入螺母缺口内。防松可靠，但需要在螺栓上加工直槽
铆冲法防松	在螺钉上点铆	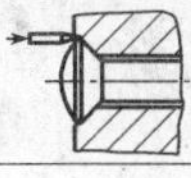	冲点中心在钉头的直径上
	在螺母侧面点铆	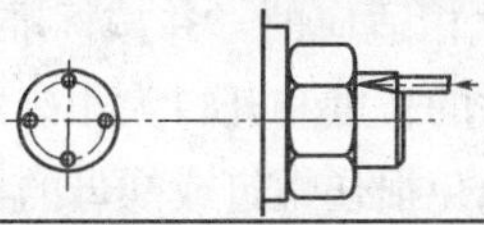	端面冲点，冲点中心在螺纹内径处。用于特殊连接

这种方法常用于大型螺栓，螺栓材料一般采用中碳钢或合金钢。用液压拉伸器使螺栓达到规定的伸长量，以控制预紧力，螺栓不承受附加力矩，误差较小。

10.2.4　螺纹连接的防松方法

螺纹连接一般都有自锁性，在受静载荷和工作温度变化不大时，不会自行松脱。但在冲击、振动或变载荷作用下，以及工作温度变化很大时，螺纹连接就有可能回松。为了保证连接可靠，必须采用防松方法。常用螺纹防松方法见表10-3。

10.2.5　螺纹连接装拆工具

由于螺纹连接的种类很多，所以装配工具也有各种不同的形式，必须根据生产需要进行合理地选择。

（1）起子（旋具）

起子是用来旋紧（或松开）头部带沟槽的螺钉，一般是用碳素工具钢制成的，刀口处进行淬火。起子的种类很多，可根据工作情况的不同来选用。

① 标准起子　如图10-8所示，标准起子由手柄1、刀体2和刀口3组成。根据工作情况的不同，它有不同的规格。它的规格用刀体部分的长度代表。常用的有100mm（4in）、150mm（6in）、200mm（8in）、300mm（12in）及400mm（16in）等。刀口形状有一字形和十字形等形状。

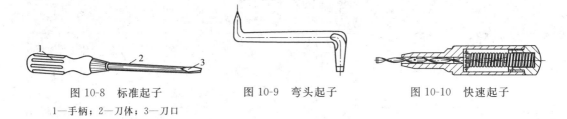

图 10-8　标准起子　　　　图 10-9　弯头起子　　　　图 10-10　快速起子
1—手柄；2—刀体；3—刀口

使用起子时，要注意刀口规格必须与螺钉头上沟槽的大小、形状相符。不能把起子当撬棒或錾子用。修磨起子时要保持起子的宽度和厚度，并经常浸水，以防起子刀口退火，使用时软口。

② 弯头起子　如图10-9所示，这种起子有两个刀口，一端刀口与柄平行，另一端刀口与柄垂直，当空间受到限制时，可以调换使用。

③ 快速起子　如图10-10所示，当把起子手柄压紧时，使它的麻花杆通过来复孔而转动，这样不须用手转动就能把螺钉旋紧。

根据使用情况不同，还有限力起子、丁字起子、机械化起子等。

（2）扳手

扳手是用来旋紧六角形、正方形螺钉和各种螺母的。扳手用工具钢、合金钢或可锻铸铁制成。它的开口处要求光洁和坚硬耐磨。扳手可分为下列几种。

① 开口扳手（呆扳手）

如图10-11所示，主要用来装卸方形和六角形的螺母或螺钉，有单头和双头之分。它的开口尺寸是与螺母或螺钉的对边间距的尺寸相适应的，并按标准尺寸做成一套，常用的有10件一套的双头呆扳手。扳手的规格都是以扳手的长度和开口大小来决定。使用时，必须严格地符合螺钉或螺母的尺寸，以保证旋紧力适当和避免损伤螺钉或螺母的棱角或使扳手打滑。

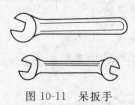

图 10-11　呆扳手

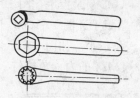

图 10-12　整体扳手

② 整体扳手　如图 10-12 所示，有正方形、六角形和十二角形（梅花扳手）等几种，其中以梅花扳手应用最广，它只要转过 30°，就可改换扳动的方向，所以在狭窄的地方工作比较方便。整体扳手比开口扳手强度高，因为它受力的面积大，使用比较广泛。

③ 活扳手　工作中经常需要很多不同尺寸的扳手，扳手太多时，保存和使用都不方便，故常采用活扳手，如图 10-13 所示，开口的尺寸能在一定范围内调节。它的规格很多，按长度有 100mm（4in）、150mm（6in）、200mm（8in）、250mm（10in）、300mm（12in）、375mm（15in）、450mm（18in）及 600mm（24in）等几种；按钳口的最大尺寸有 14mm、19mm、24mm、30mm、36mm、46mm、55mm、65mm 等几种，工厂中习惯用英寸叫法，如 3″、4″、6″、8″、10″、12″、14″、18″活扳手等。

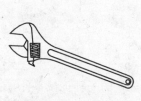

图 10-13　活扳手

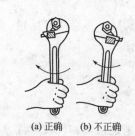

(a) 正确　(b) 不正确

图 10-14　活扳手的使用

活扳手使用时应让固定钳口受主要作用力，如图 10-14 所示，否则，会损坏扳手。钳口的尺寸应适合螺钉或螺母的尺寸，否则会扳坏。不同规格的螺钉或螺母应选用不同规格的活络扳手，不能把管子接头接在扳手上。活扳手的效率不高，不够精确，活动钳口容易歪斜，往往会损坏螺钉或螺母，除修理时应用外，一般最好不选用它。

④ 套筒扳手　在螺钉或螺母用普通扳手无法装拆或为了节省装拆时间时采用，如图 10-15 所示。它由一套尺寸不等的扳手组成。

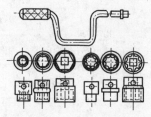

图 10-15　成套套筒扳手

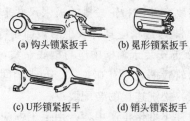

(a) 钩头锁紧扳手　(b) 冕形锁紧扳手

(c) U形锁紧扳手　(d) 销头锁紧扳手

图 10-16　锁紧扳手

⑤ 锁紧扳手　锁紧扳手用在圆螺母上，如图 10-16 所示。在圆螺母的边缘或平面上开槽或钻孔，以便用锁紧扳手锁紧。

钩头锁紧扳手 ［图 10-16(a)］，用来锁紧圆螺母。

冕形与 U 形锁紧扳手 [图 10-16(b)、(c)]，用来锁紧在平面开槽或钻孔的螺母。

销头锁紧扳手 [图 10-16(d)]，用来锁紧在圆柱上钻孔的螺母。

⑥ 内六角扳手　如图 10-17 所示，用于旋紧内六角螺钉。此种扳手是成套的，可旋紧或旋出 M3～M24 的内六角螺钉。根据螺纹规格，可采用不同的内六角扳手。

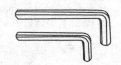

图 10-17　内六角扳手

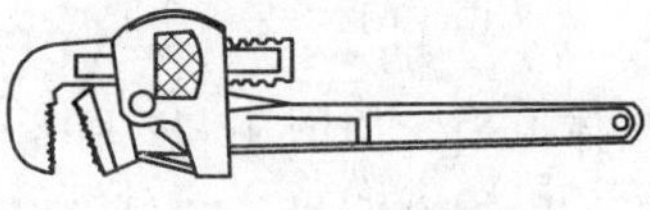

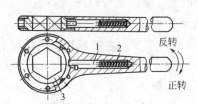

图 10-19　棘轮扳手

1—棘爪；2—弹簧；3—内六角套筒

⑦ 管子钳　如图 10-18 所示，装卸管子等要用管子钳。

⑧ 棘轮扳手　如图 10-19 所示，用于在狭窄的地方装卸螺钉或螺母。这种扳手只要摆动的角度不小于 20°时，就能旋紧螺钉或螺母。工作时，正转手柄，棘爪就在弹簧的作用下进入内六角套筒的缺口内，套筒便跟着转动；反转时，棘爪就从套筒缺口的斜面上滑过去，因此螺母（或螺钉）不会随着反转。当需要扳手松开螺钉或螺母时，可以把它翻转过来，用另一面进行工作。

图 10-18　管子钳

10.3　键连接

键是用来连接轴和旋转套件（如齿轮、带轮、联轴器等）的一种机械零件，主要用于周向固定以传递转矩。它具有结构简单、工作可靠、装拆方便等优点，因此得到了广泛应用。

10.3.1　松键连接装配

松键连接所采用的键有普通平键、导向平键、半圆键 3 种。它们的特点是靠键的侧面来传递转矩，只能对轴上零件作周向固定，不能承受轴向力。如需轴向固定，则需附加紧定螺钉或定位环等定位零件。松键连接的对中性好，在高速及精密的连接中应用较多。

（1）松键连接的装配技术要求

① 保证键与键槽的配合要求。由于键是由精拔型钢制造的标准件，键与键槽的配合性质是靠改变轴槽和轮毂槽的极限尺寸来得到的。

② 键与键槽应具有较小的表面粗糙度参数值。

③ 键安装于轴槽中应与槽底贴紧，键长方向与轴槽长应有 0.1mm 的间隙。键的顶面与套件的轮毂槽之间有 0.3～0.5mm 的间隙，如图 10-20 所示。

（2）松键连接的装配要点

单件小批量生产中，常用手工锉配，其要点如下。

① 键与键槽不允许有毛刺，以防配合后有较大的过盈而影响配合的正确性。

② 对重要的键连接，装配前应检查键的直线度误差以及键槽对轴线的对称度和平行度误差等。

③ 对普通平键和导向平键，可用键的头部与轴槽锉配，其松紧程度应能达到配合要求。

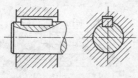

图 10-20 普通平键连接

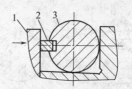

图 10-21 用台虎钳将键压入键槽

1—台虎钳；2—普通平键；3—轴

④ 锉配键长应与轴槽保持 0.1mm 的间隙。

⑤ 键连接在装配时要加润滑油，装配后的套件在轴上不允许有周向摆动。

（3）松键连接的装配

① 普通平键连接的装配

a. 清除键和键槽各表面上的毛刺和杂物。

b. 锉配键长和键头，使之符合键槽要求。

c. 清洗各配合面，加润滑油后可将键敲入（用铜棒避免将键面敲毛，禁止用铁锤敲打）或用台虎钳压入键槽内，如图 10-21 所示。

d. 试配并安装旋转套件的轮毂槽时，键的上表面应留有间隙，套件在轴上不允许有周向摆动，否则在机器工作时会引起冲击或振动。

② 导向平键连接的装配

a. 清除键与键槽上的毛刺和杂物等。

b. 锉配键长与键头，保证与键槽配合符合要求。

c. 清洗键与键槽配合面，加润滑油后将键压入键槽内。

d. 用夹头（C 形夹头或平行夹头）将键和轴夹紧。在键和轴上配钻螺钉孔，攻螺纹，并用紧定螺钉固定，如图 10-22 所示。

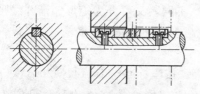

图 10-22 导向平键的连接

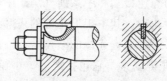

图 10-23 半圆键的连接

e. 试配安装套件，要求套件在轴上沿轴向滑动灵活，径向无摆动现象。

③ 半圆键连接的装配

a. 清洗键和键槽内的毛刺和杂物等。

b. 锉配半圆键，使之符合配合要求。

c. 清洗配合面，加润滑油后将半圆键压入键槽，将套件装到轴上。

d. 加垫圈，用螺母将套件压紧，如图 10-23 所示。

10.3.2 紧键连接装配

紧键连接又叫普通楔键连接，楔键的上表面和与它相接触的轮毂槽底面，均有 1：100 的斜度，键的两侧与键槽间有一定的间隙。装配时，将键打入而构成紧键连接，传递转矩和承受单向轴向力。紧键连接的对中性较差，如图 10-24、图 10-25 所示，多用于对中性要求

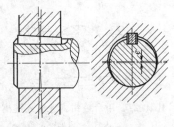

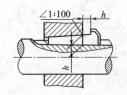

图 10-24　普通楔键连接　　　　　　　　图 10-25　钩头楔键连接

不高和转速较低的场合。

（1）紧键连接的装配技术要求

① 楔键的斜度一定要与轮毂槽的斜度一致，否则套件会发生歪斜。

② 楔键与槽的两侧应留有一定的间隙。

③ 对于钩头楔键，不能使钩头紧贴套件的端面，必须留出一定的距离 h，如图 10-25 所示，以便拆卸。

（2）紧键连接装配要点

装配楔键时，要用涂色法检查楔键上下表面与轴槽、轮毂槽的接触情况，接触率应大于 65%。若发现接触不良，可用锉刀或刮刀修整键槽。合格后，把楔键用木锤或铅、铝、紫铜锤轻敲入键槽，直至套件的周向、轴向都紧固可靠为止。

10.3.3　花键连接装配

花键连接的特点是多齿同时工作，轴的强度较高，承载能力高，传递转矩大，对中性及导向性好。但制造成本高，适用于载荷大和同轴度要求较高的连接中，在机床及汽车中应用较多。

按工作方式，花键有静连接和动连接两种；按受载情况规定有两个系列：轻系列（用于轻载荷的静连接）和中系列（用于中等载荷）；按齿廓不同，又可分为矩形、渐开线形和三角形 3 种花键。其中矩形花键的齿廓是直线，故容易制造，目前采用较多。

（1）矩形花键连接的结构特点

① 花键要素　它包括键数、小径、大径和键宽等。按国标 GB/T 1144—2001 关于矩形花键基本尺寸系列规定，键数 N 为偶数，有 6、8、10 这 3 种，按小径 d 来确定键数多少。键宽 B 为键或槽的基本尺寸，如图 10-26、图 10-27 所示。

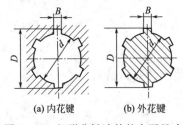

（a）内花键　　　（b）外花键

图 10-26　矩形花键连接的主要尺寸

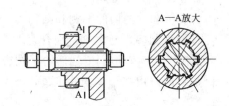

图 10-27　矩形花键连接

② 定心方式　按国标 GB/T 1144—2001 的规定，矩形花键的定心方式为小径定心。其优点为定心精度高，定心稳定性好，能用磨削方法消除热处理变形，定心直径尺寸公差和位置公差都能获得较高的精度。

③ 矩形花键的配合 花键配合包括定心直径与轴的小径配合、非定心直径（大径 D）与轴的外径配合以及键宽的配合。根据配合精度要求和连接的松紧来确定，详见有关手册。

④ 矩形花键连接的标记 矩形花键规格的标记为 $N \times d \times D \times B$，即键数×小径×大径×键宽。例如，$6 \times 23 \times 26 \times 6$ 表示花键的键数为 6，小径、大径和键宽的基本尺寸分别为 23mm、26mm 和 6mm。在需要表明花键连接的配合性质时，按 GB/T 1144—2001 还应该在其基本尺寸后加注配合代号。例如：

内花键为　$6 \times 23H7 \times 26H10 \times 6H11$

外花键为　$6 \times 23f6 \times 26b11 \times 6d10$

装配图上的矩形花键标注如：$6 \times 23 \dfrac{H7}{f6} \times 26 \dfrac{H10}{b11} \times 6 \dfrac{H11}{d10}$

（2）花键连接的装配要点

由于花键副的精度都在热处理后由磨削达到规定要求，故装配时一般不允许钳工修刮配合面。其装配要点如下。

① 静连接花键副，应保证配合后有少许的过盈量。装配时可用铜棒轻轻打入，但不得过紧，否则会拉伤配合表面。对于过盈较大的配合，可将套件加热至 80～120℃ 再进行装配。

② 动连接花键副，应保证精确的间隙配合。总装前应先进行试装，须能周向调换键齿的配合相位，各相位沿轴向移动时应无阻滞现象，滑动自如，但不可过松。允许选择最好的配合相位进行装配。

③ 装配后的花键副，应检查花键轴的轴线与被连接零件的同轴度和垂直度误差。

10.4　销连接

定位销主要用来固定两个（或两个以上）零件之间的相对位置，如图 10-28(a)、(b) 所示；用于连接零件的连接销，如图 10-28(c) 所示；还有安全销可作为安全装置中的过载剪断元件，如图 10-28(d) 所示。

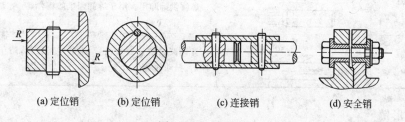

(a) 定位销　　(b) 定位销　　(c) 连接销　　(d) 安全销

图 10-28　销连接

销的结构简单，装拆方便，在各种固定连接中应用很广，但只能传递不大的载荷。

10.4.1　销的类型

销可分为普通圆柱销、圆锥销及异形销等（如轴销、开口销、槽销等）。大多数销用 35 钢、45 钢制造，其形状和尺寸都已标准化、系列化。

（1）圆柱销

圆柱销依靠少量过盈固定在孔中，用以固定零件、传递动力或做定位元件。圆柱销的种类及应用范围见表10-4。

表 10-4　圆柱销的种类及应用范围

种　类	结　构　形　式	应　用　范　围
普通圆柱销 (GB/T 119)	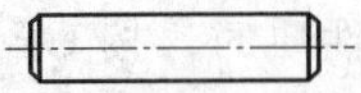	直径公差带有 u8、m6、h8 和 h11 4 种,以满足不同使用要求。主要用于定位,也可用于连接
内螺纹圆柱销 (GB/T 120)		直径公差带只有 m6 一种,内螺纹供拆卸用有 A、B 两型,B型有通气平面用于盲孔
外螺纹圆柱销 (GB/T 878)	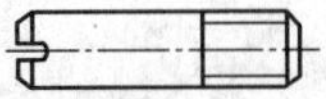	直径的公差带较大,定位精度低。用于精度要求不高的场合
弹性圆柱销 (GB/T 879)	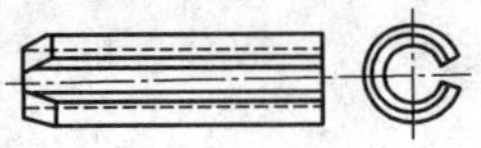	具有弹性,装入销孔后与孔壁压紧,不易松脱,销孔精度要求较低,互换性好,可多次装拆。刚性较差,适用于有冲击、振动的场合,但不适于高精度定位

(2) 圆锥销

圆锥销具有 1∶50 的锥度,定位准确,装拆方便,在横向力作用下可保证自锁,一般多用作定位,常用于要求多次装拆的场合。圆锥销以小头直径和长度代表其规格,钻孔时按小头直径选用钻头。圆锥销的种类及应用范围见表 10-5。

表 10-5　圆锥销的种类及应用范围

种　类	结　构　形　式	应　用　范　围
普通圆锥柱销 (GB/T 117)	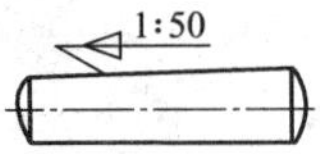 1∶50	主要用于定位,也可用于固定零件,传递动力。多用于经常装拆的场合
内螺纹圆锥销 (GB/T 118)	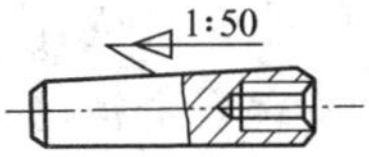 1∶50	螺纹供拆卸用。内螺纹圆锥销用于盲孔
螺尾圆锥销 (GB/T 881)	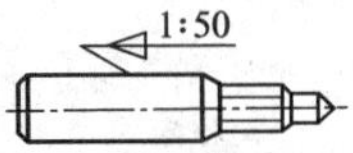 1∶50	螺纹供拆卸用。用于拆卸困难的场合
开尾圆锥销 (GB/T 887)	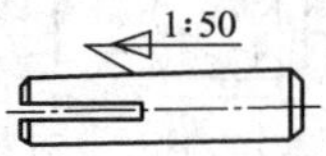 1∶50	开尾圆锥销打入销孔后,末端可稍张开,防止松脱,用于有冲击、振动的场合

(3) 异形销

异形销的种类及应用范围见表 10-6。

10.4.2　销连接装配

(1) 销的连接装配

① 圆柱销连接装配　圆柱销与销孔的配合全靠少量的过盈,以保证连接或定位的紧固性和准确性。故一经拆卸失去过盈就必须调换。圆柱销装配时,为保证两销孔的中心重合,一般都将两销孔同时进行钻铰,其表面粗糙度值要求在 $Ra1.6\mu m$ 或更小,如图10-29所示。

表 10-6 异形销的种类及应用范围

种 类	结构形式	应用范围
直槽销 (GB/T 13829.1)	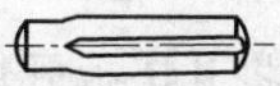	全长具有平行槽,端部有导杆和倒角两种,销与孔壁间压力分布较均匀。用于有严重振动和冲击载荷的场合
中心槽销 (GB/T 13829.1)		销的中部有短槽,槽长有 1/2 全长和 1/3 全长两种,用作心轴,将带毂的零件固定在短槽处
锥槽销 (GB/T 13829.2)	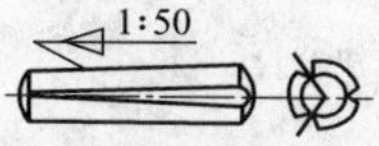 1:50	沟槽成楔形,有全长和半长两种,作用与圆锥销相似,销与孔壁间压力分布不均,应用范围与圆锥销相同
半长倒锥槽销 (GB/T 13829.2)	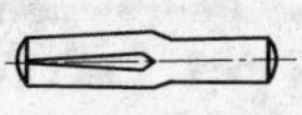	半长为圆柱销,半长为倒锥槽销。用作轴杆
有头槽销 (GB/T 13829.3)	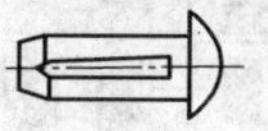	有圆头和沉头两种。可代替螺钉、抽芯铆钉,用以紧定标牌、管夹子等
轴销 (GB/T 882)	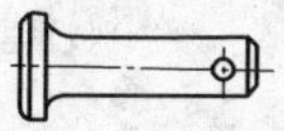	孔中用开口销锁定,拆卸方便,用于铰接
带孔销 (GB/T 880)	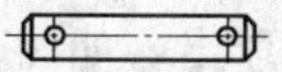	孔中用开口销锁定,拆卸方便,用于铰接
开口销 (GB/T 91)	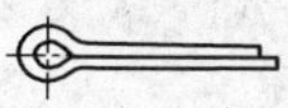	工作可靠,拆卸方便。用于锁定其他紧固件(如槽形螺母、销轴等)
开口销 (Q/ZB 196)	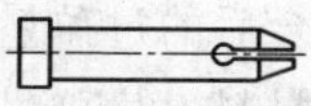	用于尺寸较大处
安全销	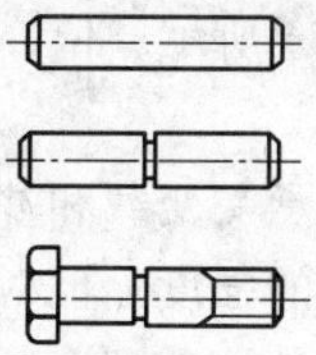	结构简单、形式多样。必要时可在销上切出圆槽。为防止断销时损坏孔壁,可在孔内加销套 用于传动装置和机器的过载保护,如安全联轴器等的过载剪断元件

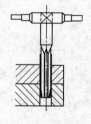

图 10-29 铰销孔

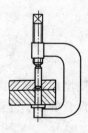

图 10-30 用 C 形夹头装配销子

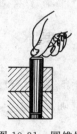

图 10-31 圆锥销的装配

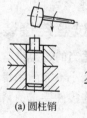

(a) 圆柱销　(b) 圆锥销

图 10-32 普通销的拆卸

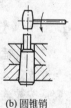

　　装配时在销子上涂油,用铜棒垫在销子端面上,把销子打入孔中。也可用 C 形夹头把销子压入孔内,如图 10-30 所示,压入法销子不会变形,工件间不会移动。过盈配合的圆柱销,一经拆卸就应更换新销子。

　　② 圆锥销连接装配　装配时,被连接或定位的两销孔也应同时钻铰,但必须控制好孔

径大小。一般用试装法测定，即能用手将圆锥销塞入孔内 80％ 左右为宜，如图 10-31 所示。销子装配时用铜锤打入。锥销的大端可稍露出或平于被连接件表面。锥销的小端应平于或缩进被连接件表面。

③ 开尾圆锥销连接装配　开尾圆锥销敲入孔中后，将开尾扳开以防止振动时脱落。

（2）销的拆卸

① 拆卸普通圆柱销和圆锥销时，可用锤子敲出（圆锥销从小端向外敲出），如图 10-32 所示。

② 有螺尾的圆锥销可用螺母旋出，如图 10-33（a）所示。

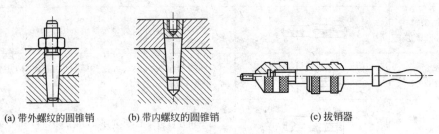

(a) 带外螺纹的圆锥销　　(b) 带内螺纹的圆锥销　　　　(c) 拔销器

图 10-33　有螺纹圆锥销的拆卸

③ 拆卸带内螺纹的圆柱销和圆锥销时，可用拔销器取出，如图 10-33 （b）、（c）所示。

10.5　过盈连接

过盈连接是依靠包容件（孔）和被包容件（轴）配合后的过盈量，来达到紧固连接的目的。装配后，轴的直径被压缩，孔的直径被扩大，由于材料发生弹性变形，在包容件和被包容件配合表面产生压力，如图 10-34 所示。依靠此压力产生摩擦力来传递转矩和轴向力。

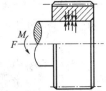

过盈连接结构简单，同轴度高，承载能力强，并能承受变载和冲击力，还可避免配合零件由于切削键槽而削弱被连接零件的强度。但对配合表面的加工精度要求较高，装配和拆卸较困难。过盈连接的配合表面有圆柱、圆锥或其他形式。

图 10-34　过盈连接

10.5.1　过盈连接装配技术要求

（1）有适当的过盈量

过盈量太小不能满足传递转矩的要求，过盈量过大则增加装配难度。因此，配合后的过盈量是按被连接件要求的紧固程度确定的。一般应选择配合的最小过盈量 Y_{min} 小于连接所需的最小过盈量。

（2）有较高的配合表面精度

配合表面应有较高的形状、位置精度和较小的表面粗糙度参数值。装配时，注意保持轴孔的同轴度。以保证有较高的对中性。

（3）有适当的倒角

为了便于装配，孔端和轴的进入端应有倒角 $\alpha=5°\sim10°$，如图 10-35 所示，图中数值 a 和 A 视直径 d 的大小而定，可取 $a=0.5\sim3\text{mm}$，$A=1\sim3.5\text{mm}$。

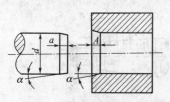  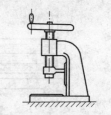

图 10-35　过盈连接进入端的倒角　　图 10-36　用锤子加垫块敲击压入　　图 10-37　螺旋压力机压入

10.5.2　过盈连接的装配方法

（1）圆柱面过盈连接的装配

按孔和轴配合后产生的过盈量，可采用压入、热胀或冷缩法装配。选用热胀法和冷缩法可比压入法多承受 3 倍的转矩和轴向力，且不需另加紧固件。

① 压入法　当配合尺寸较小和过盈量不大时，可选用在常温下将配合的两零件压到配合位置的压入法。

a. 用锤子加垫块敲击压入，如图 10-36 所示。这种方法简单，但导向性不好，容易发生歪斜。适用于 H/m、H/h、H/j、H/js 等过渡配合或配合长度较短的连接件。此法多用于单件生产。

b. 螺旋压力机压入，如图 10-37 所示。

c. 螺旋 C 形夹头压入，如图 10-38 所示。

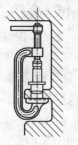  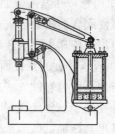

图 10-38　螺旋 C 形夹头压入　　图 10-39　齿条压力机压入　　图 10-40　气动杠杆压力机

d. 齿条压力机压入，如图 10-39 所示。

用上述 3 种设备进行压合时，其导向性比敲击压入好，适用于压装过渡配合和较小过盈量的配合，如小型轮圈、轮毂、齿轮、套筒和一般要求的滚动轴承等。此法也多用于小批量生产。

e. 气动杠杆压力机压入，图 10-40 所示为气动杠杆压力机，其压力范围为 10～10000kN，再配上适当的夹具可提高压合的导向性。这种方法适用于装配过盈配合的连接件，如车轮、飞轮、齿圈、轮毂、连杆衬套、滚动轴承等。此法多用于成批生产中。

② 热胀法　热胀法又称红套法，它是利用金属材料热胀冷缩的物理特性进行装配的。其工艺是：在具有过盈配合的两零件中，先将包容件（孔）加热，使之胀大，然后将被包容件（轴）装入到配合位置，待冷缩后，配合件就形成能传递轴向力、转矩或轴向力与转矩同时存在的结合体。

热胀法的加热方式，应根据套件尺寸的大小而定，如一般中、小型零件加热，可在燃气炉或电炉中进行，有时也可浸在热水（80～100℃）或热油（90～320℃）槽中加热，如图 10-41 所示。对于大型零件加热，则可用感应加热器等。

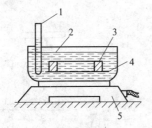

图 10-41　热胀法的加热方式
1—温度计；2—水（油）槽；3—包容件；
4—金属网；5—电炉（或火炉）

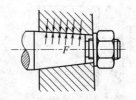

图 10-42　靠螺母压紧的
圆锥面过盈连接

③ 冷缩法　冷缩法是将被包容件用冷却剂冷却使之缩小，再把被包容件装入到配合位置的过程。如小过盈量的小型配合件和薄壁衬套等，均可采用干冰冷缩（可冷至-78℃），操作比较简便。对于过盈量较大的配合件，如发动机连杆衬套等，可采用液氮冷缩（可冷至-195℃），其冷缩时间短，生产率较高。

冷装法与热装法相比，收缩变形量较小，因而多用于过渡配合，有时也用于过盈配合。加热包容件或冷却被包容件所需加热或冷却的温度可参照有关公式计算获得。

（2）圆锥面过盈连接装配

圆锥面过盈连接是利用轴和孔产生相对轴向位移互相压紧而达到过盈连接的目的。它的特点是压合距离短，装拆方便，装拆时配合面不易擦伤，可用于多次装拆的场合，但其配合表面的加工较困难。常用的装配方法有以下两种。

① 用螺母压紧圆锥面的过盈连接　如图 10-42 所示。这种连接多用于轴端部位，拧紧螺母可使配合面压紧形成过盈连接，配合面的锥度通常可取 1∶30～1∶8。采用这种连接方法多应用于传递中、小转矩和经常拆卸的场合。

② 液压装拆的圆锥面过盈连接　这种连接方法如图 10-43 所示，有 3 种结构。装配时，用高压油泵由包容件（或被包容件）上的油孔和油槽压入配合面，使包容件内径胀大，被包容件外径缩小。与此同时，施加一定轴向力，使孔轴互相压紧。当压紧至预定的轴向位置后，排出高压油，即形成过盈连接。同理，也可利用高压油来拆卸这种连接，不过施加的轴向力方向应与压紧时相反。

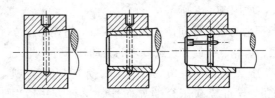

图 10-43　液压装拆的圆锥面过盈连接

利用液压装拆过盈连接时，不需很大的轴向力，配合面也不易擦伤。但对配合面接触精度要求较高，工艺要求严格，并需要高压油泵等专用设备。这种连接多用于承受较大载荷且需要多次装拆的场合，尤其适用于大、中型连接件。

10.5.3　过盈连接的装配要点

（1）注意清洁度

在装配前，要十分注意配合件的清洁度，若用加热或冷却法装配时，配合件经加热或冷却后，配合面还要擦拭干净。

（2）注意润滑

若采用压装时，在压合前，配合表面必须用油润滑，以免压入时擦伤配合表面。压入过程应连续，速度不宜太快，通常用 $2\sim4$mm/s，并需准确控制压入行程。压装时，还要用 $90°$ 角尺检查轴孔的中心线的位置是否正确，以保证同轴度要求。

（3）注意过盈量和形状误差

对于细长的薄壁件，要特别注意检查其过盈量和形状误差，装配时最好垂直压入，以防变形，压入速度也不宜过快。

（4）用液压装拆过盈连接时的工艺要点

① 相配合的接触表面积应大于80%，并且要均匀。装配前应清洗配合表面，涂上经过过滤的轻质润滑油。

② 对圆锥面连接件应严格控制压入行程，公差一般为 ±0.20mm。

③ 开始压入时速度应很小，并压到规定值而行程尚未达到时，稍停压入，待包容件逐渐扩大后，继续压入到规定行程。

④ 行程到达后，应先消除径向油压，再消除轴向油压，以避免包容件弹出而造成事故。拆卸时也应注意防止此类事故。

10.6 铆接

用铆钉连接两个或两个以上的工件叫铆接。铆接是板件连接的方法之一，目前在很多钢结构连接中，铆接已逐渐为焊接工艺所代替。但因铆接有使用方便、工艺简单和连接可靠等特点，所以在桥梁、机车、船舶制造等方面仍有较多的使用。

铆接过程是将铆钉插入被铆接工件孔内，并把铆钉头紧贴工件表面，然后将铆钉杆的一端镦粗而成为铆合头，如图 10-44 所示。

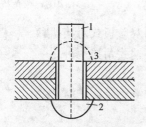

图 10-44 铆接过程
1—铆钉杆；2—铆钉头；3—铆合头

图 10-45 活动铆接
1—铆钉；2—垫圈；3—卡脚

10.6.1 铆接种类

（1）按使用要求不同分类

① 活动铆接（铰链铆接） 活动铆接的结合部位可以相互转动。如钢丝钳、卡钳、刀口钳等工具的铆接，如图 10-45 所示。

② 固定铆接 固定铆接的结合部位是固定不动的。根据其用途和要求不同，还可分为

以下几种。

a. 强固铆接（坚固铆接）。用于结构需要有足够强度，承受强大作用力的地方。如桥梁、车辆、建筑屋架等。

b. 紧密铆接。用于低压容器装置，以及各种气体、液体管路装置。这种铆钉只能承受很小的均匀压力，但对接缝处要求非常严密，以防止渗漏。如气筒、水箱、油箱等。铆接的铆钉大而排列密，铆缝中常夹有橡皮或其他填料。

c. 强密铆接（坚固紧密铆接）。用于高压容器装置，这种铆接不但能承受很大的压力，而且要求接缝处非常紧密，即使在较大压力下，液体或气体也保持不渗漏。如蒸汽锅炉、压缩空气罐等。

（2）按铆接方法不同分类

① 冷铆　铆接时，铆钉不需加热，直接镦出铆合头。因此铆钉的材料必须具有较高的塑性。直径在 8mm 以下的钢制铆钉都可用冷铆方法铆接。

② 热铆　把整个铆钉加热到一定温度，然后再铆接。因铆钉受热后塑性好，容易成形，并且冷却后铆钉杆收缩，更加大了结合强度。热铆时，要把铆钉孔直径放大 0.5～1mm，使铆钉在热态时容易插入。直径大于 8mm 的钢铆钉多用热铆。

③ 混合铆　在铆接时，只把铆钉的铆合头端部加热。对于细长的螺钉，常采用这种方法，以避免铆接时铆钉杆弯曲。

10.6.2　铆接形式

① 搭接连接　它是铆接中最简单的连接形式。可分为两块平板搭接［图 10-46(a)］和一块板先折边后搭接［图 10-46(b)］两种。

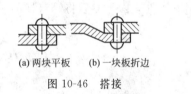 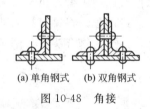

(a) 两块平板　(b) 一块板折边　　(a) 单盖板式　(b) 双盖板式　　(a) 单角钢式　(b) 双角钢式

　　图 10-46　搭接　　　　　　图 10-47　对接　　　　　　图 10-48　角接

② 对接　如图 10-47 所示。对接分为单盖板式对接和双盖板式对接两种。

③ 角接　如图 10-48 所示。角接分为单角钢式和双角钢式角接两种。

10.6.3　铆接工具

（1）手锤

常用的铆接手锤有圆头和方头。它与钳工常用的圆头手锤不同的是：锤身长而略带弯形。这种手锤对铆接箱盒里角处，比锤身直的手锤更便于施力敲打。手锤的大小应根据铆钉直径的大小来选用。通常使用 250～500g 重的手锤。

（2）压紧冲头

当铆钉插入铆钉孔后，用压紧冲头（图 10-49）将被铆合的板件相互压紧。

（3）罩模和顶模

罩模（图 10-50）和顶模（图 10-51）的工作部分大多都制成半圆形的凹球面，用于铆接半圆头铆钉，也可按平头铆钉的头部制成凹形，用于铆接平头铆钉。罩模、顶模按标准加

图 10-49　压紧冲头

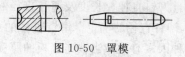

图 10-50　罩模

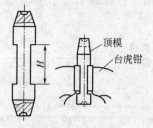

图 10-51　顶模

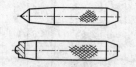

图 10-52　铆接空心铆钉用冲头

工经淬火后抛光。

罩模用于铆接时做出完整的铆合头。柄部常制成圆柱形。顶模用于铆接时顶住铆钉的头部，以便进行铆接工作，而不损伤铆钉头。其柄部常制成有两个互相平行的平面，以便在台虎钳上夹持稳固，铆接时锤击有力。

（4）铆接空心铆钉用冲头

如图 10-52 所示，铆接空心铆钉用冲头两个一组，一个制造成顶尖形的，另一个制造成带圆凸形冲头。

10.6.4　铆钉

（1）铆钉的种类和应用

① 按铆钉形状分　常用的有半圆头、沉头、平头、半圆沉头和空心铆钉等。

② 按用途分　有锅炉、钢结构和皮带等铆钉。

③ 按材料分　有钢质、铜质（紫铜或黄铜）和铝质铆钉等。铆钉材料应具有一定的韧性和塑性（特别是冷铆用的钢质铆钉）。铜或铝铆钉材料还应具有极高的纯度，以保证具有良好的塑性。

铆钉的种类及应用见表 10-7。

表 10-7　铆钉的种类及应用

名　称	简　图	应　用
平头铆钉		这种铆钉铆接方便，应用广泛，常用于一般无特殊要求的铆接中。如铁皮箱盒、防护罩壳及其他接合件中
半圆头铆钉		这种铆钉应用也很广泛，对钢结构的屋架、桥梁和车辆、起重机等，常用这种铆钉
沉头铆钉		应用于框架等制品表面要求平整的地方，如铁皮箱柜的门窗以及有些手工具等
半圆沉头铆钉		用于表面粗糙、不容易滑跌的地方，如踏脚板和走路梯板等
管子空心铆钉		用于在铆接处有空心要求的地方，如电气部件的铆接等
皮带铆钉		常用于铆接机床制动带以及铆接毛毡、橡皮、皮革等制件中

（2）铆钉直径、长度及通孔直径的确定

① 铆钉直径的确定　铆钉直径的大小与被连接板的厚度、连接形式以及被连接板的材料等多种因素有关。当被连接板的厚度相同时，铆钉直径等于板厚的 1.8 倍；当被连接板材厚度不同，搭接连接时，铆钉直径等于最小板厚的 1.8 倍。标准铆钉直径可在计算后按表 10-8 所示的直径选用。

表 10-8　标准铆钉直径及钉孔直径　　mm

铆钉直径		2	2.5	3	3.5	4	5	6	8	10	12	14	16	18	20	22	24	27	30	36
钉孔直径	精装配	2.1	2.6	3.1	3.6	4.1	5.2	6.2	8.2	10.3	12.4	14.5	16.5							
	粗装配							6.5	8.5	11	13	15	17	19	21.5	23.5	25.5	28.5	32	38

② 铆钉长度的确定　铆接时铆钉所需的长度应等于铆接件（板料）的总厚度与铆钉伸出长度之和。铆钉杆的伸出长度必须合适，过长或过短都会造成铆接废品。

铆钉长度的确定可参照表 10-9 所列计算选定。

表 10-9　铆钉长度的计算　　mm

铆钉直径 d	简　　图	铆钉长度 L	铆头直径 D	铆头高度 h
2～3		$1.4d+S$		
3.5～4.0		$1.3d+S$	$(1.5\pm0.1)d$	$0.4d$
5～6		$1.2d+S$	$(1.45\pm0.1)d$	

10.6.5　铆接方法

（1）半圆头铆钉的铆接

铆接半圆头铆钉的操作：在被铆工件上划线钻孔，用锪钻或钻头在孔口倒角，然后插入铆钉，把铆钉圆头放在顶模上，用压紧冲头镦紧板料 [图 10-53（a）]；再用手锤粗铆钉杆 [图 10-53（b）]；再锤击四周，做成铆合头 [图 10-53（c）]；最后用罩模修整 [图 10-53（d）]。

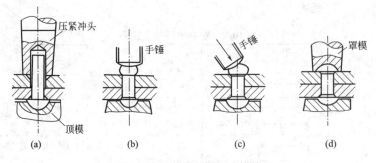

图 10-53　半圆头铆钉的铆接

（2）沉头铆钉的铆接

沉头铆接，一种是用现成的沉头铆钉铆接；另一种也可用圆钢截断后代用。用圆钢截断后作铆钉的铆接过程，前 4 个步骤与半圆头铆钉的铆接过程相同，在正中镦粗 1 和 2，铆面 2，铆面 1，修平高出平面部分，如图 10-54 所示；如用现成的沉头铆钉铆接，只要将铆合头一端的材料，经铆打填平沉头座即可。

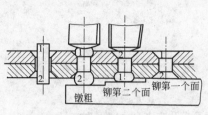

图 10-54　沉头铆钉的铆接

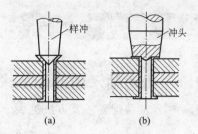

图 10-55　空心铆钉的铆接

（3）空心铆钉的铆接

如图 10-55 所示，将铆钉插入孔内，用样冲冲一下 [图 10-55(a)]，用专用的冲头使翻开的铆钉的一头贴平于工件 [图 10-55(b)]。

（4）抽心铆钉与击心铆钉的铆接

① 抽心与击心铆钉　目前，已生产出两种新型先进的抽心和击心铆钉，它们又各有半圆头和沉头两种形状 [图 10-56(a)、(b)]。这两种铆钉不仅具有铆接效率高、外形美观和铆接工艺简单等优点，且适合于单面和盲面的薄板与型钢、型钢与型钢的连接 [图 10-56(c)]。

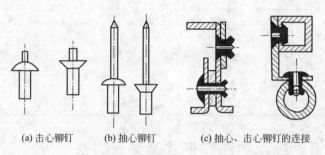

(a) 击心铆钉　　(b) 抽心铆钉　　(c) 抽心、击心铆钉的连接

图 10-56　抽心与击心铆钉

② 抽心铆钉的铆接　将抽心铆钉插入铆件孔内，并将伸出的铆钉头的钉心插入拉铆枪，如图 10-57、图 10-58 所示头部的孔内，然后启动拉铆枪。由于钉心的一端是制成凸缘形的，随着钉心的抽出，使伸出铆件的铆钉杆在凸缘作用下自行膨胀形成铆合头，待工件铆牢后，钉心即在凹槽处断开而被抽出。

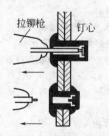

图 10-57　抽心铆钉的铆接

图 10-58　拉铆枪

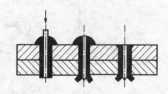

图 10-59　击心铆钉的铆接

③ 击心铆钉的铆接　如图 10-59 所示，将击心铆钉插入铆件孔内，用手锤敲击钉心，当钉心敲到与铆钉头相平时，钉心即被击至铆钉杆的底部。由于钉心的一端呈棱锥形，故铆钉伸出铆件的部分，沿印痕向四面张开，形成美观的四角形花瓣，这样工件就被铆合。

10.7 滑动轴承的装配

10.7.1 滑动轴承的装配要求及方法

滑动轴承的装配要求及方法见表10-10。

表 10-10 滑动轴承的装配要求及方法

类 型	一 般 要 求
液体动压轴承	(1)轴颈与轴承配合面应有适当的间隙,应根据使用要求、精度要求确定其间隙量 (2)轴颈与轴承应有精确的几何形状和较小的表面粗糙度 (3)多支承的轴承,应保证各支承孔的同轴度 (4)应选用适宜的润滑油,并保证充足的润滑 (5)单油楔动压滑动轴承,若后轴承为滚动轴承,要用工艺套代替后轴承控制主轴处于正常位置,而后配研与配刮 (6)装配单油楔动压轴承时,要使轴承表面的油槽处于油膜承受载荷最小的区域 (7)轴承装入后,由于过盈轴套内径要缩小,其缩小量一般约等于配合的最大过盈和最小过盈之和的一半
静压轴承	(1)轴与轴承的配合间隙 $2h_0$ 必须准确。一般情况下,轴 $\phi 60 \sim 100mm$,其配合间隙 $2h_0 = 0.04 \sim 0.08mm$。当轴颈 d 小于 $\phi 60mm$ 时,$2h_0 \leqslant 0.0006d$ (2)轴颈、轴承几何形状误差(圆度、圆柱度)应小于 $(1/10h_0 \sim 1/3h_0)$,表面粗糙度要求在 $Ra0.8 \sim 0.1\mu m$ (3)油进入节流器前应进行充分过滤 (4)检查和调试节流器的工作能力,使其正常

10.7.2 常用滑动轴承的结构形式及装配方法

常用滑动轴承的结构形式及装配方法见表10-11。

表 10-11 常用滑动轴承的结构形式及装配方法

名 称	图 形	结 构 形 式	装 配 方 法
整体式轴承的装配	轴承座 润滑油孔 轴套 紧定螺钉	滑动轴承一般由壳体、轴瓦、润滑系统和密封装置组成,常用轴承的结构尺寸已标准化	(1)装配前将轴套内表面按配合的轴颈刮研并留有间隙等于轴颈直径的 $0.1\% \sim 0.3\%$ (2)轴承外表面与轴承座内孔是过盈配合,过盈量为 $0.05 \sim 0.1mm$ (3)将轴套装入轴承座前,应进行表面清理并涂润滑油,再用压入或敲入法装配,并应使用一定的导向工具防止轴套歪斜 (4)轴套装入轴承后,装配定位销和紧固螺钉,并用千分表检查内套各相互垂直方向的几何尺寸(圆度或锥度)等 (5)将轴装入轴套内之后,用塞尺和千分表检查测量顶间隙 整体式轴承结构简单,但工作面磨损后无法调整间隙,安装不方便

续表

名　称		图　　形	结构形式	装配方法
剖分式轴承的装配	轴瓦与轴承座的装配		（1）一般由轴承座、轴承盖、上下剖分轴瓦、垫片及座盖连接螺栓等组成 （2）多数剖分面是水平的，也有倾斜式的 （3）轴承盖与轴承座的剖分面作成阶梯形，以便固定位置	（1）清洗检查：先核对轴承型号，检查轴瓦质量，然后用煤油洗净 （2）轴承座固定：先找好两个或两个以上共轴的轴承座水平度及同心度，一般用挂线法找正。一切调整好后，将轴承座固定在机体或基础上 （3）轴瓦的装配：轴瓦和轴承座的配合直径，一般采用较紧密的过渡配合 H7（H8）/k6。在轴瓦与轴承座之间需设置定位销或定位螺钉。轴瓦设有翻边或止口，防止轴瓦轴向窜动，翻边或止口与轴承座之间的配合尺寸采用 H8（H9）/f9。同时，轴瓦必须被上轴承盖压紧 （4）轴瓦与轴承座的接触面积不得小于整个面积的50%，接触必须均匀，不得有翘角或部分有间隙，以免影响轴瓦的找平和轴瓦与轴的装配质量
	轴瓦与轴的装配		（1）轴与轴瓦的配装的部分称为轴颈。轴颈由轴肩定位于轴瓦中 （2）轴颈与轴瓦有适宜的顶间隙、侧间隙、接触角及接触点	（1）滑动轴承在装配时应保证适宜的顶间隙和侧间隙，顶间隙是保证液体摩擦的主要条件，两侧间隙则为散热用，在侧间隙处开油槽或冷却带，可增加散热效果，并保证连续地润滑油吸到轴承的受载部分 滑动轴承的顶间隙，可用压铅法或用塞尺测得 （2）开瓦口：是为了储存磨粒、存润滑油和散热。瓦口不能开通，以免漏油，油沟应与油线平行。沟宽为 3～6mm，沟深为沟宽的 1/2～1/3 （3）接触角：接触角应在 60°～110° 的范围内，重载低速时，接触角大些，轻载高速时，取小些 （4）接触点：接触点是根据机械设备的精度和转速来确定。当受力小时，接触点可以少些，对于比较重要的机械轴，接触点可以多些 接触情况可以用着色法进行检查，并通过多次地调整轴或刮研轴瓦进行调整，直至达到技术要求

10.7.3　滑动轴承润滑剂的选择原则

滑动轴承润滑剂的选择原则见表10-12。

表 10-12　滑动轴承润滑剂的选择原则

润滑剂的选择	滑动轴承的工作条件	润滑剂的选择原则
润滑油的选择	压力大或冲击、变载荷等工作条件下工作	选用黏度较高的润滑油
	滑动速度高	因容易形成油膜,为减少功耗,应选用黏度较低的润滑油
	摩擦工作面粗糙或未经跑合	选用黏度较高的润滑油
	轴承工作温度较高	选用黏度较高的润滑油,反之,应选用黏度较低、凝点较低的润滑油
润滑脂的选择	润滑脂稠度大,受载能力高,不易流失,但摩擦功耗大,不宜在温度变化大或高温运转条件下使用。一般在轴承相对滑动速度低于1~2m/s时或不易注油的场合采用	
	轴承工作温度在55~75℃以下	选用钙脂润滑
	轴承工作温度最高达120℃(无水条件下)	选用钠脂润滑
	工作环境潮湿,轴承的工作温度为-20~120℃	选用锂脂润滑

10.8　滚动轴承的装配

10.8.1　滚动轴承配合公差带

滚动轴承配合公差带见表10-13。

表 10-13　滚动轴承配合公差带

公差带名称	公差带图
轴与轴承内孔配合的公差带	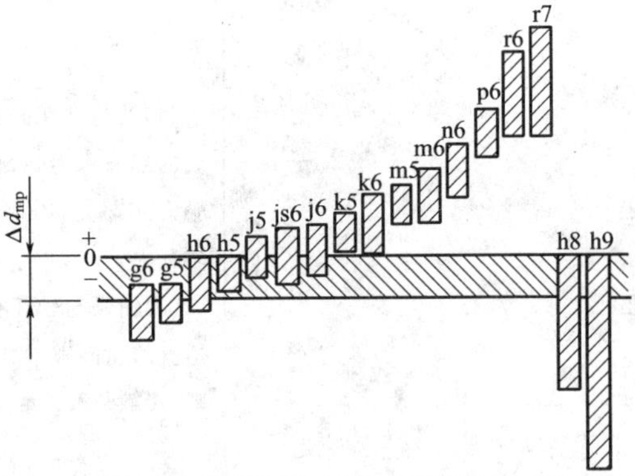
外壳孔与轴承外径配合的公差带	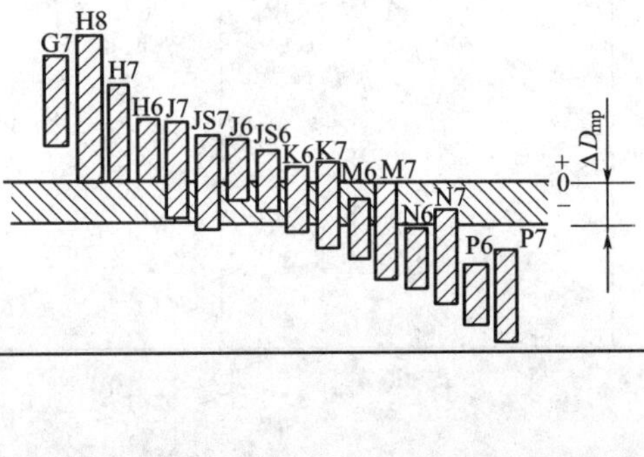

10.8.2 滚动轴承的装配特点及装配程序

滚动轴承的装配特点及装配程序见表10-14和表10-15。

表 10-14 滚动轴承的装配特点

项目	说 明
装配特点	(1)滚动轴承与轴的配合采用基孔制,外圈与外壳孔的配合采用基轴制 (2)按标准规定,轴承内、外圈的上偏差均为零 (3)滚动轴承的配合主要决定于负荷的大小、方向和性质。相对于负荷方向固定的套圈与轴或外壳孔,应选择较松的过渡配合或间隙配合;相对于负荷方向旋转的套圈与轴或外壳孔,应选择过渡配合;相对于轴或外壳孔需要作轴向移动的套圈及经常拆卸的套圈与轴或外壳孔,应选择较松的过渡配合或间隙配合 (4)在一般情况下,负荷越大,转速越高,振动越大,工作温度越高,应采用更紧一些的配合

表 10-15 滚动轴承的装配程序

序号	装配步骤	装 配 程 序
1	装配前的准备	(1)清洗轴承 将轴承浸入煤油、汽油或甲苯等溶液里,缓慢转动内、外圈,将轴承滚动体、滚道和保持架上油污清洗干净,洗净擦干后涂润滑油,而后用洁净的纸或布垫在轴承下面待用 (2)检查每个轴承的外观、尺寸精度和旋转精度,并相应作好记录 (3)选出成组装配的轴承,使同一组轴承内、外径尺寸及内、外圈的径向圆跳动必须在0.002~0.005mm之内,并测出其最大径向圆跳动的位置 (4)通过预加负荷测出游隙,确定内、外圈调整垫圈的厚度,调整垫圈两端面的平行度误差应在0.002~0.005mm之内,表面粗糙度不大于$Ra0.2\mu m$
2	选配	(1)对单支承轴承的选配 正确的按主轴轴颈与轴承内圈的实测跳动量,选择接近值成组装配,并将各自偏心部位相反方向安装,可提高主轴旋转精度 (2)对双支承轴承的选配 根据前、后轴承的圆跳动量,正确选配双支承轴承,抵消一部分误差,使主轴前端定心表面径向跳动量减小 (3)在轴承径向跳动量一定时,通常选用前轴承的精度要比后轴承的精度高一级

10.8.3 滚动轴承的装配

滚动轴承的装配见表10-16~表10-18

表 10-16 滚动轴承的装配要点

简 图	装配要点
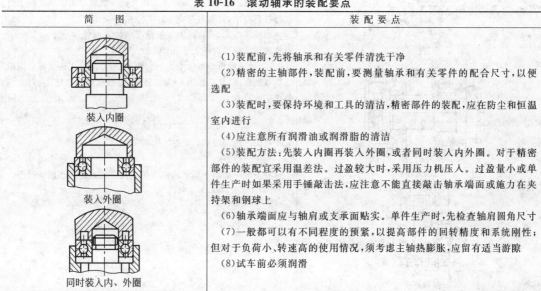 装入内圈 装入外圈 同时装入内、外圈	(1)装配前,先将轴承和有关零件清洗干净 (2)精密的主轴部件,装配前,要测量轴承和有关零件的配合尺寸,以便选配 (3)装配时,要保持环境和工具的清洁,精密部件的装配,应在防尘和恒温室内进行 (4)应注意所有润滑油或润滑脂的清洁 (5)装配方法:先装入内圈再装入外圈,或者同时装入内外圈。对于精密部件的装配宜采用温差法。过盈较大时,采用压力机压入。过盈量小或单件生产时如果采用手锤敲击法,应注意不能直接敲击轴承端面或施力在夹持架和钢球上 (6)轴承端面应与轴肩或支承面贴实。单件生产时,先检查轴肩圆角尺寸 (7)一般都可以有不同程度的预紧,以提高部件的回转精度和系统刚性;但对于负荷小、转速高的使用情况,须考虑主轴热膨胀,应留有适当游隙 (8)试车前必须润滑

表 10-17　圆锥孔滚动轴承的装配

简　图	装 配 要 点
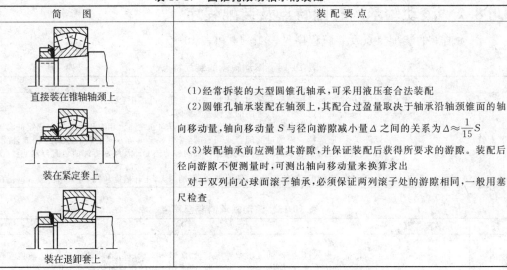 直接装在锥轴轴颈上 装在紧定套上 装在退卸套上	(1)经常拆装的大型圆锥孔轴承,可采用液压套合法装配 (2)圆锥孔轴承装配在轴颈上,其配合过盈量取决于轴承沿轴颈锥面的轴向移动量 S 与径向游隙减小量 Δ 之间的关系为 $\Delta \approx \dfrac{1}{15} S$ (3)装配轴承前应测量其游隙,并保证装配后获得所要求的游隙。装配后径向游隙不便测量时,可测出轴向移动量来换算求出 对于双列向心球面滚子轴承,必须保证两列滚子处的游隙相同,一般用塞尺检查

表 10-18　向心推力轴承和推力轴承的装配

简　图	装 配 要 点
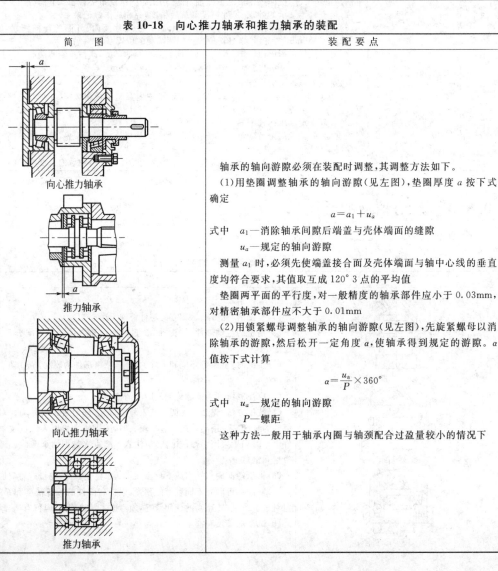 向心推力轴承 推力轴承 向心推力轴承 推力轴承	轴承的轴向游隙必须在装配时调整,其调整方法如下。 (1)用垫圈调整轴承的轴向游隙(见左图),垫圈厚度 a 按下式确定 $$a = a_1 + u_a$$ 式中　a_1—消除轴承间隙后端盖与壳体端面的缝隙 　　　u_a—规定的轴向游隙 测量 a_1 时,必须先使端盖接合面及壳体端面与轴中心线的垂直度均符合要求,其值取互成 120° 3 点的平均值 垫圈两平面的平行度,对一般精度的轴承部件应小于 0.03mm,对精密轴承部件应不大于 0.01mm (2)用锁紧螺母调整轴承的轴向游隙(见左图),先旋紧螺母以消除轴承的游隙,然后松开一定角度 α,使轴承得到规定的游隙。α 值按下式计算 $$\alpha = \frac{u_a}{P} \times 360°$$ 式中　u_a—规定的轴向游隙 　　　P—螺距 这种方法一般用于轴承内圈与轴颈配合过盈量较小的情况下

续表

简　图	装　配　要　点
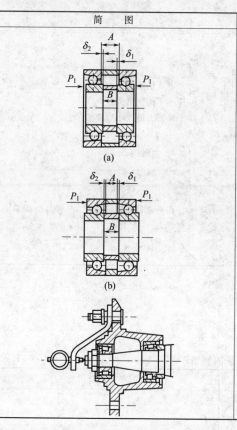 (a) (b)	（3）向心推力球轴承成对安装时，用调整两轴向内外间隔套的厚度来控制轴承的轴向游隙。这种方法获得的轴承游隙比较精确，且可在部件装配前进行调整，能提高装配精度和效率左图(a)的外隔套宽度为 $$A=B+(\delta_1+\delta_2)-u_a$$ 左图(b)的外隔套宽度为 $$A=B-(\delta_1+\delta_2)+u_a$$ 式中　δ_1 和 δ_2——轴承的轴向游隙 　　　　u_a——规定的轴向游隙 　图中 P_1 为消除轴承游隙的力 　调整后，游隙的测量一般用千分表及塞尺。用塞尺测量时，塞尺应插入外滚道和滚动体之间，插入深度大于滚动体长度的1/2，不允许让滚动体滚过塞尺

10.8.4　滚动轴承的轴向预紧

滚动轴承的轴向预紧见表10-19。

表 10-19　滚动轴承的轴向预紧

预紧方法	示　图	特点及用途
采用成对向心推力球轴承	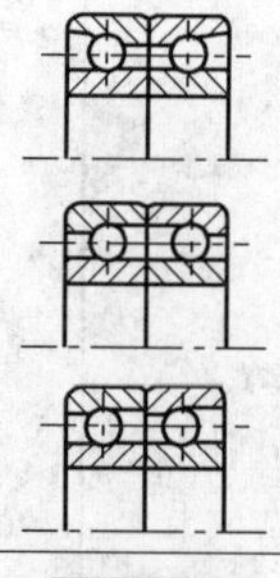	不需进行调整，装配后即能获得精确的预紧力 适用于成批生产及精度要求较高的轴承部件
在成对安装的轴承内圈或外圈中间置以衬套	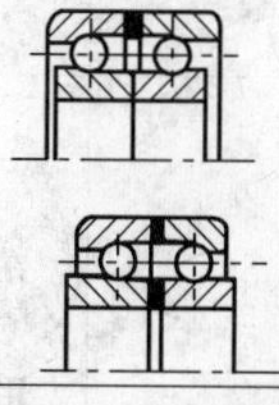	成对组合的轴承并排安装在部件内时采用应用不同厚度的垫圈能得到不同的预紧力
在成对安装的轴承内圈和外圈中间配置不同厚度的间隔套	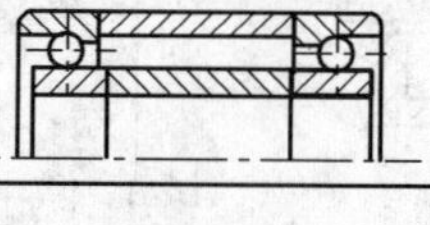	可提高成对组合轴承的刚性，改变内、外隔套的厚度，可得不同的预紧力。在两轴承有一定的轴向距离时采用

预紧方法	示　图	特点及用途
利用经常作用轴承外圈上的弹簧	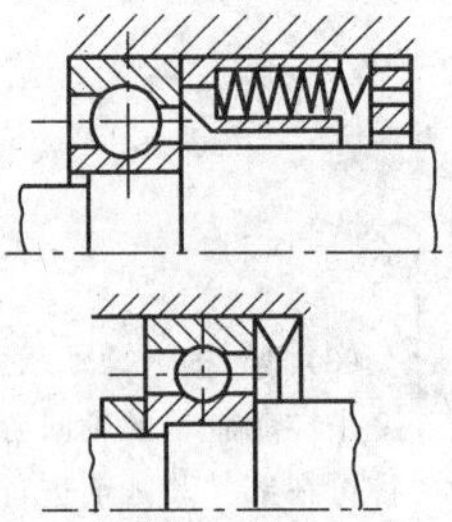	不受轴承磨损和轴向热变形的影响,能保持一定的预紧力 预紧力的大小靠弹簧调整
用螺母或带螺纹的端盖,使轴承内、外圈作相对轴向位移	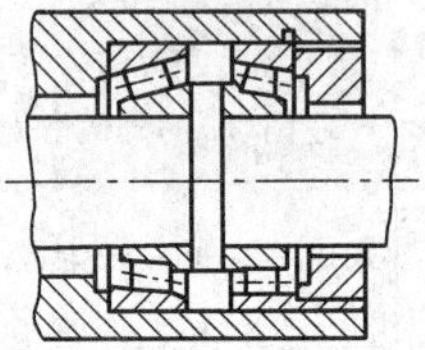	调整螺母的轴向位置,即可得到所需要的调整力

10.8.5　滚动轴承的润滑

滚动轴承的润滑见表10-20。

表 10-20　滚动轴承的润滑

润滑方式	简　图	润滑方法及用途
油浴润滑	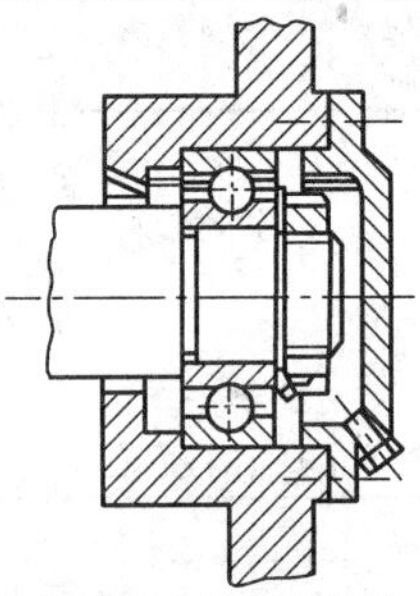	轴承的一部分浸在油槽中,润滑油由旋转的轴承零件带起,再流回油槽中。油面不应超过最低滚动体的中心位置 用于低、中速轴承
滴油润滑	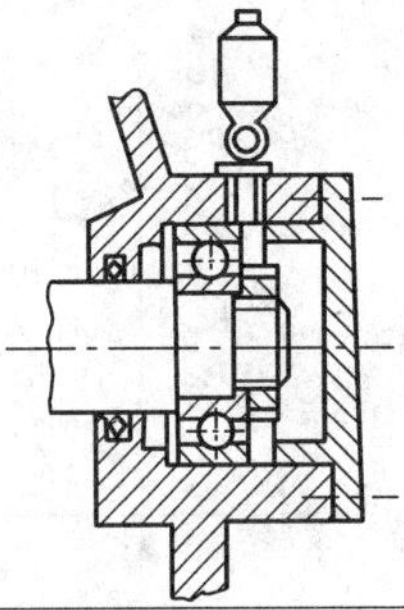	注油器能精确地控制每小时所供给的油滴数 用于需要定量供油的轴承部件
离心润滑	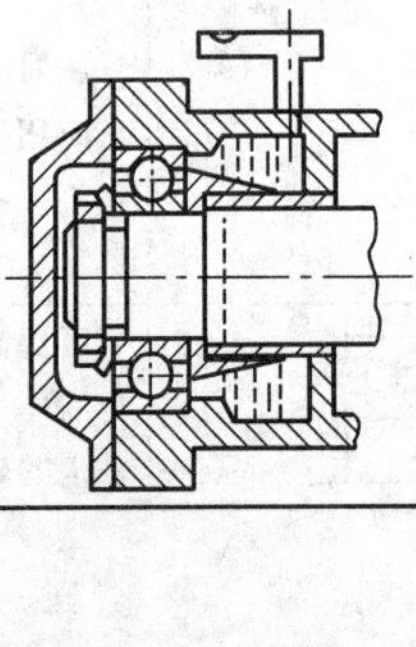	在轴承下部安装与轴承一起旋转的圆锥盖套,靠摩擦力和离心力作用进行润滑 用于垂直轴的轴承润滑

续表

润滑方式	简　图	润滑方法及用途
油雾润滑	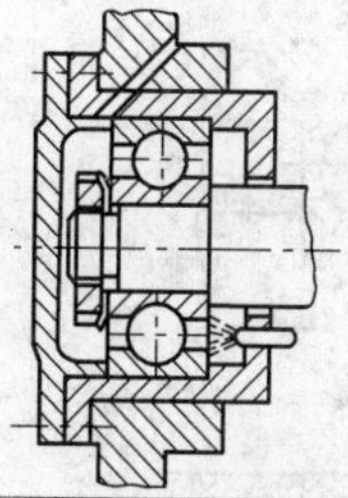	干燥的压缩空气经喷雾器与润滑油混合形成油雾进入轴承中 用于高速轴承
飞溅润滑	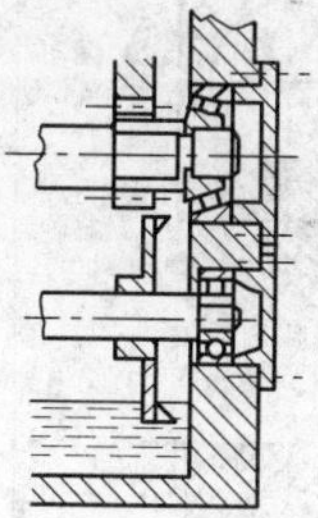	用浸入油池内的齿轮或甩油环的旋转将油飞溅进行润滑或在箱体内部制成导油沟、导油槽进行润滑 用于封闭箱体内部易于溅油处的轴承
循环润滑	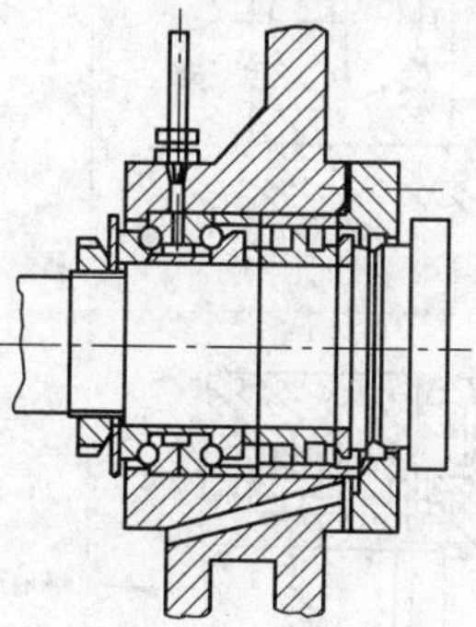	用油泵将经过过滤的油输送到轴承部件中,然后再经过滤、冷却,循环使用 用于转速较高的轴承润滑
喷射润滑	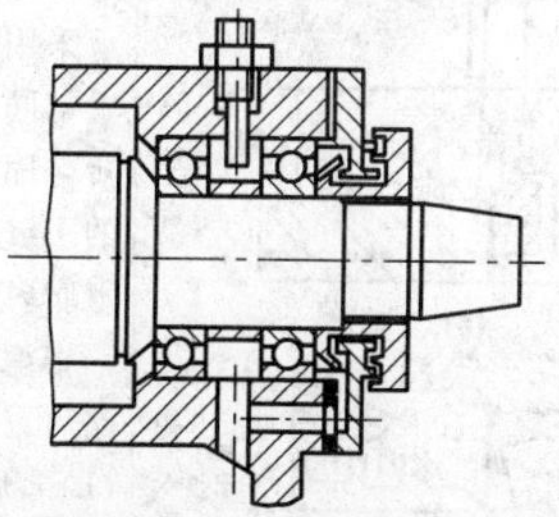	用油泵将高压油经喷嘴喷射到轴承中,射入轴承中的油经轴承另一端流入油槽 用于高速运转的轴承

10.8.6　滚动轴承的密封装置

滚动轴承的密封装置见表10-21。

表 10-21　滚动轴承的密封装置

类　别		简　图	说　明
非接触式密封	1. 间隙密封	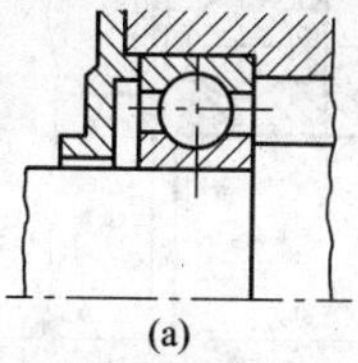 (a)	这种密封装置是靠轴和轴承盖间细小的环形间隙来密封的。可在较清洁的工作环境下使用[图(a)]。主要作用是将润滑脂保持在轴承内。轴与轴承盖孔之间的间隙一般取 0.1～0.3mm,间隙越小,密封效果越好

类　别	简　图	说　明
非接触式密封 1. 间隙密封	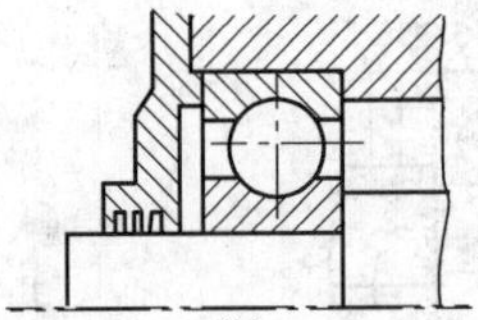 (b) 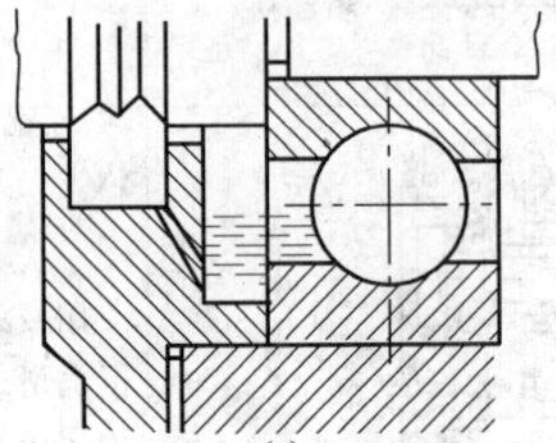 (c) 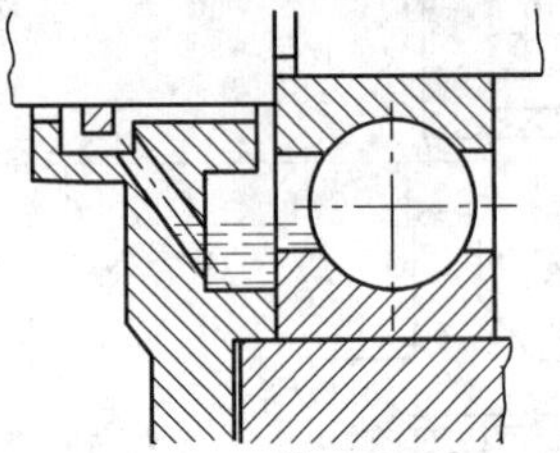 (d)	为提高密封效果,在轴承盖孔内可开一个或几个并列的槽,这样沿着间隙朝外游溢的润滑脂便可淤积于槽内[图(b)],从而防止了润滑脂的流出和污物的浸入 　油润滑时用的间隙密封装置,须在轴上加工沟槽[图(c)]或带一个环[图(d)],通过此环可将沿轴游移的油甩出,油又被轴承盖内相应的环形槽所截获,然后通过低处的孔流入轴承内
2. 曲路密封	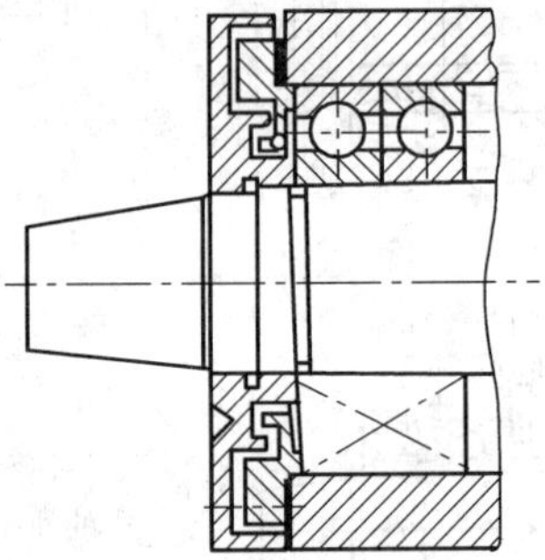 (a) 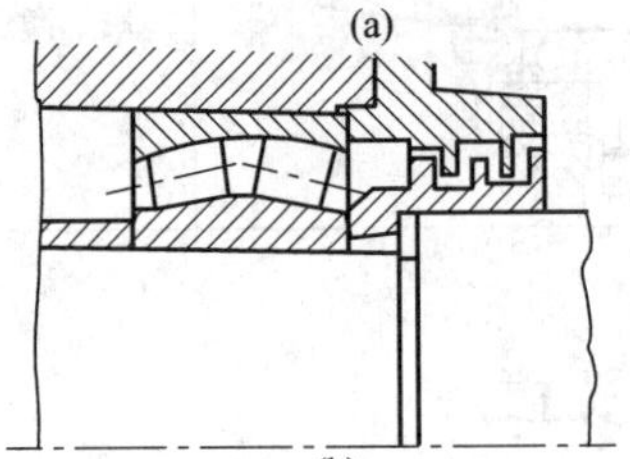 (b)	在有大量切屑、灰尘和冷却液的工作环境下,可采用曲路密封装置。无论轴承采用脂润滑还是油润滑,曲路密封装置都同样可靠。它的密封作用主要由旋转与固定的密封零件之间的复杂而曲折的小缝隙形成。有时可在缝隙内注满润滑脂,以增加密封效果 　根据轴承部件的结构,密封装置的曲路可以是轴向的[图(a)]或径向的[图(b)],后者的轴承盖必须做成剖分式的,以便装卸
3. 垫圈密封	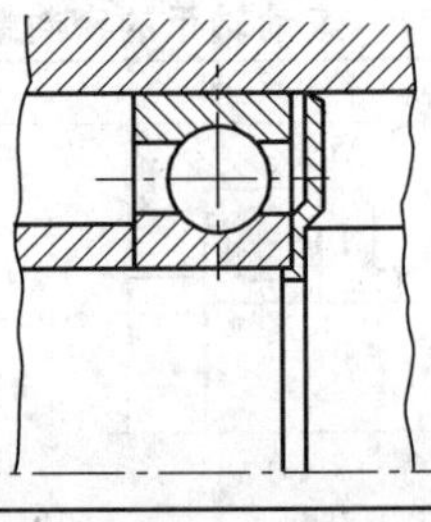	轴承工作时,垫圈随轴旋转,在离心力的作用下,可以甩去落到它上面的油和杂质(左图)。当轴的圆周速度越高,其密封作用越可靠,对油润滑和脂润滑均适用

续表

类 别		简 图	说 明
接触式密封	1. 毡封圈	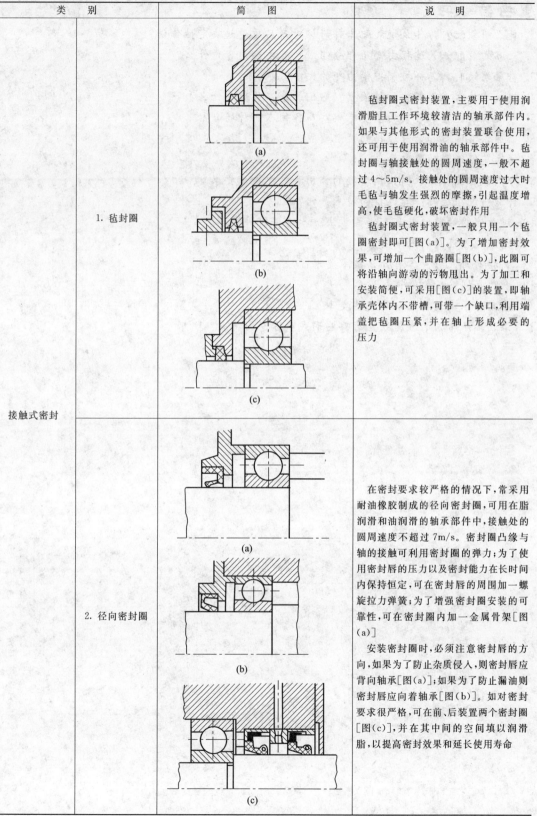	毡封圈式密封装置,主要用于使用润滑脂且工作环境较清洁的轴承部件内。如果与其他形式的密封装置联合使用,还可用于使用润滑油的轴承部件中。毡封圈与轴接触处的圆周速度,一般不超过 4～5m/s。接触处的圆周速度过大时毛毡与轴发生强烈的摩擦,引起温度增高,使毛毡硬化,破坏密封作用 毡封圈式密封装置,一般只用一个毡圈密封即可[图(a)]。为了增加密封效果,可增加一个曲路圈[图(b)],此圈可将沿轴向游动的污物甩出。为了加工和安装简便,可采用[图(c)]的装置,即轴承壳体内不带槽,可带一个缺口,利用端盖把毡圈压紧,并在轴上形成必要的压力
	2. 径向密封圈		在密封要求较严格的情况下,常采用耐油橡胶制成的径向密封圈,可用在脂润滑和油润滑的轴承部件中,接触处的圆周速度不超过 7m/s。密封圈凸缘与轴的接触可利用密封圈的弹力;为了使用密封唇的压力以及密封能力在长时间内保持恒定,可在密封唇的周围加一螺旋拉力弹簧;为了增强密封圈安装的可靠性,可在密封圈内加一金属骨架[图(a)] 安装密封圈时,必须注意密封唇的方向,如果为了防止杂质侵入,则密封唇应背向轴承[图(a)];如果为了防止漏油则密封唇应向着轴承[图(b)]。如对密封要求很严格,可在前、后装置两个密封圈[图(c)],并在其中间的空间填以润滑脂,以提高密封效果和延长使用寿命

思考与练习

1. 什么叫装配？为什么说装配工作好坏对产品质量起决定性作用？

2. 产品的装配工艺过程由哪几部分组成？其主要内容是什么？

3. 拧紧螺纹时，怎样控制拧紧力矩的大小？

4. 螺纹连接常采用哪些防松装置？它们的基本原理是什么？

5. 装配螺纹连接时常用的工具有哪些？各用在哪种场合？

6. 简述松键连接和紧键连接的装配要点。

7. 简述花键连接的装配要点。

8. 分别试述圆柱销、圆锥销连接的作用和装配技术要求。

9. 什么叫过盈连接？其连接的特点如何？

10. 过盈连接的装配工艺有哪些方法？各适用何种场合？

11. 简述过盈连接的装配要点。

12. 铆接有哪几种？各有什么技术要求？

13. 叙述半圆头铆钉的铆接过程。

14. 滑动轴承有何特点？有哪些类型？

15. 滚动轴承常用的密封装置有哪些形式？各有何特点？

附录 1　钳工国家职业标准[①]

一、装配钳工国家职业标准

1. 职业概况

1.1　职业名称

装配钳工。

1.2　职业定义

操作机械设备或使用工装、工具，进行机械设备零件、组件或成品组合装配与调试的人员。

1.3　职业等级

本职业共设五个等级，分别为：初级（国家职业资格五级）、中级（国家职业资格四级）、高级（国家职业资格三级）、技师（国家职业资格二级）、高级技师（国家职业资格一级）。

1.4　职业环境

室内，常温。

1.5　职业能力特征

有一定的学习和计算能力，有较强的空间感，手指、手臂灵活，动作协调。

1.6　基本文化程度

初中毕业。

1.7　培训要求

1.7.1　培训期限

全日制职业学校教育，根据其培养目标和教学计划确定。晋级培训期限：初级不少于500标准学时；中级不少于400标准学时；高级不少于300标准学时；技师不少于300标准学时；高级技师不少于200标准学时。

1.7.2　培训教师

培训初、中、高级装配钳工的教师应具有本职业技师以上职业资格证书或本专业中级以上专业技术职务任职资格；培训技师的教师应具有本职业高级技师职业资格证书或本专业高级专业技术职务任职资格；培训高级技师的教师应具有本职业高级技师职业资格证书2年以上或本专业高级专业技术职务任职资格。

1.7.3　培训场地设备

---

❶　劳动和社会保障部培训就业司 职业技能鉴定中心编．国家职业标准汇编：第一分册．北京：中国劳动社会保障出版社，2003.

满足教学需要的标准教室和具有常用机械设备、辅助加工设备及相应的工装、工具的实际操作场所。

1.8 鉴定要求

1.8.1 适用对象

从事或准备从事本职业的人员。

1.8.2 申报条件

——初级（具备下列条件之一者）

（1）经本职业初级正规培训达规定标准学时数，并取得毕（结）业证书。

（2）在本职业连续见习工作 2 年以上。

（3）本职业学徒期满。

——中级（具备以下条件之一者）

（1）取得本职业初级职业资格证书后，连续从事本职业工作 3 年以上，经本职业中级正规培训达规定标准学时数，并取得毕（结）业证书。

（2）取得本职业初级职业资格证书后，连续从事本职业工作 5 年以上。

（3）连续从事本职业工作 7 年以上。

（4）取得经劳动保障行政部门审核认定的、以中级技能为培养目标的中等以上职业学校本职业（专业）毕业证书。

——高级（具备以下条件之一者）

（1）取得本职业中级职业资格证书后，连续从事本职业工作 4 年以上，经本职业高级正规培训达规定标准学时数，并取得毕（结）业证书。

（2）取得本职业中级职业资格证书后，连续从事本职业工作 7 年以上。

（3）取得高级技工学校或经劳动保障行政部门审核认定的、以高级技能为培养目标的高等职业学校本职业（专业）毕业证书。

（4）大专以上本专业或相关专业毕业生，取得本职业中级职业资格证书后连续从事本职业工作 2 年以上。

——技师（具备以下条件之一者）

（1）取得本职业高级职业资格证书后，连续从事本职业工作 5 年以上，经本职业技师正规培训达规定标准学时数，并取得毕（结）业证书。

（2）取得本职业高级职业资格证书后，连续从事本职业工作 8 年以上。

（3）高级技工学校本职业（专业）毕业生和大专以上本专业或相关专业毕业生取得本职业高级职业资格证书后，连续从事本职业工作满 2 年。

——高级技师（具备以下条件之一者）

（1）取得本职业技师职业资格证书后，连续从事本职业工作 3 年以上，经本职业高级技师正规培训达规定标准学时数，并取得毕（结）业证书。

（2）取得本职业技师职业资格证书后，连续从事本职业工作 5 年以上。

1.8.3 鉴定方式

分为理论知识考试和技能操作考核。理论知识考试采用闭卷笔试方式，技能操作考核采用现场实际操作方式。理论知识考试和技能操作考核均实行百分制，成绩皆达 60 分以上者为合格。技师、高级技师鉴定还须进行综合评审。

1.8.4 考评人员与考生配比

理论知识考试考评人员与考生配比为 1∶15，每个标准教室不少于 2 名考评人员；技能操作考核考评员与考生配比为 1∶5，且不少于 3 名考评员。

1.8.5 鉴定时间

理论知识考试时间为 120min；技能操作考核时间为：初级不少于 240min，中级不少于 300min，高级不少于 360min，技师不少于 420min，高级技师不少于 240min；论文答辩时间不少于 45min。

1.8.6 鉴定场所设备

理论知识考试在标准教室进行；技能操作考核场所应具有足够空间、照度，以及必要的机械设备、辅助设备和相应的工装、工具等。

2. 基本要求

2.1 职业道德

2.1.1 职业道德基本知识

2.1.2 职业守则

(1) 遵守法律、法规和有关规定。

(2) 爱岗敬业，具有高度的责任心。

(3) 严格执行工作程序、工作规范、工艺文件和安全操作规程。

(4) 工作认真负责，团结合作。

(5) 爱护设备及工具、夹具、刀具、量具。

(6) 着装整洁，符合规定；保持工作环境清洁有序，文明生产。

2.2 基础知识

2.2.1 基础理论知识

(1) 识图知识。

(2) 公差与配合。

(3) 常用金属材料及热处理知识。

(4) 常用非金属材料知识。

2.2.2 机械加工基础知识

(1) 机械传动知识。

(2) 机械加工常用设备知识（分类、用途）。

(3) 金属切削常用刀具知识。

(4) 典型零件（主轴、箱体、齿轮等）的加工工艺。

(5) 设备润滑及切削液的使用知识。

(6) 工具、夹具、量具使用与维护知识。

2.2.3 钳工基础知识

(1) 划线知识。

(2) 钳工操作知识（錾、锉、锯、钻、铰孔、攻螺纹、套螺纹）。

2.2.4 电工知识

(1) 通用设备常用电器的种类及用途。

(2) 电力拖动及控制原理基础知识。

(3) 安全用电知识。

2.2.5　安全文明生产与环境保护知识

(1) 现场文明生产要求。

(2) 安全操作与劳动保护知识。

(3) 环境保护知识。

2.2.6　质量管理知识

(1) 企业的质量方针。

(2) 岗位的质量要求。

(3) 岗位的质量保证措施与责任。

2.2.7　相关法律、法规知识

(1) 劳动法相关知识。

(2) 合同法相关知识。

3.　工作要求

本标准对初级、中级、高级、技师、高级技师的技能要求依次递进,高级别包括低级别的要求。

3.1　初级

职业功能	工作内容	技　能　要　求	相　关　知　识
一、工艺准备	(一)读图	1. 能够读懂轴承座、端盖、手轮、套等一般零件图 2. 能够读懂车床的尾座、台虎钳等一般部件的装配图和简单机械的装配图	1. 零件图中各种符号的含义 2. 零件在装配图中的表示方法
	(二)编制加工、装配工艺	能够读懂简单零件的加工工艺	1. 相关职业(如车、铣、刨、磨)一般工艺知识 2. 金属毛坯制造的基本知识(如铸造、锻造)
二、加工与装配	(一)划线	能够进行一般零件的平面划线和简单的立体划线	1. 划线工具的使用及保养方法 2. 划线用涂料的种类、配制方法及应用场合 3. 划线基准的选择
	(二)钻、铰孔及攻螺纹	1. 能够在同一平面上钻铰 2~3 个孔,并达到以下要求:公差等级 IT8,位置度公差 ϕ0.2mm,表面粗糙度 Ra1.6μm 2. 能攻 M20 以下的螺纹,没有明显的倾斜 3. 能够刃磨标准麻花钻头	1. 螺纹的种类、用途及各部尺寸之间的关系 2. 常用切削液的种类、选择方法及对工件质量的影响 3. 快换夹头的构造及使用方法 4. 钻头的常用角度
	(三)刮削与研磨	1. 能够刮削 750mm×1500mm 的平板达 2 级(不少于 12 点) 2. 能够研磨 100mm×100mm 的平面,并达到以下要求:表面粗糙度 Ra0.4μm,平面度 0.02mm	1. 刮削原始平板的原理和方法 2. 研磨磨料的选择和研磨的基本方法
	(四)装配与调整	能够进行普通车床尾座、台虎钳等简单部件的装配或简单机械设备的总装配,并达到技术要求	1. 装配的基础知识 2. 常用起重设备及安全操作规程 3. 钳工常用设备、工具和量具的使用与维护保养方法 4. 铆接、锡焊、粘接、校正与弯形方法 5. 弹簧知识

职业功能	工作内容		技 能 要 求	相 关 知 识
三、精度检验	（一）钻、铰孔及攻螺纹的检验		能够合理选择、正确使用游标卡尺、内径百分表等常用量具检验钻、铰孔及攻螺纹的质量	常用量具的结构和使用方法
	（二）装配质量检验	外观检验	能够进行以下项目的检验： （1）油路畅通、无渗漏 （2）机件完整，连接及紧固可靠 （3）表面涂装质量	1. 密封与防漏的基本知识 2. 表面处理及油漆的基本知识
		性能及精度检验	1. 能够进行简单机械设备空运转试验操作，并检验设备运行有无异常噪声、过热等现象 2. 简单机械的精度检验	1. 设备的操作规程 2. 简单机械设备精度的检验方法 3. 设备空运转试验要求
四、设备维护	常用设备的维护保养		能够正确使用和维护保养立钻、台钻、摇臂钻等钳工常用设备	立钻、台钻、摇臂钻等设备的安全操作规程及维护保养方法

3.2 中级

职业功能	工作内容	技 能 要 求	相 关 知 识
一、工艺准备	（一）读图与绘图	1. 能够读懂车床的主轴箱、进给箱，铣床的进给变速箱等部件装配图 2. 能够绘制垫、套、轴等简单零件图	1. 标准件和常用件的规定画法、技术要求及标注方法 2. 读部件装配图的方法
	（二）编制加工、装配工艺	1. 能够提出装配所需工装的设计方案 2. 能够根据机械设备的技术要求，确定装配工艺顺序	1. 装配常用工装的基本知识 2. 编制机械设备装配工艺规程的基本知识
二、加工与装配	（一）划线	能够进行箱体、大型工件等复杂形体工件的主体划线	1. 复杂工件的划线方法 2. 锥体及多面体的展开方法
	（二）钻、铰孔及攻螺纹	1. 能够按图样要求钻复杂工件上的小孔、斜孔、深孔、盲孔、多孔、相交孔 2. 能够刃磨群钻	1. 小孔、斜孔、深孔、盲孔、多孔、相交孔的加工方法 2. 群钻的种类、功能及刃磨方法
	（三）刮削与研磨	1. 能够刮削平板、方箱及燕尾形导轨，并达到以下要求：在25mm×25mm范围内接触点数不少于16点，表面粗糙度$Ra0.8\mu m$，直线度公差每米长度内为0.015～0.02mm 2. 能够刮轴瓦，并达到以下要求：磨床磨头主轴轴瓦在25mm×25mm范围内接触点数16～20点，同轴度$\phi0.02mm$，表面粗糙度$Ra1.6\mu m$ 3. 能够研磨$\phi80mm×400mm$孔，并达到以下要求：圆柱度$\phi0.015mm$，表面粗糙度$Ra0.4\mu m$	1. 导轨刮削的基本方法及检测方法 2. 曲面刮削基本方法及检测方法 3. 孔的研磨方法及检测方法
	（四）旋转体的静平衡	能够对旋转体进行静平衡	旋转体静平衡的基本知识及方法
	（五）装配与调整	1. 能够进行普通金属切削机床的部件装配并达到技术要求 2. 能够进行压缩机、气锤、压力机、木工机械等的装配，并达到技术要求	1. 连接件、传动件、密封件的装配工艺知识 2. 通用机械的工作原理和构造 3. 装配滑动轴承和滚动轴承的方法 4. 装配尺寸链的知识

职业功能	工作内容	技 能 要 求	相 关 知 识
三、精度检验	(一)钻、铰孔及攻螺纹的检验	能够正确使用转台、万能角度尺、正弦规等测量特殊孔的精度	常用量仪(例如:游标卡尺、内径千分尺、内径千分表、千分表、杠杆千分表、水平仪、经纬仪等)的结构、工作原理和使用方法
	(二)装配质量检验	1. 能够进行新装设备空运转试验 2. 能够正确使用常用量具对试件进行检验 3. 能够进行设备的几何精度检验 4. 能够对常见故障进行判断	1. 通用机械质量检验项目和检验方法 2. 通用机械常见故障判断方法
四、设备维护	装配钳工常用设备的维护保养	能够排除立钻、台钻、摇臂等钳工常用设备的故障	立钻、台钻、摇臂钻等钳工常用设备故障排除方法

3.3 高级

职业功能	工作内容	技 能 要 求	相 关 知 识
一、工艺准备	(一)读图与绘图	1. 能够读懂车床、立式钻床等设备的装配图 2. 能够阅读简单的电气、液(气)压系统原理图 3. 能够绘制齿轮、传动轴等一般零件图	1. 常用电气图形符号和代号 2. 机械设备电气图的读图方法 3. 液(气)压元件的符号及表示方法
	(二)编制加工、装配工艺	1. 能够对关键件的加工工艺规程提出改进意见 2. 能够编制复杂设备的装配工艺规程	复杂机械设备装配工艺规程的编制方法
二、加工与装配	(一)划线	能够进行复杂畸形工件的划线	1. 凸轮的种类、用途、各部尺寸的计算及划线方法 2. 曲线的划线方法 3. 畸形工件的划线方法
	(二)钻、铰孔	能够钻削、铰削高精度孔系	钻削、铰削高精度孔系的方法
	(三)刮削与研磨	1. 能够刮平板、方箱达1级(不少于20点) 2. 能够研磨 $\phi100\text{mm} \times 400\text{mm}$ 孔,并达到以下要求:圆柱度 $\phi0.015\text{mm}$,表面粗糙度 $Ra0.4\mu\text{m}$	提高刮削精度的方法
	(四)旋转体的动平衡	能够对旋转体进行动平衡	动平衡的原理和方法
	(五)装配与调整	能够装配铣床、磨床、齿轮加工机床、镗床等普通金属切削床,并达到技术要求	1. 机构与机械零件知识 2. 静压导轨、静压轴承的工作原理、结构和应用知识 3. 轴瓦浇注巴氏合金的知识 4. 各种挤压加工方法 5. 精密部件的装配知识(例如:高精度轴承、内圆磨具的装配等) 6. 液压传动原理,常用液压泵、控制阀、辅助元件的种类、工作原理及应用方法
三、装配质量检验	性能及精度检验	1. 能够排除设备空运转试验中出现的故障 2. 能够对负荷试验件不合格项进行分析并处理 3. 能够分析设备几何精度超差原因,并实施设备精度调整	1. 机械设备空运转及负荷试验中常见故障分析及排除方法 2. 机械设备几何精度超差的原因及精度调整方法
四、培训指导	指导操作	能指导本职业初、中级工进行实际操作	指导实际操作的基本方法

3.4　技师

职业功能	工作内容	技 能 要 求	相 关 知 识
一、工艺准备	(一)读图与绘图	1. 能够读懂复杂设备机械、液(气)压系统原理图,数控设备基本原理图和机械装配图 2. 能够提出装配需用的专用夹具、胎具的设计方案并绘制草图 3. 能够借助词典看懂进口设备相关外文标牌及使用规范	1. 复杂设备及数控设备的读图方法 2. 一般夹具设计与制造知识 3. 常用标牌及使用规范英(或其他外语)汉对照表
	(二)编制装配工艺	1. 能够根据新产品的技术要求,编制装配工艺规程 2. 能够编制关键件的装配作业指导书	1. 与装配钳工相关的新技术、新工艺、新设备、新材料的知识(如滚珠丝杠副、涂塑导轨等) 2. 编制装配作业指导书的方法
二、加工与装配	(一)刮削与研磨	1. 能够刮削精密机床导轨,并达到以下要求:在 25mm×25mm 范围内接触点为 20～25 点,表面粗糙度 $Ra0.8\mu m$,直线度 0.003mm/1000mm;组合导轨"V、—"和"V、V"的平行度公差 0.004mm/1000mm 2. 能够精研 $\phi100mm×400mm$ 孔,并达到以下要求:圆柱度 0.008mm,表面粗糙度 $Ra0.2\mu m$	1. 组合导轨的刮研及检测方法 2. 提高研磨精度的方法及研具的制备知识
	(二)装配与调整	1. 能够装配坐标镗床、齿轮磨床等高速、精密、复杂设备,并达到技术要求 2. 能够装配、调整数控机床 3. 能够装配、调试新产品	1. 复杂和高精度机械设备的工作原理、构造及装配调整方法 2. 数控机床基本知识
三、装配质量检验	性能及精度检验	1. 能够进行高速、精密、复杂设备空运转试验并排除出现的故障 2. 能够对高精设备试件不合格项的产生原因进行综合分析并予以处理 3. 能够对高速、精密、复杂设备的几何精度进行检验,并分析超差原因和提出解决方法	1. 精密量仪的结构原理(例如:合像水平仪、光学平直仪、平晶等) 2. 振动基本常识 3. 高速、精密、复杂设备几何精度的检验方法、超差原因及解决方法
四、培训指导	(一)指导操作	能够指导本职业初、中、高级工进行实际操作	培训教学基本方法
	(二)理论培训	能够讲授本专业技术理论知识	
五、管理	(一)质量管理	1. 能够在本职工作中认真贯彻各项质量标准 2. 能够应用质量管理知识,实现操作过程的质量分析与控制	1. 相关质量标准 2. 质量分析与控制方法
	(二)生产管理	1. 能够组织有关人员协同作业 2. 能够协助部门领导进行生产计划、调度及人员的管理	生产管理基本知识

3.5　高级技师

职业功能	工作内容	技 能 要 求	相 关 知 识
一、工艺准备	(一)读图与绘图	1. 能够读懂高速、精密设备机械、液(气)压系统原理图和机械装配图 2. 能够设计专用夹具、胎具并绘图 3. 能够借助词典看懂与进口设备相关的外文资料(图样及技术标准等)	1. 高速、精密设备读图方法 2. 较复杂夹具设计与制造知识 3. 常用进口设备外文资料英(或其他外语)汉对照表
	(二)编制装配工艺	能够进行精密、大型、稀有设备装配工艺的编制(例如:坐标镗床、齿轮磨床等)	精密、大型、稀有设备装配工艺案例(坐标镗床、齿轮磨床)

职业功能	工作内容	技　能　要　求	相　关　知　识
二、加工与装配	(一)刮削与研磨	1. 能够组织解决刮削和研磨过程中出现的疑难问题 2. 能够超精研 $\phi100mm\times400mm$ 孔,并达到以下要求:圆柱度达 0.006mm,表面粗糙度达 $Ra0.1\mu m$	超精研磨技术及精度测量方法,超差项的解决方法
	(二)装配与调整	1. 能够组织解决装配高速、精密、复杂设备中出现的技术难题 2. 能够组织数控机床及新产品的装配、调试,并解决出现的重大疑难问题	高速、精密、复杂设备及数控机床的装配与调试中出现的技术难题及解决方法
三、装配质量检验	性能及精度检验	能够组织解决高速、精密、复杂设备在装配、试验中出现的振动、变形、噪声等疑难问题	1. 金相、光谱、材料化学成分分析以及零件探伤的知识 2. 噪声方面的知识 3. 解决振动、变形、噪声等疑难问题的方法
四、培训指导与管理	(一)指导操作	能够指导本职业初、中、高级工和技师进行实际操作	培训讲义的编制方法
	(二)理论培训	能够对本职业初、中、高级工进行技术理论培训	

注:高级技师"管理"模块内容按技师标准考核。

4. 比重表

4.1 理论知识

项　目		初级/%	中级/%	高级/%	技师/%	高级技师/%
基本要求	职业道德	5	5	5	5	5
	基础知识	25	25	20	20	15
技能要求	工艺准备	25	25	25	20	20
	加工与装配	20	20	20	20	20
	精度检验	20	20	25	20	20
	设备维护	5	5	5	5	5
	培训指导	—	—	—	5	10
	管理	—	—	—	5	5
合计		100	100	100	100	100

注:高级技师"管理"模块内容按技师标准考核。

4.2 技能操作

项　目		初级/%	中级/%	高级/%	技师/%	高级技师/%
技能要求	工艺准备	10	10	20	15	15
	加工与装配	70	70	60	60	60
	精度检验	10	10	10	10	10
	设备维护	10	10	10	5	5
	培训指导	—	—	—	5	5
	管理	—	—	—	5	5
合计		100	100	100	100	100

注:高级技师"管理"模块内容按技师标准考核。

二、工具钳工国家职业标准

1. 职业概况

1.1 职业名称

工具钳工。

1.2 职业定义

操作钳工工具、钻床等设备，进行刀具、量具、模具、夹具、索具、辅具等（统称工具，亦称工艺装备）的零件加工和修整，组合装配，调试与修理的人员。

1.3 职业等级

本职业共设五个等级，分别为：初级（国家职业资格五级）、中级（国家职业资格四级）、高级（国家职业资格三级）、技师（国家职业资格二级）、高级技师（国家职业资格一级）。

1.4 职业环境

室内，常温。

1.5 职业能力特征

具有一定的学习、表达和计算能力，具有一定的空间感、形体知觉及较敏锐的色觉，手指、手臂灵活，动作协调。

1.6 基本文化程度

初中毕业。

1.7 培训要求

1.7.1 培训期限

全日制职业学校教育，根据其培养目标和教学计划确定。晋级培训期限：初级不少于500标准学时；中级不少于400标准学时；高级不少于300标准学时；技师不少于300标准学时；高级技师不少于200标准学时。

1.7.2 培训教师

培训初、中、高级工具钳工的教师应具有本职业技师以上职业资格证书或本专业中级以上专业技术职务任职资格；培训技师的教师应具有本职业高级技师职业资格证书或本专业高级专业技术职务任职资格；培训高级技师的教师应具有本职业高级技师职业资格证书2年以上或本专业高级专业技术职务任职资格。

1.7.3 培训场地设备

满足教学需要的标准教室和具有 80m² 以上的面积，且能安排8个以上工位，有相应的设备及必要的工具、量具，采光、照明、安全等设施符合作业规范的场地。

1.8 鉴定要求

1.8.1 适用对象

从事或准备从事本职业的人员。

1.8.2 申报条件

——初级（具备以下条件之一者）

(1) 经本职业初级正规培训达规定标准学时数，并取得毕（结）业证书。

（2）在本职业连续见习工作 2 年以上。

（3）本职业学徒期满。

——中级（具备以下条件之一者）

（1）取得本职业初级职业资格证书后，连续从事本职业工作 3 年以上，经本职业中级正规培训达规定标准学时数，并取得毕（结）业证书。

（2）取得本职业初级职业资格证书后，连续从事本职业工作 5 年以上。

（3）连续从事本职业工作 7 年以上。

（4）取得经劳动保障行政部门审核认定的、以中级技能为培养目标的中等以上职业学校本职业（专业）毕业证书。

——高级（具备以下条件之一者）

（1）取得本职业中级职业资格证书后，连续从事本职业工作 4 年以上，经本职业高级正规培训达规定标准学时数，并取得毕（结）业证书。

（2）取得本职业中级职业资格证书后，连续从事本职业工作 7 年以上。

（3）取得高级技工学校或经劳动保障行政部门审核认定的、以高级技能为培养目标的高等职业学校本职业（专业）毕业证书。

（4）取得本职业中级职业资格证书，大专以上本专业或相关专业毕业，连续从事本职业工作 2 年以上。

——技师（具备以下条件之一者）

（1）取得本职业高级职业资格证书后，连续从事本职业工作 4 年以上，经本职业技师正规培训达规定标准学时数，并取得毕（结）业证书。

（2）取得本职业高级职业资格证书后，连续从事本职业工作 6 年以上。

（3）高级技工学校本职业（专业）毕业生和大专以上本专业或相关专业毕业生，取得本职业高级职业资格证书后连续从事本职业工作满 2 年。

——高级技师（具备以下条件之一者）

（1）取得本职业技师职业资格证书后，连续从事本职业工作 3 年以上，经本职业高级技师正规培训达规定标准学时数，并取得毕（结）业证书。

（2）取得本职业技师职业资格证书后，连续从事本职业工作 5 年以上。

1.8.3 鉴定方式

分为理论知识考试和技能操作考核。理论知识考试采用闭卷笔试方式，技能操作考核采用现场实际操作方式。理论知识考试和技能操作考核均实行百分制，成绩皆达 60 分以上者为合格。技师、高级技师鉴定还须进行综合评审。

1.8.4 考评人员与考生配比

理论知识考试考评人员与考生配比为 1∶20，每个标准教室不少于 2 名考评人员；技能操作考核考评员与考生配比为 1∶3，且不少于 3 名考评员。

1.8.5 鉴定时间

理论知识考试时间不少于 120min；技能操作考核时间为 120～360min；论文答辩时间不少于 45min。

1.8.6 鉴定场所设备

理论知识考试在标准教室进行；技能操作考核在具备必要的工具及设备的工艺装备制造车间进行。

2. 基本要求

2.1 职业道德

2.1.1 职业道德基本知识

2.1.2 职业守则

(1) 遵守法律、法规和有关规定。

(2) 爱岗敬业，具有高度的责任心。

(3) 严格执行工作程序、工作规范、工艺文件和安全操作规程。

(4) 工作认真负责，团结协作。

(5) 爱护设备及工具、夹具、刀具、量具。

(6) 着装整洁，符合规定；保持工作环境清洁有序，文明生产。

2.2 基础知识

2.2.1 基础理论知识

(1) 识图知识。

(2) 公差与配合。

(3) 常用金属材料及热处理知识。

(4) 常用非金属材料知识。

2.2.2 机械加工基础知识

(1) 机械传动知识。

(2) 机械加工常用设备知识（分类、用途、基本结构及维护保养方法）。

(3) 金属切削常用刀具知识。

(4) 典型零件（主轴、箱体、齿轮等）的加工工艺。

(5) 设备润滑及切削液的使用知识。

(6) 气动及液压知识。

(7) 工具、夹具、量具使用与维护知识。

2.2.3 钳工基础知识

(1) 划线知识。

(2) 钳工操作知识（錾、锉、锯、钻、铰孔、攻螺纹、套螺纹）。

2.2.4 电工知识

(1) 通用设备和常用电器的种类及用途。

(2) 电气传动及控制原理基础知识。

(3) 安全用电知识。

2.2.5 安全文明生产与环境保护知识

(1) 现场文明生产要求。

(2) 安全操作与劳动保护知识。

(3) 环境保护知识。

2.2.6 质量管理知识

(1) 企业的质量方针。

(2) 岗位的质量要求。

(3) 岗位的质量保证措施与责任。

2.2.7 相关法律、法规知识

（1）劳动法相关知识。

（2）合同法相关知识。

3. 工作要求

本标准对初级、中级、高级、技师、高级技师的技能要求依次递进，高级别包括低级别的要求。

3.1 初级

职业功能	工作内容	技 能 要 求	相 关 知 识
一、作业前准备	（一）作业环境准备和安全检查	1. 能对作业环境进行选择和整理 2. 能对常用设备、工具进行安全检查 3. 能正确使用劳动保护用品	1. 工具钳工主要作业方法和对环境的要求 2. 工具钳工常用设备、工具的使用、维护方法和安全操作规程 3. 劳动保护用品的作用和使用规定
	（二）技术准备（图样、工艺、标准）	1. 能读懂工具钳工常见的零件图及简单工艺装配图 2. 能读懂简单工艺文件及相关技术标准	1. 常见零件及简单装配图的识读知识 2. 典型零件的计算知识 3. 简单零件加工工艺知识
	（三）物质准备（设备、工具、量具）	1. 能正确选用加工设备 2. 能正确选择、合理使用工具、夹具、量具	1. 工具钳工常用设备的使用、维护、保养知识 2. 工具钳工常用工具、夹具、量具的使用和保养知识
二、作业项目实施	（一）零件的划线、加工、精整、测量	1. 能进行一般零件的平面划线及简单铸件的立体划线，并能合理借料 2. 能进行锯、錾、锉、钻、铰、攻螺纹、套螺纹、刮研、铆接、粘接及简单弯形和矫正 3. 能制作燕尾块、半燕尾块及多角样板等，并按图样进行检测及精整 4. 能正确使用和刃磨工具钳工常用刀具	1. 一般零件的划线知识 2. 铸件划线及合理借料知识 3. 刮削及研磨知识 4. 铆接、粘接、弯形和矫正知识 5. 样板的制作知识 6. 刀具的刃磨及砂轮知识
	（二）工艺装备的组装	能进行简单工具、量具、刀具、模具、夹具等工艺装备的组装、修整及调试	1. 机械装配基本知识 2. 简单工艺装备组装、修整、调试知识 3. 砂轮机、分度头等设备及工具的基本结构、工作原理和使用方法及维护知识 4. 起重设备的使用方法及其安全操作规程
	（三）工艺装备的检查	能按图样、技术标准及工艺文件对所组装的工艺装备进行检查	量具的选用及测量方法
三、作业后验证	工艺装备的验证	能参加一般工艺装备的现场验证和鉴定	工艺装备验证和鉴定的步骤及要求

3.2 中级

职业功能	工作内容	技 能 要 求	相 关 知 识
一、作业前准备	（一）作业环境准备和安全检查	1. 能进行特殊作业环境的选择和整理 2. 能对特殊设备、工具进行安全检查	1. 特殊作业环境下钳工作业安全操作规程 2. 特殊设备、工具的使用、维护和安全操作规程
	（二）技术准备（图样、工艺、标准）	1. 能读懂较复杂工艺装备的装配图 2. 能读懂较复杂的工艺文件及相关技术标准	1. 较复杂的工艺装备装配图的读图知识 2. 较复杂工件的加工工艺知识
	（三）物质准备（设备、工具、量具）	1. 能采取措施改进现有工艺装备以满足特殊要求 2. 能制作简单的辅助工具及夹具	工具钳工常用工具、夹具的种类、结构及使用保养方法

职业功能	工作内容	技 能 要 求	相 关 知 识
二、作业项目实施	（一）零件的划线、加工、精整、测量	1. 能进行较复杂、大型工件的划线及一般铸件的立体划线，并能合理借料 2. 能针对不同的材料合理选用群钻，并能进行刃磨 3. 能制作多元组合几何图形的配合零件，并达到一般配合精度	1. 复杂、大型工件及一般铸件的划线及借料知识 2. 钻削不同材料的群钻知识 3. 多元组合几何图形的配合零件制作知识
	（二）工艺装备的组装	能进行较复杂的工具、量具、刀具、模具、夹具等工艺装备的组装、修整及调试	较复杂工艺装备的组装及修整知识
	（三）工艺装备的检查	能按图样、技术标准及工艺文件对所组装的工具、量具、夹具、刀具、模具等工艺装备进行检查	工艺装备的检查知识
三、作业后验证	（一）工艺装备的验证	1. 能参加一般工艺装备的现场验证及鉴定知识 2. 能填写一般工艺装备的验证意见书	1. 一般工艺装备的现场验证及鉴定知识 2. 一般工艺装备验证意见书的填写方法
	（二）工艺装备故障分析、排除、修理	能分析一般工艺装备的故障原因，并进行故障排除	一般工艺装备的故障分析及排除方法

3.3 高级

职业功能	工作内容	技 能 要 求	相 关 知 识
一、作业前准备	（一）作业环境准备和安全检查	1. 能对大型、特殊环境的组内配合工种的作业进行安排 2. 能对大型、特殊机械装备进行安全检查	1. 大型、特殊作业环境下工具钳工作业安全操作知识 2. 大型、特殊机械装备的安全使用规程及操作方法
	（二）技术准备（图样、工艺、标准）	1. 能读懂复杂、精密、大型工艺装备的装配图及相关工艺文件和技术标准 2. 能设计简单专用工具及夹具	1. 典型零件及装配图的画法 2. 六点定位原理等工具、夹具设计知识
	（三）物质准备（设备、工具、量具）	能进行复杂、精密、大型工具、检具、量具的准备和调试	复杂、精密、大型工具、检具、量具的使用知识
二、作业项目实施	（一）零件的划线、加工、精整、测量	1. 能进行精密、复杂、大型工件的划线及复杂铸件的立体划线，并能合理借料 2. 能制作多元组合几何图形的配合零件，并达到较高配合精度 3. 能加工半圆孔、斜孔 4. 能进行高硬材料的特种加工和易损零件的修复	1. 复杂铸件的划线及借料知识 2. 准直器的使用方法及计算知识 3. 半圆孔、斜孔的加工知识 4. 高硬材料的特种加工知识 5. 零件的修复技术
	（二）工艺装备的组装	能进行精密、复杂、大型工具、量具、夹具、刀具、模具等工艺装备的组装、修整及调试	精密、复杂、大型工艺装备的组装、修整及调试知识
三、作业后验证	（一）工艺装备的验证	1. 能参加大型、精密、复杂工艺装备的现场验证和鉴定 2. 能填写大型、精密、复杂工艺装备的验证意见书	1. 大型、精密、复杂工艺装备的现场验证及鉴定知识 2. 大型、精密、复杂工艺装备验证意见书的填写方法
	（二）工艺装备故障分析、排除、修理	能分析大型、精密、复杂工艺装备的故障产生原因，编制故障排除方案	1. 焊接、电镀、喷涂、镀层等特殊作业知识 2. 大型、精密、复杂工艺装备的故障分析及排除方法

3.4 技师

职业功能	工作内容	技 能 要 求	相 关 知 识
一、作业前准备	（一）作业环境准备和安全检查	能指导大型、特殊作业环境的安排和文明作业计划的实施	1. 劳动保护有关法规 2. 安全作业和文明生产要求及其相关知识 3. 作业环境要求和环境保护知识
	（二）技术准备（图样、工艺、标准）	1. 能编制一般工艺装备的加工工艺及修复工艺，并能解决关键难题 2. 能设计较复杂的专用工具	1. 加工工艺的编制知识 2. 较复杂专用工具的设计知识
	（三）物质准备（设备、工具、量具）	能进行特殊工作条件下作业前的物质准备	特殊工作条件下工艺装备的安装、调试知识
二、作业项目实施	（一）零件的划线、加工、精整、测量	1. 能进行畸形工件的平面划线及立体划线，并能合理借料 2. 能进行精、深、小及特殊孔的钻削	1. 畸形工件的划线知识 2. 精、深、小及特殊孔的钻削知识
	（二）工艺装备的组装	能解决工艺装备组装过程中的技术难题	工艺装备组装中常出现的问题及解决方法
三、作业后验证	工艺装备故障分析、排除、修理	能综合分析大型、精密、复杂或带动力驱动工艺装备的故障产生原因，编制故障排除方案，并组织实施	1. 气动、液压系统知识 2. 排除大型、复杂、精密工艺装备故障的方法
四、培训与指导	（一）指导操作	能指导初、中、高级工人进行实际操作	培训教学基本方法
	（二）理论培训	能讲授本专业技术理论知识	
五、管理	（一）质量管理	1. 能在本职工作中认真贯彻各项质量标准 2. 能运用全面质量管理知识，实现操作过程的质量分析与控制	1. 相关质量标准 2. 质量分析与控制方法
	（二）生产管理	1. 能组织有关人员协同作业 2. 能协助部门领导进行生产计划、调度及人员的管理	生产管理基本知识

3.5 高级技师

职业功能	工作内容	技 能 要 求	相 关 知 识
一、作业前准备	（一）作业环境准备和安全检查	能制定大型、特殊作业环境实施规范和文明作业计划，并组织实施	制定实施规范的原则和方法
	（二）技术准备（图样、工艺、标准）	1. 能参与编制复杂工艺装备的加工工艺及修复工艺 2. 能应用国内外新技术、新工艺、新材料 3. 能绘制较复杂的工艺装备设计图 4. 能实施CAM的简单操作	1. 计算机辅助设计（CAD）基础知识 2. 计算机辅助制造（CAM）应用知识 3. 国内外新技术、新工艺、新材料的应用信息 4. 较复杂工艺装备的设计知识
	（三）物质准备（设备、工具、量具）	能制定本职业进口、特殊、大型、精密工艺装备的全面准备方案	国际、国内先进工艺装备的应用知识
二、培训与指导	（一）指导操作	能指导初、中、高级工人和技师进行实际操作	培训讲义的编写方法
	（二）理论培训	能对本专业初、中、高级技术工人进行技术理论培训	

4. 比重表

4.1 理论知识

项　目		初级/%	中级/%	高级/%	技师/%	高级技师/%
基本要求	职业道德	5	5	5	5	5
	基础知识	15	15	15	10	10
技能要求	作业前准备 · 作业环境准备和安全检查	10	5	5	5	5
	作业前准备 · 技术准备(图样、工艺、标准)	5	5	5	10	5
	作业前准备 · 物质准备(设备、工具、量具)	5	5	5	5	5
	作业项目实施 · 零件的划线、加工、精整、测量	10	10	10	10	10
	作业项目实施 · 工艺装备的组装	35	25	20	10	10
	作业项目实施 · 工艺装备的检查	15	15	5	5	5
	作业后验证 · 工艺装备的验证	—	10	20	10	5
	作业后验证 · 工艺装备的故障分析、排除、修理	—	5	10	15	20
	培训与指导 · 指导操作	—	—	—	5	5
	培训与指导 · 理论培训	—	—	—	5	5
	管理 · 质量管理	—	—	—	5	5
	管理 · 生产组织	—	—	—	5	5
合计		100	100	100	100	100

注：高级技师"作业项目实施"、"作业后验证"及"管理"模块内容按技师标准考核。

4.2 技能操作

项　目		初级/%	中级/%	高级/%	技师/%	高级技师/%
技能要求	作业前准备 · 作业环境准备和安全检查	10	10	5	5	5
	作业前准备 · 技术准备(图样、工艺、标准)	5	5	5	10	10
	作业前准备 · 物质准备(设备、工具、量具)	5	5	5	5	5
	作业项目实施 · 零件的划线、加工、精整、测量	15	15	10	10	10
	作业项目实施 · 工艺装备的组装	50	45	35	25	15
	作业项目实施 · 工艺装备的检查	15	10	10	5	5
	作业后验证 · 工艺装备的验证	—	5	15	15	15
	作业后验证 · 工艺装备的故障分析、排除、修理	—	5	15	15	25
	培训与指导 · 指导操作	—	—	—	5	5
	培训与指导 · 理论培训	—	—	—		
	管理 · 质量管理	—	—	—	5	5
	管理 · 生产组织	—	—	—		
合计		100	100	100	100	100

注：高级技师"作业项目实施"、"作业后验证"及"管理"模块内容按技师标准考核。

三、机修钳工国家职业标准

1. 职业概况

1.1 职业名称

机修钳工。

1.2 职业定义

从事设备机械部分维护和修理的人员。

1.3 职业等级

本职业共设五个等级，分别为：初级（国家职业资格五级）、中级（国家职业资格四级）、高级（国家职业资格三级）、技师（国家职业资格二级）、高级技师（国家职业资格一级）。

1.4 职业环境

大部分在常温、正常大气条件下室内作业；少数设备需在设备安装地进行维护修理时，受安装地环境所限，也可在室外、低温、高温、潮湿、噪声、有毒、有害、粉尘、高空或水下作业。

1.5 职业能力特征

具有一定的学习、表达和计算能力；具有一定的空间感、形体知觉及较敏锐的色觉；手指、手臂灵活，动作协调。

1.6 基本文化程度

初中毕业。

1.7 培训要求

1.7.1 培训期限

全日制职业学校教育，根据其培养目标和教学计划确定。晋级培训期限：初级不少于500标准学时；中级不少于400标准学时；高级不少于300标准学时；技师不少于300标准学时；高级技师不少于200标准学时。

1.7.2 培训教师

培训初、中、高级机修钳工的教师应具有本职业技师以上职业资格证书或本专业中级以上专业技术职务任职资格；培训技师的教师应具有本职业高级技师职业资格证书或本专业高级专业技术职务任职资格；培训高级技师的教师应具有本职业高级技师职业资格证书2年以上或本专业高级专业技术职务任职资格。

1.7.3 培训场地设备

满足教学需要的标准教室和面积 $80m^2$ 以上，且能安排8个以上工位，有相应的设备及必要的工具、量具，采光、照明、安全等设施符合作业规范的场地。

1.8 鉴定要求

1.8.1 适用对象

从事或准备从事本职业的人员。

1.8.2 申报条件

——初级（具备以下条件之一者）

（1）经本职业初级正规培训达规定标准学时数，并取得毕（结）业证书。

（2）在本职业连续见习工作2年以上。

（3）本职业学徒期满。

——中级（具备以下条件之一者）

（1）取得本职业初级职业资格证书后，连续从事本职业工作3年以上，经本职业中级正规培训达规定标准学时数，并取得毕（结）业证书。

（2）取得本职业初级职业资格证书后，连续从事本职业工作5年以上。

（3）连续从事本职业工作7年以上。

（4）取得经劳动保障行政部门审核认定的、以中级技能为培养目标的中等以上职业学校本职业（专业）毕业证书。

——高级（具备以下条件之一者）

（1）取得本职业中级职业资格证书后，连续从事本职业工作4年以上，经本职业高级正规培训达规定标准学时数，并取得毕（结）业证书。

（2）取得本职业中级职业资格证书后，连续从事本职业工作7年以上。

（3）取得高级技工学校或经劳动保障行政部门审核认定的、以高级技能为培养目标的高等职业学校本职业（专业）毕业证书。

（4）大专以上本专业或相关专业毕业生取得本职业中级职业资格证书后，连续从事本职业工作2年以上。

——技师（具备以下条件之一者）

（1）取得本职业高级职业资格证书后，连续从事本职业工作5年以上，经本职业技师正规培训达规定标准学时数，并取得毕（结）业证书。

（2）取得本职业高级职业资格证书后，连续从事本职业工作8年以上。

（3）高级技工学校本职业（专业）毕业生和大专以上本专业或相关专业毕业生取得本职业高级职业资格证书后，连续从事本职业工作满2年。

——高级技师（具备以下条件之一者）

（1）取得本职业技师职业资格证书后，连续从事本职业工作3年以上，经本职业高级技师正规培训达规定标准学时数，并取得毕（结）业证书。

（2）取得本职业技师职业资格证书后，连续从事本职业工作5年以上。

1.8.3　鉴定方式

分为理论知识考试和技能操作考核。理论知识考试采用闭卷笔试方式，技能操作考核采用现场实际操作方式。理论知识考试和技能操作考核均实行百分制，成绩皆达60分以上者为合格。技师、高级技师鉴定还须进行综合评审。

1.8.4　考评人员与考生配比

理论知识考试考评人员与考生配比为1∶20，每个标准教室不少于2名考评人员；技能操作考核考评员与考生配比为1∶2，且不少于3名考评员。

1.8.5　鉴定时间

理论知识考试时间不少于120min；技能操作考核时间为120～360min；论文答辩时间不少于45min。

1.8.6　鉴定场所设备

理论知识考试在标准教室进行；技能操作考核在实际操作培训场所进行，也可安排在设备安装现场进行，考核时应事先准备必要的工具、夹具、量具等。

2. 基本要求

2.1 职业道德

2.1.1 职业道德基本知识

2.1.2 职业守则

（1）遵守法律、法规和有关规定。

（2）爱岗敬业，具有高度的责任心。

（3）严格执行工作程序、工作规范、工艺文件和安全操作规程。

（4）工作认真负责，团结合作。

（5）爱护设备及工具、夹具、刀具、量具。

（6）着装整洁，符合规定；保持工作环境清洁有序，文明生产。

2.2 基础知识

2.2.1 基础理论知识

（1）识图知识。

（2）公差与配合。

（3）常用金属材料及热处理知识。

（4）常用非金属材料知识。

2.2.2 机械加工基础知识

（1）机械传动知识。

（2）机械加工常用设备知识（分类、用途）。

（3）金属切削常用刀具知识。

（4）典型零件（主轴、箱体、齿轮等）的加工工艺。

（5）设备润滑及切削液的使用知识。

（6）工具、夹具、量具使用与维护知识。

2.2.3 钳工基础知识

（1）划线知识。

（2）钳工操作知识（錾、锉、锯、钻、铰孔、攻螺纹、套螺纹）。

2.2.4 电工知识

（1）通用设备常用电器的种类及用途。

（2）电力拖动及控制原理基础知识。

（3）安全用电知识。

2.2.5 安全文明生产与环境保护知识

（1）现场文明生产要求。

（2）安全操作与劳动保护知识。

（3）环境保护知识。

2.2.6 质量管理知识

（1）企业的质量方针。

（2）岗位的质量要求。

（3）岗位的质量保证措施与责任。

2.2.7　相关法律、法规知识

（1）劳动法相关知识。

（2）合同法相关知识。

3. 工作要求

本职业对初级、中级、高级、技师、高级技师的技能要求依次递进，高级别包括低级别的要求。

3.1　初级

职业功能	工作内容	技能要求	相关知识
一、作业前准备	（一）劳动保护与作业环境准备	1. 能够按要求准备个人劳保用品 2. 能够进行设备、工具的安全检查并合理使用钳工工具	1. 机修钳工安全操作规程及机床维修安全技术规程 2. 相关设备的使用方法及安全操作规程 3. 机修钳工常用工具安全使用知识
	（二）技术准备	1. 能够阅读一般设备说明书及施工图样 2. 能够读懂作业计划书、工艺文件等	1. 设备的分类、通用特性、结构特性等知识 2. 设备说明书的阅读方法 3. 设备作业计划书的阅读方法 4. 设备修理的有关知识 5. 常用机械连接零件及密封件知识
	（三）物料、工具准备	1. 能够合理选用润滑材料及润滑工具 2. 能够合理选用设备安装中常用的材料 3. 能够合理选用常用的工具、夹具、量具	1. 润滑材料的种类、作用及润滑作业知识 2. 常用安装材料知识 3. 机修作业常用工具、夹具、量具知识
二、作业项目实施	（一）设备搬迁、安装、调试	1. 能够使用起重作业机械及工具进行设备搬迁 2. 能够进行机床的安装及调整	1. 起重作业机械及工具的使用知识 2. 建筑安装材料及地基养护知识 3. 机床安装及调整知识
	（二）设备润滑、保养和维修	1. 能够进行普通设备润滑作业全过程的操作 2. 能够更换设备中的易损件、密封件和清洗润滑系统 3. 能够配合生产工人进行设备日常保养	1. 设备的润滑知识 2. 设备的密封及治漏知识 3. 机械装置及机械零件的清洗方法 4. 机械设备日常保养知识
	（三）设备中修（项修）、大修及设备精化	1. 能够对设备进行拆卸和装配 2. 能够配制刮削显色剂并进行配合面的粗刮 3. 能够测量平面的直线度及两平面之间的平行度、垂直度	1. 设备的拆卸及装配知识 2. 减速器、离心水泵等典型机械装置的修理知识 3. 平面刮削知识 4. 直线度、平行度、垂直度的测量知识
三、作业后检查	（一）外观检查	1. 能够进行设备日常检查，确认设备油路畅通、润滑充分、无渗漏点、机件完整、紧固牢靠、防护有效 2. 能够进行设备安装质量检查，确认设备基础各地脚螺钉受力均匀、无松动，灰浆捣实、无空洞	1. 设备日常检查知识 2. 设备外观检查的规范和标准 3. 设备安装质量检查知识
	（二）几何精度检查（静态检查）	能够参与设备几何精度检查	1. 检查几何精度常用的工具和仪器 2. 设备几何精度检查的方法
	（三）设备运行检查（动态检查）	能够参与设备空运转试验操作	1. 设备空运转试验规程 2. M131W万能磨床的操作规程 3. Y54插齿机的操作规程

3.2 中级

职业功能	工作内容	技 能 要 求	相 关 知 识
一、作业前准备	（一）劳动保护与作业环境准备	能够对作业场地、起重机械进行安全技术检查	1. 安全技术知识 2. 简单起重机械的安全操作技术
	（二）技术准备	能够读懂设备说明书及施工图样	1. 通用机械传动件知识 2. 机械传动系统知识
	（三）物料、工具准备	1. 能够正确选用润滑油 2. 能够通过修前检查确定设备的修复件、更换件 3. 能够进行机修作业中辅助材料的准备	1. 机械摩擦、磨损知识 2. 润滑油的知识 3. 设备的修复件、更换件的确定方法 4. 辅助材料的种类及其应用方法
二、作业项目实施	（一）设备搬迁、安装、调试	1. 能够进行设备安装基础的检查 2. 能够进行设备的就位、调平及安装 3. 能够进行零件的定位及夹紧 4. 能够进行组合夹具的组装	1. 设备安装基础的制作及检查知识 2. 设备安装知识 3. 零件的基准、定位及夹紧知识 4. 组合夹具的组装知识
	（二）设备润滑、保养和维修	1. 能够判断润滑油是否失效 2. 能够进行精密设备的润滑 3. 能够配合生产工人进行设备一级保养 4. 能够及时排除通用机床常见故障	1. 润滑油的主要性能及失效鉴别方法 2. 精密设备的润滑知识 3. 设备一级保养知识 4. 通用机床常见故障及排除方法
	（三）设备中修（项修）、大修及设备精化	1. 能够使用和维护机床夹具 2. 能够对一般运动副进行修复 3. 能够进行圆形孔及圆形导轨的刮削	1. 机床夹具知识 2. 滑动轴承修理和调整知识 3. 滚动轴承的装配和调整知识 4. 动压、静压、动静压轴承和静压导轨的工作原理及装配知识 5. 圆形孔及圆形导轨的刮削知识
三、作业后检查	（一）外观检查	1. 能够进行设备的定期检查 2. 能够分析、判断设备润滑油是否变质 3. 能够通过感观判断机械设备运行是否异常，并能分析其故障产生原因	1. 设备定期检查的内容 2. 润滑油变质的判定方法 3. 机械设备常见故障的产生、表现形式和排除方法
	（二）几何精度检查（静态检查）	能够主持实施一般设备的几何精度检查，并对卧式车床、牛头刨床等一般设备几何精度超差原因进行分析和处置	1. 一般设备几何精度超差的原因及处置方法 2. 减少几何精度测量误差的方法
	（三）设备运行检查（动态检查）	1. 能够实施设备负荷试验及工作试验，并及时排除试验中的故障 2. 能够实施卧式车床、牛头刨床等一般设备的工作精度检查，并对工件超差进行分析和排除引起超差的故障	1. 设备负荷试验及工作试验规程 2. 卧式车床、牛头刨床工件精度超差的分析及故障的排除方法
	（四）特殊检查	1. 能够判断机械零部件的源头，分析振动的原因 2. 能够使用硬度检测仪器 3. 能够进行旋转件的静平衡	1. 设备振动的诊断知识 2. 金属材料硬度的检测方法 3. 旋转件的静平衡方法

3.3 高级

职业功能	工作内容	技 能 要 求	相 关 知 识
一、作业前准备	（一）劳动保护与作业环境准备	能够对作业组内其他成员的安全准备进行检查和监督	1. 安全检查的目的、内容及方式 2. 作业组内各配合工种的安全操作规程
	（二）技术准备	1. 能够根据设备技术文件掌握设备修理及安装要点 2. 能够根据施工作业计划、修理及安装工艺，对操作施工步骤进行分解	1. 设备机械传动、液压传动、气动传动及电气系统的工作原理 2. 机械零件修复技术 3. 设备修理及安装工艺

续表

职业功能	工作内容	技 能 要 求	相 关 知 识
一、作业前准备	（三）物料、工具准备	1. 能够进行作业用量棒、研磨棒等一般专用工具的设计 2. 能够使用光学平直仪等光学仪器 3. 能够根据设备破损状态及修前检查结果制定毛坯准备方案	1. 一般专用工具的设计、制作知识 2. 水准仪、合像水平仪、光学平直仪、经纬仪等的工作原理、使用方法及检测数据处理分析知识 3. 金属铸造、锻造、压力加工等基本知识
二、作业项目实施	（一）设备搬迁、安装、调试	1. 能够选择、测定机械设备安装的场地、环境和条件 2. 能够完成精密、大型、复杂、成套、高温、高压和数控设备的搬迁和安装	1. 设备安装环境及条件的有关知识 2. 大型设备的安装知识 3. 恒温、恒湿环境控制的有关知识
	（二）设备润滑、保养和维修	1. 能够排除精密、大型、复杂设备运行中的机械、液压故障 2. 能够通过设备二级保养对机械磨损进行修理	1. 精密、大型、复杂设备运行中的常见故障及排除方法 2. 液压系统的维修知识 3. 设备二级保养有关知识
	（三）设备中修（项修）、大修及设备精化	能够对精密、大型、高温、高压、耐腐蚀、高速运行的机械零件或运动副进行修复及调整	1. 精密、大型、高温、高压、耐腐蚀、高速运行的机械零件的修复技术 2. 典型运动副的修复及调整技术 3. 大型、精密零件的制造知识 4. 电加工的有关知识
三、作业后检查	（一）外观检查	能够通过不同形式的设备外观检查判断设备的主要故障	设备故障的表现形式及排除方法
	（二）几何精度检查（静态检查）	能够主持实施精密、大型、复杂设备的几何精度检查，分析超差原因并进行处置	1. 机床修理装配的几何精度检查知识 2. 设备精密机械零部件的测量知识 3. 精密、大型、复杂设备的几何精度超差原因及处置方法
	（三）设备运行检查（动态检查）	1. 能够实施精密、大型、复杂设备的工作精度检查，并对工件超差进行分析和排除引起超差的故障 2. 能够对所安装或修理的设备实施过载试验	1. 三坐标测量机、万能工具显微镜等精密测量设备知识 2. 精密、大型、复杂设备工作精度检验及工件超差的处置方法 3. 设备过载试验的规程和要求
	（四）特殊检查	1. 能够进行旋转件的动平衡测试 2. 能够进行噪声测量 3. 能够对金属零件进行无损诊断	1. 动平衡原理、方法及平衡精度计算方法和去除不平衡因素的方法 2. 机械运行噪声的测量方法 3. 金属零件无损诊断知识
四、培训指导	指导操作	能够指导本职业初级、中级工进行实际操作	指导实际操作的基本知识
五、管理	（一）质量管理	能够应用质量管理知识组织班组开展质量管理活动	质量管理知识
	（二）生产管理	能够组织机修钳工协同作业，完成修理任务	1. 班组生产管理知识 2. 班组经济核算知识 3. 设备修理网络计划知识

3.4 技师

职业功能	工作内容	技 能 要 求	相 关 知 识
一、作业前准备	（一）劳动保护与作业环境准备	能够对作业全过程的环境及文明生产进行检查	1. 生产现场的要求 2. 工业卫生知识 3. 安全事故分析知识
	（二）技术准备	1. 能够参与编写作业计划书、工艺文件及操作规程 2. 能够读懂数控机床的技术文件 3. 能够设计作业中使用的专用工具及检具 4. 能够制定主轴、蜗轮、丝杠等复杂机械零件的修复工艺 5. 能够应用设备机械故障诊断技术和有关仪器诊断设备故障 6. 能够借助词典看懂进口设备相关外文标牌使用规范	1. 数控机床的基本知识 2. 专用工具及检具的设计与制作知识 3. 设备诊断技术 4. 设备机械故障诊断技术 5. 常用标牌及使用规范英汉对照表
	（三）物料、工具准备	1. 能够对精密、大型、复杂设备的修理和安装做相应的物质、材料准备 2. 能够进行专用检具、精密仪器、故障诊断仪器的准备 3. 能够对高温、水下等特殊作业环境的设备修理、安装做物料、工具准备	1. 精密、大型、复杂设备修理和安装前的准备 2. 特殊作业环境下机修作业的物料、工具准备
二、作业项目实施	（一）设备搬迁、安装、调试	1. 能够对设备安装中各工种交叉施工进行调度、协调 2. 能够处理安装中的关键技术问题	1. 电工操作技术 2. 混凝土施工技术 3. 起重工操作技术 4. 焊接与铆接操作技术 5. 工业管道敷设知识
	（二）设备润滑、保养和维修	1. 能够诊断数控、高温、高压和起重设备的疑难故障，并组织维修 2. 能够针对产品质量问题对设备工艺指数进行分析和分解 3. 能够协调维修组内各项业务，处理有关技术难题	1. 数控机床的维护与故障排除方法 2. 高温、高压和起重设备的维修知识 3. 设备工序能力分析知识
	（三）设备中修（项修）、大修及设备精化	1. 能够处理精密、大型、高速运行设备修理、调试中出现的疑难技术问题 2. 能够承担在特殊作业环境下的设备修理工作 3. 能够承担设备改造和精化工作	1. 精密、大型、高速运行设备的修理技术 2. 项目性修理技术 3. 特殊作业环境下的设备修理技术 4. 设备技术改造知识
三、作业后检查	（一）几何精度检查（静态检查）	能够主持实施坐标镗床、齿轮加工设备等高精度设备的几何精度检查，分析超差原因并进行处置	1. 精密测量技术 2. 高精度设备、齿轮加工设备几何精度超差处置方法
	（二）设备运行检查（动态检查）	1. 能够对设备工作试验出现的疑难技术问题实施技术攻关 2. 能够对设备过载试验中出现的技术问题提出改进措施 3. 能够与工程技术人员一起进行设备改造工作 4. 能够在特殊要求情况下参与设备极限试验	1. 精密机床工作精度检查及超差的处置方法 2. 设备改造技术 3. 机械设备极限技术状态

续表

职业功能	工作内容	技 能 要 求	相 关 知 识
四、培训指导	(一)指导操作	能够指导本职业初级、中级、高级工进行实际操作	培训教学基本方法
	(二)理论培训	能够讲授本专业技术理论知识	
五、管理	(一)质量管理	1. 能够在本职工作中认真贯彻各项质量标准 2. 能够应用质量管理知识,实现操作过程的质量分析控制	1. 相关质量标准 2. 质量分析与控制方法
	(二)生产管理	1. 能够组织有关人员协同作业 2. 能够协助部门领导进行生产计划、调度及人员管理	生产管理知识

3.5　高级技师

职业功能	工作内容	技 能 要 求	相 关 知 识
一、作业前准备	(一)劳动保护与作业环境准备	能够对包括在特殊作业环境下的安全文明生产进行检查	1. 劳动保护的重要意义和任务 2. 企业劳动保护与安全生产规章制度
	(二)技术准备	1. 能够参与编写精密、大型、复杂设备修理、安装作业的技术文件,并能编制主要部件的作业工艺文件及操作规程 2. 能够应用国内外新技术、新工艺、新材料、新设备 3. 能够借助词典看懂进口设备图样及技术标准等相关外文资料	1. 精密、大型、复杂设备修理、安装前的技术准备知识 2. 数控机床修理、安装前的技术准备知识 3. 预知性修理知识 4. 国内外"四新"技术的应用知识 5. 常用进口设备外文资料英汉对照表
	(三)物料、工具准备	1. 能够组织指导精密、大型、复杂设备及数控设备安装、修理施工全过程的材料、工具、作业 2. 能够对特殊环境下的设备修理安装工作做必需的作业场地准备	1. 数控设备修理和安装前的作业准备 2. 特殊环境下设备修理、安装作业场地的准备
二、作业项目实施	(一)设备维修	1. 能够组织有关工种对设备重大质量问题进行分析、攻关 2. 能够参与处理设备维修中的重大技术问题	1. 设备维修模式的应用知识 2. 常用的设备质量问题的分析方法 3. 设备可维修系统的可靠度和有效度的分析方法
	(二)设备大修及设备精化	1. 能够处理数控镗铣床等复杂数控设备及生产线等在修理中出现的技术问题 2. 能够针对质量问题组织并实施设备改造及精化工作 3. 能够参与重大质量攻关、设备引进论证工作	1. 管道、起重设备大修技术 2. 新技术、新工艺、新材料在设备修理、改造中的应用 3. 设备节能技术改造知识
三、作业后检查	设备运行检查(动态检查)	1. 能够组织一般生产线及柔性生产线安装、大修后的整线开动试运行、投料运行试验工作 2. 能够参与企业投产验收工作	1. 设备生产线修理、安装后的投产检查知识 2. 企业生产设计任务书的有关知识 3. 企业生产验收报告的有关知识
四、培训指导	(一)指导操作	能够指导本职业初级、中级、高级工和技师进行实际操作	培训讲义的编写方法
	(二)理论培训	能够对本职业初级、中级、高级工和技师进行技术理论培训	

4. 比重表

4.1 理论知识

项 目			初级/%	中级/%	高级/%	技师/%	高级技师/%
基本要求		职业道德	5	5	5	5	5
		基础知识	15	15	15	10	10
技能要求	作业前准备	劳动保护与作业环境准备	10	8	5	5	5
		技术准备	5	5	4	10	5
		物料、工具准备	5	5	3	2	5
	作业项目实施	设备搬迁、安装、调试	10	10	6	3	—
		设备润滑、保养和维修	10	10	8	5	5
		设备中修(项修)、大修及设备精化	30	28	29	25	30
	作业后检查	外观检查	5	4	2	—	—
		几何精度检查(静态检查)	2	5	2	2	2
		设备运行检查(动态检查)	3	3	3	5	5
		特殊检查	—	2	3	—	—
	培训指导	指导操作	—	—	5	5	5
		理论培训	—	—	—	5	5
	管理	质量管理	—	—	5	13	13
		生产组织	—	—	5	5	5
合计			100	100	100	100	100

注：高级技师"管理"模块内容按技师标准考核。

4.2 技能操作

项 目			初级/%	中级/%	高级/%	技师/%	高级技师/%
技能要求	作业前准备	劳动保护与作业环境准备	27	8	12	15	15
		技术准备					
		物料、工具准备					
	作业项目实施	设备搬迁、安装、调试	65	80	63	45	45
		设备润滑、保养和维修					
		设备中修(项修)、大修及设备精化					
	作业后检查	外观检查	8	12	10	10	10
		几何精度检查(静态检查)					
		设备运行检查(动态检查)					
		特殊检查					
	培训指导	指导操作	—	—	5	15	15
		理论培训					
	管理	质量管理	—	—	10	15	15
		生产组织					
合计			100	100	100	100	100

注：高级技师"管理"模块内容按技师标准考核。

附录 2 中级钳工知识要求试题

一、是非题（是画√，非画×，画错倒扣分；每题 2 分，共 40 分）

1. 减少零件表面粗糙度值，可以提高零件的疲劳强度。　　　　　　　　（　　）

2. 用一面两销定位，菱形销的削边部分应位于两销的中心连线方向上。　（　　）

3. 高速钢淬火后，具有较高的强度、韧性和耐磨性，因此，适用于制造各种形状复杂的刀具材料。　　　　　　　　　　　　　　　　　　　　　　　　　（　　）

4. 切削形成过程是金属切削层在刀具作用力的挤压下，沿着与待加工面近似成 45°夹角滑移的过程。　　　　　　　　　　　　　　　　　　　　　　　　　（　　）

5. 在保证刀具寿命的前提下，假使要提高生产率，选用切削用量时应首先考虑尽量地加大切削速度。　　　　　　　　　　　　　　　　　　　　　　　　（　　）

6. 高碳钢比中碳钢的可切削性好，中碳钢比低碳钢的可切削性好。　　（　　）

7. 在制作某些板材制件时，必须先要按图样在板料上画成展开图形，才能进行落料和弯曲成形。　　　　　　　　　　　　　　　　　　　　　　　　　（　　）

8. 数控设备上的传动部分一般采用滚珠丝杠。　　　　　　　　　　　（　　）

9. 箱体工件划线时，如以中心十字线作为基准校正线，只要在第一次划线正确后，以后每次划线都可以用它，不必再重划。　　　　　　　　　　　　　（　　）

10. 标准群钻圆弧刃上各点的前角，比磨出圆弧刃之前减小，楔角增大，强度提高。　　　　　　　　　　　　　　　　　　　　　　　　　　　　　　（　　）

11. 钻小孔时，因钻头直径小，强度低，容易折断，故钻孔时的钻头转速要比钻一般孔为低。　　　　　　　　　　　　　　　　　　　　　　　　　　（　　）

12. 校验静、动平衡，要根据旋转件上不平衡的方向和大小来决定。　（　　）

13. 液体动压轴承的油膜形成和压力的大小与轴的转速无关。　　　　（　　）

14. 轴承合金又称巴氏合金、乌金，它是由锡、铅、铜、锑等组成的合金。（　　）

15. 机床导轨面经刮削后，只要检验其接触点数达到规定要求即可。　（　　）

16. 光学平直仪不但能检验导轨在垂直面内的直线度误差，而且还能检查导轨在水平面内的直线度误差。　　　　　　　　　　　　　　　　　　　　　　（　　）

17. 开合螺母机构是用来接通丝杠传来的运动。　　　　　　　　　　（　　）

18. 在制定装配工艺规程时，每个装配单元通常可作为一道装配工序，任何一个产品一般都能分成若干个装配单元。　　　　　　　　　　　　　　　（　　）

19. 在装配过程中，每个零件都必须进行试装，通过试装时的修理、刮削、调整等工作，才能使产品达到规定的技术要求。　　　　　　　　　　　　　（　　）

20. 评定主轴旋转精度的主要指标，是主轴的径向圆跳动和轴向窜动误差。（　　）

二、选择题（将正确答案序号填入空格内，每题 2 分，共 40 分）

1. 压缩机在每个活塞行程内完成＿＿＿＿次循环。

a. 0.5　　　　　　　　b. 1　　　　　　　　c. 2　　　　　　　　d. 4

2. 直列式四缸柴油机，各缸工作功的间隔角度为_____。

 a. 60° b. 90° c. 120° d. 180°

3. 为了消除铸铁导轨的内应力所造成的精度变化，需在加工前作_____处理。

 a. 时效 b. 回火 c. 正火 d. 淬火

4. 支承座孔和主轴前后颈的_____误差，使轴承内外圆滚道相对倾斜。

 a. 平行度 b. 位置度 c. 圆跳动 d. 同轴度

5. 溢流阀用来调节液压系统中的恒定_____。

 a. 压力 b. 流量 c. 速度 d. 方向

6. 气压夹紧装置的动力来源于压缩空气，压缩空气的压力一般为_____MPa。

 a. 0.4～0.8 b. 0.5～0.8 c. 0.5～1 d. 1～1.5

7. 磨床的综合导轨发生不均匀磨损，将使磨削工件产生_____误差。

 a. 圆度 b. 直线度 c. 同轴度 d. 圆柱度

8. 装配方向控制阀时，主要是研磨阀体和阀芯，应严格控制其配合间隙在_____mm 之内。

 a. 0.01 b. 0.015 c. 0.02 d. 0.025

9. CA614D 型卧式车床主轴前端的锥孔为_____锥度。

 a. 米制 5 号 b. 米制 6 号 c. 莫氏 5 号 d. 莫氏 6 号

10. 一般机床导轨的平行度误差为_____/1000mm。

 a. 0.015～0.025 b. 0.02～0.04 c. 0.02～0.05 d. 0.03～0.05

11. _____间隙直接影响丝杠副的传动精度。

 a. 轴向 b. 法向 c. 径向 d. 齿顶

12. 平衡精度的最低等级为_____。

 a. G0.4 b. G1 c. G3000 d. G4000

13. 通常所指孔的深度为孔径_____倍以上的孔叫深孔。

 a. 3 b. 5 c. 8 d. 10

14. 钻精密孔时，若工件材料为铸铁，切削速度一般选_____m/min 左右。

 a. 5 b. 10 c. 20 d. 25

15. 钻黄铜的群钻为避免钻孔时扎刀，外刃的纵向前角磨成_____。

 a. 8° b. 10° c. 12° d. 15°

16. 单杆活塞液压缸作为差动液压缸使用时，若使其往复速度相等，其活塞面积应为活塞杆面积的_____倍。

 a. 1 b. 2 c. 3 d. 4

17. 当钻套内径大于 φ25mm，钻套材料采用_____。

 a. T10 b. W18Cr4V c. 20Cr d. 3Cr13

18. 合金工具钢刀具材料的热处理硬度是_____HRC。

 a. 40～50 b. 60～65 c. 70～80 d. 85～90

19. 磨削硬质合金时应选用_____砂轮。

 a. 棕刚玉 b. 白刚玉 c. 黑色碳化硅 d. 绿色碳化硅

20. 硬质合金的耐热温度是_____℃。

 a. 1100～1300 b. 800～1000 c. 500～600 d. 300～400

三、计算题

1. 已知工件轴向尺寸如题图 1 所示，请计算 A、B 表面之间的尺寸应为多少？

2. 一旋转件的质量为 500kg，工作转速为 5000r/min，平衡精度定为 G1，求平衡后允许的偏心距应是多少？允许不平衡力矩又是多少？

四、简答题（每题 5 分，共 10 分）

1. 根据题图 2 所示手压阀的装配图，简述 14 个零件的装配顺序。

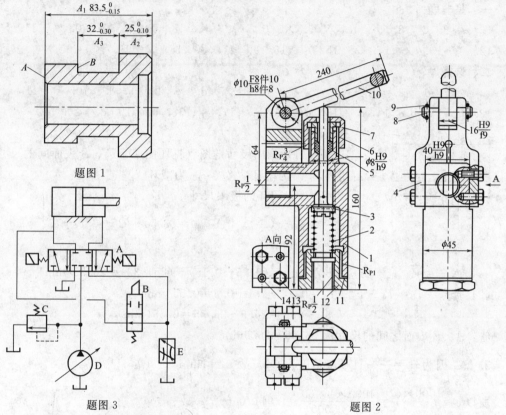

题图 1

题图 3

题图 2

2. 说出题图 3 所示液压原理图中各元件的名称。

A：_____　B：_____　C：_____　D：_____　E：_____

附录3 中级钳工知识要求试题答案

一、是非题

1. ✓ 2. ✓ 3. ✓ 4. ✓ 5. × 6. × 7. ✓ 8. ✓ 9. × 10. × 11. ×
12. × 13. ✓ 14. ✓ 15. × 16. ✓ 17. ✓ 18. ✓ 19. × 20. ×

二、选择题

1. a. 2. d. 3. a. 4. d. 5. a. 6. a. 7. d. 8. b. 9. d. 10. c. 11. a.
12. d. 13. d. 14. c. 15. a. 16. b. 17. c. 18. b. 19. d. 20. b.

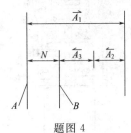

题图 4

三、计算题

1. 解：(1) 画出尺寸链图（见题图4）；A、B 表面间的尺寸 N 为封闭环，A_1 为增环，A_2、A_3 为减环。

(2) 计算封闭环的极限尺寸

$$N_{max} = \vec{A}_{1max} - (\vec{A}_{2min} + \vec{A}_{3min}) = 83.5 - [(25-0.1)+(32-0.3)]$$
$$= 26.9 (mm)$$

$$N_{min} = \vec{A}_{1min} - (\vec{A}_{2max} + \vec{A}_{3max}) = (83.5-0.15) - (25+32) = 26.35 (mm)$$

(3) 验算 $T_0 = T_1 + T_2 + T_3 = 0.15 + 0.1 + 0.3 = 0.55 (mm)$

$$T_N = N_{max} - N_{min} = 26.9 - 26.35 = 0.55 (mm)$$

答：A、B 表面之间的尺寸为 26.35～26.9mm。

2. 解：因为 $v_e = \dfrac{e\omega}{1000}$ 且平衡精度为 G1，故 $v_e = 1mm/s$

所以 $e = \dfrac{1000 \times v_e}{\omega} = \dfrac{1000 \times 1 \times 60}{2\pi \times 5000} = 1.911 (\mu m)$

$$M = TR = WE = 500 \times 10 \times 1.911 = 9555 (N \cdot mm)$$

答：平衡后允许偏心距为 $1.911\mu m$，允许不平衡力矩为 $9555N \cdot mm$。

四、简答题

1. 答：装配顺序为先将阀杆3插入阀座1，装入弹簧2，把带衬片11的接头12拧紧，然后从另一端塞入填料5，再压入填料盖6，拧上压紧螺母7，把托架4插入阀座左上部正确位置处，然后加工两个销钉孔，两端各打入两个圆柱销14，并拧上两个螺钉13，把杠杆10放入托架4的槽中，打入轴8，然后把两个开口销9插入轴8两端的孔中，把轴8轴向固定。

2. 答：A：电磁换向阀 B：二位二通阀 C：溢流阀 D：变量油泵 E：调整阀

附录 4 中级钳工技能要求试题

一、制作燕尾镶配

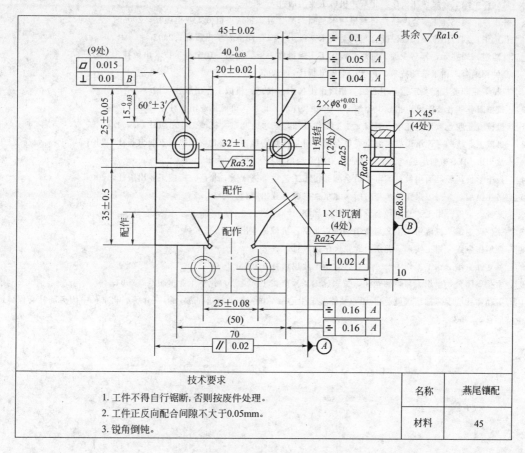

题图 5

技术要求	名称	燕尾镶配
1. 工件不得自行锯断,否则按废件处理。		
2. 工件正反向配合间隙不大于0.05mm。	材料	45
3. 锐角倒钝。		

二、试题考核要求

1. 考核内容:(1)尺寸公差、形位公差、表面粗糙度值应达到图样要求。(2)图样中未注公差按 GB1804-m 规定。(3)不准使用砂布打光加工面。

2. 工时定额:7.5h。

3. 安全文明生产:(1)能正确执行安全技术操作规程;(2)能按企业有关文明生产和规定,做到工作地整洁,工件、工具摆放整齐。

参 考 文 献

[1] 陈宏钧编. 钳工实用技术. 北京：机械工业出版社，2003.

[2] 黄祥成，邱言龙，尹述军主编. 钳工技师手册. 北京：机械工业出版社，2002.

[3] 韩克筠，王辰宝主编. 钳工实用技术手册. 南京：江苏科学技术出版社，2000.

[4] 黄鹤汀主编. 金属切削机床. 北京：机械工业出版社，1998.

[5] 陈于萍，周兆元主编. 互换性与测量技术基础. 第2版. 北京：机械工业出版社，2006.

[6] 孔庆华，刘传绍主编. 极限配合与测量技术基础. 上海：同济大学出版社，2002.

[7] 叶旭明，周兆元，郭易主编. 机修装配钳工实际操作手册. 沈阳：辽宁科学技术出版社，2007.

[8] 高钟秀编著. 钳工基础技术. 北京：金盾出版社，1996.

[9] 机械工业职业技能鉴定指导中心编. 初级钳工技术. 北京：机械工业出版社，1999.

[10] 机械工业职业技能鉴定指导中心编. 中级钳工技术. 北京：机械工业出版社，1999.

[11] 机械工业职业教育研究中心组编. 钳工操作技巧与禁忌. 北京：机械工业出版社，2004.

[12] 机械工业技师考评培训教材编审委员会编. 钳工技师培训教材. 北京：机械工业出版社，2001.

[13] 沈阳市 MES 教研组编. 钳工. 北京：中国劳动出版社，1991.

[14] 技工学校机械类通用教材编审委员会编. 钳工工艺学. 第4版. 北京：机械工业出版社，2004.

[15] 何建民编著. 钳工操作技术与窍门. 北京：机械工业出版社，2006.

[16] 高钟秀主编. 钳工. 北京：金盾出版社，2003.

[17] 张仲民主编. 机修钳工工艺与技能训练. 北京：机械工业出版社，2004.

[18] 柴增田主编. 钳工实训. 北京：北京大学出版社，2009.

[19] 韩立江主编. 钳工工作手册. 北京：化学工业出版社，2008.

[20] 吉化集团公司组织编写，韩立江，黄志远编. 检修钳工. 北京：化学工业出版社，2004.

[21] 劳动和社会保障部培训就业司 职业技能鉴定中心编. 国家职业标准汇编：第一分册. 北京：中国劳动社会保障出版社，2003.